味绿居续话

严克勤　著

商务印书馆
创于1897 The Commercial Press

图书在版编目(CIP)数据

味绿居续话/严克勤著.—北京:商务印书馆,2023
ISBN 978-7-100-22272-3

Ⅰ.①味… Ⅱ.①严… Ⅲ.①散文集—中国—当代 Ⅳ.①I267

中国国家版本馆CIP数据核字(2023)第059531号

味绿居续话

严克勤 著

商务印书馆出版
(北京王府井大街36号 邮政编码100710)
商务印书馆发行
北京通州皇家印刷厂印刷
ISBN 978-7-100-22272-3

2023年6月第1版 开本710×1000 1/16
2023年6月北京第1次印刷 印张16¼

定价:88.00元

目　录

古今同乐

序

《味绿居续话》终于结集交付出版社了。所谓“续话”，顾名思义就是与前几年出版的《味绿居闲话》相关联，集中有新篇也有旧章，许多是笔者在自己微信公众号“云林墨客”中刊发的文字。所有这些，希望是一杯“凉水泡茶慢慢浓”的为读者朋友所钟情的曼妙饮品。

苏轼曰“此心安处是吾乡”，文集中的一些篇章是笔者的一种独处消遣的休闲方式。或三五知己，或独饮自品，悠悠闲闲，对茶当歌。一支笔，一杯茶，一本书，一套键盘鼠标足矣。老有所乐，惟青灯黄卷，研墨挥毫，并不是脱离世俗社会，而是要保留一份清逸的心境。山月江烟，铁笛数声，便成清赏；天风海涛，扁舟一叶，大有奇观。“六朝文物草连空，天淡云闲今古同”（杜牧），笔者从文史趣谈、诗画闲谈到人生感悟、人间烟火，所见所思，且说且议，率性而为。

集子中的三十余篇文章分“难忘清欢”“文脉相承”“古今同乐”三个部分。可以这样说，《续话》中有不少是对过往时光的记忆，如《老爷子》《人生一碗粥》《难忘糕团那些事》等，感悟时光流逝、岁月如梭的人生况味；也有对断垣古迹的追寻与辨识，如《惠山寺听松》《重识忍草庵》《法海寺的黄昏》等，寻访探究，体味古代文人寄情于山水之间、徜徉于醉梦之中，所表现出的一种超人的旷达，一种不以世事萦怀的恬淡精神；还有是谈旧时文玩的雅趣与鉴赏，如《高情在画外》《文脉相承》等，体味古人以“逸格”为绘画意境，以脱离法度的笔墨和非主流的风格，追求随性不俗的境界；再有是书斋赏读与笔墨情趣，如《书之三味》《庚子写意》《前度刘郎今又来》等，说的是笔者读书、挥毫、探访等随性率意的生活。《续话》与《闲话》有一脉相承之处，不同的是经历了庚子疫情之后，我对生活和生命的认知似乎有了些许别样的感受。

古人云：“斋室之中，坐陈钟鼎，几列琴书，疏竹卷石，榻排松窗之下，图展兰室之中，摹写云林，不矜于世，不问于时。”（文震亨《长物志》）此中安性闲事、文人雅趣，无不是借具象之物，修身养性，陶冶心灵，从而体悟抽象之义理。古之学者，研墨挥毫，或书或画，所表达的往往是一种平淡清闲的情怀，无非是追求远离尘嚣的闲适、恬静、悠然的生活方式。董其昌诗云：“风物清和好，相将过竹林。骤寒知夜雨，繁响逗蛙吟。杂坐忘宾主，清言见古今。呼童频剪烛，不觉已更深。”愿以天真幽淡为宗，脱去尘浊之心态，在时光流逝之处为读者带来闲适怡情的文字。

胡适先生曾说，人生本无意义，所谓的意义在于你的态度和境界。独坐书斋，孤灯相映。信笔涂鸦，咫尺天涯。随性随意，如此而已！在快节奏生活之下，倘若有朋友能静则翻阅《续话》，渴则啜茗品茶，得此片刻清闲时光，观法帖书画数幅，赏疏影横斜之趣，结泉石烟霞之娱，笔者于愿足矣！

此为序！

辛丑年仲夏

于味绿居南窗

难忘清欢

老 爷 子

老爷子冬至的第二天出院后没有回家，而是直接送养老院去住了。他秋冬进医院检查治疗后已恢复状态，各项指标基本正常。医院老年科主任告诉我：老人家只是年事已高，没有什么特别的问题，医院不宜久留，现在疫情又紧了，还是去养老院吧，医院会保持联系，有情况随时处理。我们姐弟仨觉得医生说得有道理，征得老爷子同意就送他到养老院去居住，如果让他回老房子住，再发病就麻烦了。

老爷子的宅子已是居住多年的老房子，没有电梯，子女怎么劝也不肯换，那是父亲与母亲相依为命的栖息之所。自母亲离世后，老爷子一直落单，身边虽然有阿姨照顾，但终究不如母亲生前对父亲的照料。现在阿姨也病倒了，只能由医院护工陪着，我们孩子各自都有自己的工作与生活，不可能经常在父亲身边。上次父亲发病，我送老爷子到医院就诊就搞得我们焦头烂额，从挂号到老爷子入住病房，前前后后一共花了三个多小时。进医院门诊大厅，首先是健康码核查，出示住院证明，进行核酸检测，做 CT 检查等项目，取单缴费样样都要排队。楼上楼下，大厅长廊，跑来跑去，忙得不可开交。一边排队办理手续，一边拿着一大堆住院日用品，手提肩挎，护工推着轮椅，其他活都是我来办！65 岁的我陪同 95 岁的老爷子看病还真是不简单呀，看来没有一副健朗的身体是扛不住的!

二十多年前我母亲不幸病故，老爷子一路走来也确实不容易。老爷子离休生活简单朴素，粗茶淡饭，看书读报，散步听戏。他晚年生活除了买书比较讲究外，其他没有什么特别要求。有一次他不知从哪里买了一套《白居易全集》，发现少了一册，一直盯着我给他补上，说实话再买一套容易，要补上一册太难了。后来书店的朋友在网上总算找到一册补齐了，那天老爷子捧着补上的一册书揣在怀里兴奋不已。因为老爷子住的地方离书店比较近，三天两头就去蹭书店，有一次在书店淘书过了饭点意外昏厥，被书店员工及时送医院救治才逃过一劫。看来老爷子爱书香胜过米香哇!生活简朴、爱好读书和大度乐观是父亲身体健朗的重要因素，也省了我们子女不少事情，我们总是说老爷子健康长寿就是我们的福气!

前年京剧表演艺术家尚长荣先生来锡参加新编历史剧《曹操与杨修》京剧电影的首映发布会，我约尚老夫妇一起到王兴记点心店共进早餐。我把这个消息告诉了老爷子，请他一起与尚老夫妇吃点心。老爷子是个老戏迷，约好八点多钟，哪知道他提前半小时就在门口等车了。老爷子告诉我为了见尚老还事先做了一些功课。尚老生于北京，从小受家庭艺术熏陶，5岁登台，10岁正式拜师学京剧花脸，先后师从陈富瑞、苏连汉、侯喜瑞等名家。1992年，他应邀到上海主演新编历史剧《曹操与杨修》，扮演曹操，唱做俱佳，享誉大江南北。席间，老爷子对尚先生说他从小就喜欢京剧，主要是受张謇邀请欧阳予倩在南通办京剧班的影响，老爷子说了几句行话，什么铜锤架子等等，并带着一大包关于京剧的图书请尚先生签名。尚先生一边签名一边笑哈哈地说老爷子是京剧老票。一位京剧大师，一位戏迷票友，当日相见，其乐融融。

新中国成立七十周年之际，省府领导专程来锡看望老爷子，并给老爷子颁发荣誉奖章和荣誉证书，祝愿老人家健康长寿，老爷子激动不已，十分感谢各级政府的关心。前些年，市档案局的同志为父亲做口述历史的工作，老爷子几经婉谢，但最终听从档案局同志的意见积极配合，姐姐姐夫协助档案局同志做了资料收集和录像录音工作。初稿出来后我帮助父亲修改整理，丁酉秋最后付印前我将28万余字书稿又逐字逐句认认真真看了一遍，文章千年事，慎之为上。在档案局同志的齐心努力下，老爷子的一部口述历史《与时代同行》终于由凤凰出版社出版发行。此书从口述录音到文字整理成书约三年多时间，来之不易呀！

有一段时间老爷子身体健康状况不稳定，把我们姐弟三人弄得手忙脚乱，经过短暂的调整总算安顿下来，白天由钟点工负责照顾，晚上由我们姐弟仨轮陪。先是小弟，然后是姐，最后轮到我。说实话小弟和老姐都有了第三代，照顾他们各自的小宝宝还忙不过来，现在要腾出时间来照顾老爷子那就更是忙上加忙。但是，照顾老爷子也是我们做子女的责任。父亲毕竟是九十多岁的人了，晚上睡觉家里有人陪比较好，万一有什么事可以及时处理。小弟和父亲一起睡，整个晚上被子都没怎么动过，睡相很好。话语间我不如他的小儿子，晚上睡觉弄不好会影响老爷子的睡眠。老姐在书房加铺睡的，不会影响老爷子晚上休息，她就关照我不必与小弟一样和老爷子挤在一起，就在书房睡吧。我觉得可以，但一看加铺床太软，干脆直接就在书房打地铺睡算啦！加上插队务农时导致的腰伤又复发，睡在地板上反而觉得舒服。待老爷子安稳就寝了，我便在地铺上躺下睡觉。虽然我和父亲不在一起睡，但隔一道墙还是能感觉到父亲的气息，十分温馨舒适，我躺在地铺上久久不能入睡了……

回想自己是哪年哪月和老爷子一起睡的呢？是何时何地在父亲身旁睡地铺的呢？一幕幕场景、一幅幅画面，浮现在脑海里挥之不去。最难忘的是那令人寒心的“文革”岁月，因为父母受到造反派的冲击，分别被关进“牛棚”，我家两次遭到造反派抄家，还硬让我们把住房腾出来，五口之家挤在一小间房子里面，转个身都很困难。实在太挤了，到了寒暑假，我们三个孩子就到上海亲戚家或者南通乡下住一阵子。如果家里来了亲戚，就只能打地铺睡觉。但不管怎样，在那不堪回首的岁月里，和父母在一起，就是睡地铺心里也甜滋滋的……

还有就是那些年的春节，老爷子会拉着我和他除夕前赶回南通乡下。

除夕，南通乡下称之为三十夜子，先祭祖，把老祖宗的画像挂在中堂，给老祖宗上香磕头。我们家曾办过私塾，爷爷奶奶对礼俗很认真，父亲告诉我老家用来祭祖时的堂号叫富春堂，据传祖上系富春江严子陵一脉。多少年以后，我曾接到上海一个叫严氏宗亲会的给我寄来的信函，告知我们家是某某代等，居然印证了先前父亲的说法，为此我还专门请朋友刻了一方印章“富春堂”。大年三十晚上祭祖后，全家老少围坐一起吃年夜饭，那时再没有钱，四冷盘四热炒另加一甜菜必须有。冷盘有香肠、冻鱼、野鸡丝、海蜇头儿；热炒少不了蹄筋（家境清寒的用水发肉皮）炒大蒜、肉丝炒水芹、走油肉扣茨菇、红烧青鱼等。在农村做起米酒来真是气派，几乎家家都做，最多的人家要做上几大缸，待到开席上酒是用传统的锡壶温酒往青边碗里倒酒，最后干脆用米酒泡饭下肚，一席下来不喝到昏天黑地是不罢休的。

那时回南通老家，必须经上海十六铺码头坐船，晚上出航，待第二天早上靠南通港上岸。春节一票难求，有的时候只能买加票，在船舱过道过夜，虽然人多嘈杂，拥挤不堪，但父亲总能找到一处属于自己的位置坐下来休息，并让我在他身边铺着报纸躺下睡觉。待天亮时船就慢慢靠岸了，鸣笛声、水手的吆喝声，以及船舱过道来来往往的人们也就把我从睡梦中唤醒。每每听到父亲的呼唤，心里总有一种感动和幸福，好像马上就会回到老家和爷爷奶奶一起过年了！

……

时间过得很快，我们现在的住所比过去宽敞不少，所睡的床铺也比过去好多了，但总是各自忙着，岁月在忙忙碌碌中流逝，陪老父亲一起睡真是少之又少，能躺在父亲书房的地板上陪他就更少了。我躺在地铺上伸直腰腿，似乎腰腿酸痛全没有了，望着天花板，慢慢进入梦乡！

说来也奇怪，老爷子入住养老院那天本来是我们兄弟一起护送老人家入住的，突然获悉南通老家父亲的同龄老同学老战友，当年携手投笔从戎参加新四军打鬼子的刘叔叔在冬至前一天谢世了。虽然我本应陪护老爷子，但还是决定起个大早赶到南通，代表父亲送别他的老战友，这事当然不能马上告诉老爷子，怕老人家受不了。没有想到十天后，与父亲一起渡江来无锡的老战友唐叔叔也撒手西去了，这个冬天真是太冷了。在我的记忆中，父亲的两位战友多少年来与我们家一直保持着互相关爱的情谊，风风雨雨几代人的感情了。特别是刘叔叔和唐叔叔的相继离世，当年与父亲一起参加抗日谈得上“三老”的（即老乡、老同学加老战友），恐怕就剩父亲一个了。入冬以来仅半个月内就代表父亲分别参加了两场他的老同事的追悼会，真是让人感到特别孤寂，大有“叹故友难逢，羁思空乱。两眉愁、向谁舒展”（周邦彦《绕佛阁》）的感叹！当我去养老院看望老爷子，看见父亲由护工阿姨陪着静静地临窗而坐享受午后阳光的样子，我想只要老爷子健康快乐过好每一天，就是做子女的最大幸福。人总是要老的，安度晚年，就是福分。

关于老爷子入住养老院，我们家议了好几次都没有决断，怕老爷子不习惯。这次医院主任医生的建议大家觉得有道理，故四处寻找，终于找到一家父亲和家人都比较心仪的养老院。我们做子女的也算了却一桩心愿，也是一份对老父亲的孝心和责任吧！

回望老爷子的经历，感受父亲的恩德，体会做父亲的责任，活到老学到老，快乐是心的愉悦，幸福是心的满足，不和别人比较，守住善良的底线。人的一生，都是一代一代的传承，晚辈自己做得怎样，既是对上一代的回报，也是对下一代的交代。人生路上究竟有多少沟坎要跨越，又有多少遗憾留给岁月，大概只有天知道吧，但忠孝仁义礼智信是须笃行的。人生一路走来，心放平，人放松，可能不尽如意，但求无愧于心。让生活轻松，让生命丰厚，让爱心传递！

希望老爷子在养老院过得开心快乐健康！我说老爸你在这里住久一点，我们将来回到你身边陪你一起过。期待老爷子跨越百岁！

2021 年 1 月

难忘清欢

一

孩提时代的伏天，几乎每天都是三十七八度的高温天气，热得人们喘不过气来。火辣辣的太阳下，我们几个小伙伴一起拿起细竹竿，在竹梢头粘裹上一点生面筋，爬到树上去粘知了，哪里管他烈日当头照！玩够了满身是汗，几个小伙伴干脆跑到庆丰河浜，跳进水里痛痛快快地洗凉水澡。如果遇到农民运西瓜的船经过，调皮的小伙伴会爬上船顺手抱一个西瓜再扑通钻进水里，一个猛子把西瓜带到河边与大家分享，啃起来真是痛快哇！

从小学到中学，每逢放暑假我们姐弟仨都在小阿姨家度过。姨父是上海造船厂的技术能手，优先分配的住房就在浦东工人俱乐部旁的工人新村。一个竖套，有卫生间和盥洗设备，那个时候算好的啦。小阿姨家的三个小孩子与我们姐弟仨年纪相差不多，我们去了就打地铺。白天气温高，占领自来水龙头打水仗；晚上凉风习习，睡在地板上，小朋友们在一起开开心心的。浦东大道 275 弄 4 号 5 室，小阿姨家的门牌号印象深刻，每每提起总会在我的脑海里浮现，那是儿时度夏的“快活林”！

早晨，我跟着表兄去浦东崂山菜场排队买菜，沙蟹、鸡毛菜和茄子等。那时候供应短缺，什么都要票证，买什么都要排队，菜场上热热闹闹，表兄朋友同学多，实在没有办法就请同学带上一份。小阿姨像外公，烧的菜特别好吃，夏天鸡毛菜清汤是必备的，既解馋又解渴，颇受小孩子们的欢迎。一大盆汤，我弟弟稀里哗啦地要喝不少，阿姨总喜欢说“小句头”（小鬼）是汤罐肚皮通海的。

夜晚，我随着表兄弄弄哑铃杠铃等，强身健体，样样都学，样样都不强，反正是去凑热闹的。他们也不把“小无锡”当外人，下四国军棋、打康乐球都带上我。里弄里的个别朋友会抽烟，有的时候会递上一支烟给我，旁边一位小姑娘跟着说了一句“男小人香烟不抽没有台型的”，我回了一句“没有台型就没有台型”！坚决不抽，呵呵，直到现在我都没有染上抽烟的习惯。今年春节我到上海看耄耋之年的小阿姨，表兄还会提起当年里弄里的一些玩伴。

在浦东过夏天，跑的最远的地方就是和表兄他们到高桥海边看日出，又远又荒，疯疯癫癫的，尽情玩耍。小阿姨在陆家嘴上班，坐公交车到浦东俱乐部也有蛮长一段路，下班回家有时总要拎两只西瓜；小姨父也会从工厂里用大号搪瓷杯装自制冷饮回来。我们在楼上窗前看到了，总会冲下楼帮阿姨、姨父拿西瓜或冷饮杯，把西瓜放入盆里用凉水浸泡，待晚饭后开吃。有时候阿姨会跟我说到陆家嘴等她，下班多买几个瓜回家。那时为了省几个零花钱，我到陆家嘴就不坐公共汽车，走走玩玩也不觉得疲劳，回来时手中提着西瓜、香瓜，再远心里也甜滋滋的。

在上海度暑假，姐姐忙着跟里弄里的小姑娘学编织玻璃丝包包、链子、小蝴蝶、小虾等，我拉上小弟一起去福州路逛书店，去南京路、人民广场等市区玩，一路上全都是步行。夏日炎炎，累了渴了就在路边买一杯冰镇酸梅汤解渴。在陆家嘴坐轮渡来回只花几分钱，到上海城区兴致勃勃，回浦东已饥肠辘辘，拖着小弟赶在阿姨下班前回去。我最喜欢去的地方就是福州路上的几家书店，上海古旧书店、上海外文书店、上海美术用品商店等。那时福州路上的书店基本没有什么人，店堂空空荡荡的，柜台里摆放的都是清一色的“红宝书”。古旧书店有的线装书是内部特供，要有大学和研究机构的工作证件才让进去看，我就只能在外面店堂里转转，买几本字帖而已。穿过福州路就是南京东路，那里的新华书店和朵云轩也是我常常要去的，曹素功的墨，上面用草书毛体刻印的“鲁迅诗”几个字特别醒目，买回来到现在我都舍不得用，据说这批货是专门为出口日本生产的，原料配方好，制作工艺精湛。当时我是凭直觉吧，这些都是后来才知道的。

夏天去小阿姨家是我家的惯例，有高兴也有苦恼，父母在“文革”中受到冲击，原本让我们几个孩子到上海去躲躲风头，没想到“革命”风暴也吹到普普通通的小阿姨家，年少的我虽然不知究竟，一颗少年的心却已是伤痕累累。暑假在浦东的日子相对人的一生如白驹过隙，但阿姨对孩子的关切之心、表兄的热情仗义、小朋友们一起玩耍的快乐时光，至今仍难以忘怀。

二

正逢农历丁酉小暑，土生土长的无锡人几乎家家餐桌上不会少黄鳝做的几道菜，当季佳肴，营养丰富，美味可口，所谓“小暑里的黄鳝赛人参”，就是这个道理！

居住在江南水乡，四季分明，物产丰富。就食材来说也是因地制宜，说“刁无锡”，外地人总喜欢拿无锡排骨、无锡面筋、无锡泥人说事。实则“刁无锡”主要是指无锡人会过日子，比较实惠，精明能干。比如说无锡人嘴刁，不同季节做不同的菜。江湖上流传苏锡沪本帮菜的大厨掌勺师傅大半是无锡人。当年蒋介石、宋美龄夫妇曾陪同美国驻华大使专程由南京来无锡品尝无锡大厨做的本帮菜，赞不绝口，一时传为美谈！

说起无锡地方菜，头道招牌菜要数无锡脆鳝了。这是一道冷盘菜，黄鳝切成条丝状经油爆后，加入酱、糖浆汁，放少许生姜丝，吃到嘴里，脆而不硬，甜而不腻，是一款下酒的好小菜，也是一道居家过日子可口又实惠的家常菜。比如困难时期，生活开支比较窘涩的同学家里，周日餐桌上要增加一点荤腥，家长往往会拿了渔具去钓黄鳝、泥鳅做菜，为孩子改善伙食。

无锡人以黄鳝为菜的做法不少，比如将黄鳝切成小段红烧或清蒸，叫鳝筒；将黄鳝切成丝热炒，叫响油鳝糊；将黄鳝切成小片与茭白炒，叫炒鳝片，等等，花样不少，吃法很多。刚入小暑，我就对太太说准备做一道时令菜——清蒸黄鳝。

我下厨做菜，一般来说都要从选购食材开始。买黄鳝，鲜活是第一位的；第二要野生，如何区别？关键是挑选的时候要动手试一下黄鳝的性子是否强；还要当场活杀看黄鳝肚子里是否有小鱼等残体；第三，黄鳝不能太粗太大，一般一市斤在三四条的样子。清蒸黄鳝，即黄鳝加葱姜盐和料酒一起隔水清蒸，也可以黄鳝加草鸡肉；或黄鳝加猪肉小排骨，那比单蒸黄鳝更入味可口，也更富有营养。这是小暑里无锡家常菜中最好的一道美味佳肴了！

星期天，太太陪我到附近的东降菜场选购黄鳝，买了三条黄鳝约八两，每斤 60 元，计 48 元；再到肉摊上买了 17 元猪肉小排骨，两样共计 65 元。当然，必须配置些葱花、生姜、大蒜头和上好黄酒等。将黄鳝、排骨洗净，切小段放在盘里，加少许精盐、黄酒、姜片和蒜头，再放香葱几根，隔水蒸约二十多分钟即可食用。其味道口感，打嘴巴子不放，无需多言。

小暑里的黄鳝赛人参，特指地方时令菜而已，美食者闻之则喜，素食者闻之不悦，智者见智仁者见仁矣。古人云：“衣服被吾体，但顺其时，不在纨绮；饮食充吾腹，但适其可，不在膏粱；宴乐修吾好，但致其诚，不在浮靡。”（陈继儒《小窗幽记》）所言极是，平平淡淡才是真！

三

日前，参加大学同学聚会，有的毕业几十年未曾见面，而我和老马算是最要好的。老马毕业后就回乡里做中学教师，我则留校随后又进了机关，彼此联系不多，但常挂念在心。他从毕业到退休一直在本乡中学教书，职称到副高，并且做了爷爷。此次同学聚会，我们相约同行。老马说一定要我先到他家住上一宿，看看他的乡间小屋，尝尝他家的柴火米饭。到了约好的那一天，还特地让闺女驾车赶到约定的地点来接。

一片油菜田边的一栋三层楼房，就是老马家的乡间小屋。东侧有一条河由北向南流过，河畔有几个人在钓鱼，恬淡幽静。一进老马家，他的太太早已准备了满满一桌菜，还没有等开席吃饭，先端上一大盆糯米粽、一大盆玉米棒，香喷喷的非常诱人。主人说玉米是自家田里长的，粽子是老马裹的，一定要让客人先尝一下。弄得我不知是吃粽子玉米好，还是上桌吃饭好，看女主人热情款待的架势，估计统统都得拿下！

酒足饭饱之后，便随老马到他家周围溜达。午后的田间地头躺着一排排刚割好的油菜，整整齐齐，在阳光的照射下清香扑鼻。途中遇到农人，不管男女老少都爱跟老马打个招呼，唤一声“马老师”。老马呢，也会对我介绍说，这户人家的孩子是他的学生，那家生活如何如何，如数家珍。到了晚餐时间，老马又约了几个乡邻好友一起来陪我小酌，几杯米酒下肚，脸上红彤彤身上热乎乎的！人散后，老马陪我出去兜风。夜晚的乡间格外宁静，村里的小狗看到老马来了不叫不闹，摇头摆尾地表示亲热。我对老马说这些狗蛮乖巧的嘛，老马笑笑告诉我，平时这些狗喜欢上他家来，他也总会有好吃的相待。看来不管是人缘还是狗缘都一样，关键是平日里的友善与付出。

第二天醒来，老马早已在小河畔收拾他的丝网，里面有不少活蹦乱跳的鱼虾。老马指着停泊在一旁的小船说，他每天必做三课：晨起先在堂屋上香，然后划船捕鱼摸虾，晚餐几杯米酒小酌一番。如果捕的鱼虾多了，就分给邻居家。

老马长我几岁，厚道老实。在校时还会帮我打份饭洗个衣服，从不计较得失。我们那一届同学年纪相差蛮大的，男女同学间也有恋爱资源重组的。老马没有动心，毕业后回乡仍然和村里原来的那位“小芳”完婚生子。老马太太朴实温和，整日里围着老马忙前忙后，看得出来是位贤内助。老马说他们婚后从来没有红过脸，孩子成家后小夫妻俩也是如此，女儿在乡政府工作，女婿在附近镇上一所中学教书，小外孙也上了高中。一家子相亲相爱，和和睦睦。

这次同学相聚的热闹场面早已散去，而老马家的田园生活却时时萦绕于心，不禁想起一首《逍遥歌》：

春花开得早，夏蝉枝头闹，黄叶飘飘秋来了，白雪纷纷冬又到。叹人生容易老，总不如盖一座安乐窝，上挂着渔读耕樵，闲来湖上钓，闷时把琴搞，喝一杯酒乐陶陶，我只把愁山推倒了！

这原是上世纪九十年代初，时年 92 岁的国民党元老陈立夫赠予友人的一幅立轴，其中的人生况味和生活意趣，只有过来人才会有真切的体会。老马的简素生活，他的一日三课，让人感受到什么才是平淡如菊、心无挂碍。

山寺一日世上千年，我这乡间一日也堪比三秋了，还是东坡居士的那句话：“人间有味是清欢！”

2020 年 8 月

少年读书苦与乐

读书对我来说是生活中不可缺少的一部分。人的一生无法确定生命的长度，但可以拓宽生命的宽度，读书是拓宽生命之宽度、延展生命之长度的摆渡船。遗憾的是，在我识字读书的时候，就遇到了“读书无用论”流行的动乱年代。“文革”发生时正值我上小学三年级，学校上课很不正常，所谓“停课闹革命”嘛。父亲一般住在厂里，周末回家与家人团聚，周日往往会带着我一起去书店淘书。父亲最大的爱好莫过于买书看书了，我记忆中，父亲在书店给我买的第一本小人书是名叫《草上飞》的连环画。“文革”期间父亲要求孩子用毛笔工工整整地抄写毛主席语录，背诵“老三篇”（《纪念白求恩》《为人民服务》《愚公移山》），久而久之，我喜欢上了书法，喜欢读书，不再满足于仅仅背诵和抄写老人家的语录和文章了。现在家长辅导孩子读《三字经》和唐诗宋词是司空见惯的事，我们孩提时代这些都是“封资修”的读物，难得一见。到了中学，我在书店买到新出版的郭沫若著《李白与杜甫》，读之方有所悟。一次从同学那里借到一本《唐诗一百首注释》小册子，我如获至宝，借回家工工整整地抄写了一遍，至今难以忘怀。由此，开始涉猎更为广泛的领域，寻找新的目标，一发而不可收矣。

曾记得，我们的学校是刚刚新建的“锡漂四·一”初中（后改名为周山浜初中），最初用来做红卫兵接待站，随后才作初中用。学校老师都是刚刚从大学毕业的学生，其中不少人是毕业后先到农场接受贫下中农再教育，而后才分配到我们学校来教书的，清一色的革命青年。刚刚开始的时候，初一年级只有我们一个班，作为 1969 年毕业的小学生直接被安排读初一，所以叫"直属排"（那个时候都按军队的序列名称，年级为连，班级为排）。学校的课也不正常，物理叫"工基"（工业基础知识），化学叫"农基"（农业基础知识）。一般来说搞政治活动多，到工厂、农村劳动的时候多，真正用来授课的时间可以说是断断续续，三天打鱼两天晒网。

我因为会写写画画，学校工宣队和政工组的老师让我帮助学校出墙报，帮助学校整理图书室。那时学校图书室除了"红宝书"，基本上没有什么其他图书。有一次学校工宣队师傅要我和几个同学用板车到城里刚解散的一所技工学校去搬书，结果运回来的基本上是一捆一捆油印的关于金属加工的绘图教课材料，令人非常失望。后来学校负责图书后勤的老师对我说："学校图书馆需要的书，你可以直接到市里的新华书店看看，挑选几本买回来。"有了这个"尚方宝剑"，我就斗胆到市里的新华书店去淘书了。

那个时候，市中心三阳广场的新华书店就在中山南路东风饭店隔壁，里面除了革命导师的著作，就是有关"文化革命"的政治读物，小说诗歌等文艺类书籍少之又少。我问书店服务员有小说吗，回答有，正巧碰上刚刚上架的小说《红旗插上大门岛》。二话不说，直接买了几本带回学校，这部小说大概是我们那个新建的初中图书室收藏的第一部小说了！《红旗插上大门岛》是一部由孙景瑞创作的战斗小说，1964 年 11 月作家出版社出版发行。小说以 1950 年春夏间为背景，描写解放军某部一连配合大部队解放大门岛后，改编为独立守备连驻守大门岛，紧密团结和依靠岛上渔民，恢复生产，重建家园，粉碎台湾蒋介石集团的各种阴谋破坏与袭击，取得了最后胜利的故事。小说自始至终洋溢着革命英雄主义气概，而这正是"文革"前一大批战争题材小说共同的主基调。

少年时代要读点书真是不容易，有些所谓“大毒草”，像《七侠五义》《三国演义》《水浒传》之类的小说，主要是同学之间偷偷摸摸地传阅。除此以外，像《孽海花》《武十回》《福尔摩斯探案集》等，也是在那个时候看的。看这类书还是心惊胆战的，不仅要防学校工宣队的人检查，还要防给家长添麻烦。有一次，有位高年级的同学偷偷借给我一部《石头记》（石印本），说好三天时间必须归还。我晚上挑灯夜战痛痛快快地看，太晚怕家长喊熄灯，把门上的玻璃窗用衣服遮住。结果父亲突然从单位回家，打开房门一看我没有睡，问怎么还不睡。我支支吾吾说不出话，父亲马上问在看什么书，拿出来，我只能从被子里面把那部可怜的《石头记》哆哆嗦嗦地交给父亲。父亲一看，马上十分严肃地告诉我，这种书小孩子不能看，说着就收走了，丢下一句话“关灯睡觉”！直到一周后父亲回来换衣服时才把书给我，让我去还掉，弄得我第一次借书就失信！其实父亲是非常喜欢《红楼梦》的，他常常说主席说的，《红楼梦》至少要读三遍才有发言权。直到现在，父亲还可以背诵《红楼梦》中的精彩篇章段落，不知是因为遵循了主席的教导，还是拿走了我借来的《石头记》自个儿下了功夫。这是我心里的一个疑问，但从来没有问过父亲。

初中时期，我的班主任王兴华老师是个非常有个性的人，敏于行而讷于言。那时同学们都知道他在编写一部新四角号码字典，大家对他肃然起敬。他发现我没有选择地看书，但没有对我进行说教，而是默默地支持我读好书，读有用的书。有一次家访，他带上自己珍藏多年的“五四”以来新诗体选本，在那个年代，老师拿这样的书给学生看是需要多大的勇气呀。正是读了王老师借我的这部书，我才知道古典诗词以外的新诗体。新体诗诞生于“五四”，最初试验并倡导新诗的杂志是《新青年》等，我从中知道了作家刘半农、郭沫若、贺敬之，等等。因为喜欢读书，初中毕业时我被推荐继续升学上高中，而大部分同学都进了工厂，成为光荣的工人阶级的一员。有一位同学闹着要进工厂不愿意读高中，老师还拉着我一起上门做工作。多年以后，这位同学和班主任老师感情最深、来往最多。

进入高中阶段，应该说学校教与学秩序比先前有所改善，也恢复了各科的正常考试，读书的条件好多了。那时除按正常的课程读书学习外，到学校图书室去“觅食”是一个很好的补充。高中时期的学校图书室藏书丰富，原有收藏之外还收藏了不少红卫兵抄家收集起来没有烧掉的“大毒草”，书架上全部塞满，走廊里也堆满了成捆成捆的书报杂志，比如《静静的顿河》《牛虻》《堂古诃德》《复活》，等等，还有五十年代的各类画报、杂志。那时上午的课是排满的，下午一般没有什么正课，我就在美术老师那里画画，或者悄悄溜进图书室帮助整理图书。说句实话，整理之余更多的时候是躲在角落里看自己喜欢的书，津津有味，直到晚饭钟声响起才离开学校。那些书中经典人物的灵魂，仿佛与我隔桌相伴，侃侃而谈，直到书页合上也不散去。整个高中阶段二年时间基本上就是这样度过的。图书室基本是不开放的，我之所以自由进出是因为我能够帮助图书室刻钢板、誊印讲义。图书室张老师戴着高度近视眼镜，做这些事不方便，有我帮忙他是非常欢迎的。他好像也和学校的门卫大叔说好了，有时候我在门窗紧闭的图书室整理图书，或看书上瘾了忘记时间，不管天色多晚，学校门卫大叔总会默默地等，为我打开已经上锁的校门。高一时，我居然是全市在读高中生中唯一考取南京艺术学院的，不得不说与当时在高中时的特殊经历有关。

后来高中同学茶叙，谈到中学时期对人生之路的选择，也是懵懂的。许同学说，记得 1973 年（高一）适逢艺术院校特招，全市就你一位在校高中学生被录取。当时南京艺术学院的入学通知书和表格都收到了，你就是不去，老师苦口婆心做工作也没有用，难得的一次机遇白白放弃了。同学们都说当年如果不放弃，你的人生轨迹就不同了！我说，人生没有回头路，当年没有去南艺读书是因为美术专业不对口，后来高中毕业下乡务农也没有后悔过。虽然我放弃上艺术学院的机会，但我从没有放弃对艺术的执着和追求。回眸匆匆，不管遇到什么苦楚，经受什么风雨，人生路上有书画艺术伴随前行，都是幸运的事。人若有点艺术修为，人生的情趣就不一样了！

读书，初高中时期主要是猎奇，满足自己的好奇心和求知欲，不少书虽然读了也是一知半解、囫囵吞枣，后来再读时觉得对同样一本书的理解与先前不同了。可能是理解能力的问题，也可能是读书方法的原因，还有可能是与人生阅历有关。到了大学时候，老师提到的必读书目不少都浏览过了，比没有读过的同学似乎主动些。但有些经典著作经过老师的讲解和分析，体会就完全不同了，才开始明白读书还有一个方法的问题，进而还有一个治学的问题。所以说读书是来不得半点马虎的。

从通读、精读到深读，由浅入深、由此及彼地读才能读出点味道来。读书，我历来主张在通读的基础上精读。像经典读物可能是一辈子的事，如《论语》《道德经》等看一两遍是远远不够的，必须反复看，如果结合人生体验读经典著作效果更明显。所谓读万卷书行万里路，“读书”与“行路”是互为比照的，即使反复读也可能是知其一未知其二。有一位老师曾经对我说“初学三年想走天下，再学三年寸步难行”，当时不明白，后来经历的事情多了，才慢慢悟出点道道来，学海无涯苦作舟。

在大学读古典诗文时发现，当代人对古人诗句的引用和解读与古典诗文的原旨是不相关的，有的甚至是完全相反的。如对唐代文学家刘禹锡诗文的理解，一定要放到诗人所处的历史环境和诗人自己的成长经历中去理解，万万不能想当然。如当时报纸杂志发表的政论性文章常常使用“沉舟侧畔千帆过，病树前头万木春”来比喻所谓“革命形势一派大好”，这句诗出自刘禹锡的《酬乐天扬州初逢席上见赠》，此诗首先紧承白居易诗《醉赠刘二十八使君》末联“亦知合被才名折，二十三年折太多”之句，对自己被贬谪、遭弃置的境遇表达了无限辛酸和愤懑不平。我为此专题进行考证，发现并挖掘作者诗文的原意，写了一篇文章在大学的学报上发表，受到老师的肯定和业界人士的关注。

有两本书对我的读书生活影响很大。一本是介绍主席青少年读书生活的小册子，主席善于利用零星时间读书，无论处在何时何地，积少成多，拾遗补缺；“不动笔墨不看书”，即读书时喜欢在书上做一些标记、眉批与读书笔记，这样反复读时可以前后对比，提高对读书的认知度和理解能力。读与记是一对相辅相成的关系，只有通过自觉的读与记训练，才能更深刻地体会和把握书中的主旨要义。另外一本是钱锺书的《管锥篇》，书中提出的“通感”，考论词章及义理，以打通时间、空间、语言、文化和学科的壁障，帮助提高自己阅读和审美的能力，学会通过串起来读，在不同范畴、不同事物之间进行比对，从比较分析中看问题，从“打通”中做学问，这就是善于读书的问题。读书不能走捷径，要下笨功夫；但读书要得法，做到举一反三，融会贯通。这对我的价值观、历史观、人文观的建立，以及认知和思考能力的提高是至关重要的。如果说我后来能在读书学习和考证考据中有一点体会，写了几部专著的话，应该是受上述观点的启发与影响，获益匪浅。

图书是生活必需品，读书是生活中不可或缺的一部分。先贤曾说：世上数百年旧家无非积德，天下第一件好事还是读书。少壮不努力，老大徒伤悲。几十年过去了，回忆起青少年时代读书生活的点点滴滴，总觉得有些惆怅，一路走来还是觉得书读得不够。人生是场难得的修行，差异就在于一本书之间。仰望高山时，你会卑微；俯视大地时，你会自负；只有读书，使你放宽视野，在高山大地之间找到属于自己的角色。只有不断淬炼、沉淀，才能修炼成自己想要的模样。书山有路勤为径，学海无涯苦作舟。读书之苦与乐，在书中和书外，人即是书，不止于书。

2021 年 5 月

附

蹉跎岁月

许晓春

蹉跎岁月，光阴荏苒。四十七年忆想，十四中的点滴历久弥香，带给我学生时代的情怀，真挚浓烈、深沉隽永。

高中是梦的时代。“文革”后，第一届完整高中开始重新重视教育，对教师、学生都影响甚大。1973 年下半年，美术老师沈鼎尧先生负责全校黑板报宣传，在全校招有一定基础的美术爱好学生。我与严克勤拜学在沈鼎尧老师门下。办公室在学校第一排，与体育办公室一墙之隔，每天课余时间，即到沈老师办公室听他教导我们学习字画的基本功。严克勤当时的字与画已很有一定的功底，学校走廊里六块黑板报由我与他负责，我抄报稿，严克勤负责插图及大标题的字。收获颇多，很有学习意义。

11月下旬，我按时到沈老师办公室学画。沈老师非常高兴地对我讲“严克勤被南京艺术学院破格录取了，是全市中学生中唯一的特招生”。在极左“文革”后，能上南艺（大学）已是非常不易之事，当时严克勤一边笑一边没说什么话。他是有个性的同学，处事与我们其他同学的思维不同。

第二天下午，我们同在沈老师办公室里学字画。沈老师回办公室后，我问严克勤考虑得怎么样了，他回答说：“我已考虑了，不准备上南艺深造学习，把高中学业上完后再考虑。”这让我们很惊讶，不能理解他是怎么想的。沈老师苦口婆心地劝说，上南艺的优点以及对人生发展和前途的好处。我看到沈老师眼眶湿润地问“为什么”，严克勤坚定地回答：“我在高中阶段可以多学点文化课程”，再三拒绝了去上南艺。

我知道严克勤当时在全校学生中，绘画是有一定的基础的，比我们初学者要好很多。上南艺是全市中学生的光荣，也是学校的荣誉，对沈老师是很大的喜事。严克勤的表态特别令人意外。但我深知，严克勤还有考虑，就是在校图书馆能阅读到禁书报，这是一般人不知道的秘密。

“文革”中，在极左思潮的影响下，对出身不好的老师实行抄家，将“四旧”的古书籍、文刊、文物全部没收放到学校的图书馆里，由张均梅老师负责整理，一般人无法看到。由于严克勤帮张老师刻钢板字，负责学校全部刻印任务，与张老师关系比较好，所以可以方便阅读到当时的禁书，获得难以收获的知识，这也许是他放弃上南艺的主要原因。

克勤兄是很有抱负、有独立思维的同学，这也让我从此事中得益颇丰，更让我记忆起沈鼎尧老师谆谆教学的耐心，令人感到亲切和难忘。

2021年5月

书窗闲话

春雨潇潇三月江南，疏影横斜南窗读书。难得一个星期天，放上一张碟片，泡上一壶好茶，翻着刚刚购到的《书店风景》，爱不释手。该书作者——台湾学者钟芳玲，一个以读书、编书、卖书、买书、藏书、教书与写书为志为业的女书痴，让人肃然起敬。此书一版再版，深受读书人喜爱。书中所介绍的世界各地的书店，景象各异，风情万种，一如作者所言，每家书店都是一幅风景，“有的婉约秀丽，有的气势磅礴，有的细致精巧，有的古意盎然”，着实令人神往。在西方，书店是个浪漫的所在，车水马龙的街市一角，推开一扇门，身后的喧闹刹那间远去，晕黄的灯光、宁静的书香扑面而来，也许还有一只安睡在屋角书堆里的慵懒猫咪，在时空挪移的片刻惊诧之后，油然而生的是温暖、平和与欢喜。

书店于我，也有许多深深烙印在脑海中的景致。回想起来，我少时的经历与钟芳玲有几分相似。钟芳玲幼年时住在郊区，父母每次到城中办事便把她“寄存”在一家书店兼文具店，她似懂非懂地翻阅书页，渐渐培养起喜爱读书的习惯：“在这个纷纷扰扰的世界里，惟有在书的世界中，我才能真正地解放，有一种安全、宁静的感觉，可以恣意张狂而不被评断，可以忧郁感伤而无需解释。”我父亲是私塾先生出身，进城工作以后，基本上在企业里担任领导直至离休。从我记事起，他给我的印象除工作之外就是捧着一本书。我小的时候，父亲因工作忙，总要到周末才从厂子回家，只要有空他总要拖着我上城里的书店淘书，久而久之，我也慢慢养成了泡书店的习惯。等我有了儿子后，我也喜欢拖着儿子逛书店，带他去上海玩，在南京东路的新华书店淘书时，总会把小家伙一个人留在儿童读物处，关照他书尽管看，但无论如何不要离开。等我过了大半天去接他时，小家伙还在津津有味地看他的动漫读物。时至今日，家父已是耄耋之年，几乎每天都要到附近的新华书店度过一些时光。

小时候，我逛的书店远不如钟芳玲笔下的书店风情万种。“文革”前，城里最大的新华书店在三阳南北货商店对面，只有一开间大，后来在旁边又扩充了一开间，记得父亲给我买的第一本连环画《草上飞》就是在那里购得的。“文革”中后期搬到中山南路，有了一家四开间店面大的新华书店，才算是上了一点规模。记忆中除新华书店之外，中山路上挨着文物商店还有一家古旧书店，店里有一位留着胡子的老人絮絮叨叨地招呼着他的熟客。其实，当时还有一家不为人注意的书店在吉祥桥堍，是属于无锡县新华书店的，有时候紧俏的书在新华书店买不到，往往在那里可以如愿，我家收藏的 16 开精装《现代汉语词典》（试用本）就是在那儿买到的。前年，北京同学送我的《现代汉语词典》典藏本的《序言》中，提及此书 16 开试用本印数很少，现在看来是很珍贵了。

上世纪六七十年代，正当“文革”高潮，父母亲都被关进“牛棚”，学校停课，我们姐弟三人只能躲到上海浦东的姨姨家。在上海的日子，我不喜欢和里弄的孩子瞎胡闹，常常一个人坐着轮渡从陆家嘴摆渡到浦西，大部分时间都泡在福州路和南京东路的书店里。有几家书店是我常去的，像南京东路的新华书店和朵云轩，福州路的上海旧书店和上海外文书店。那时的朵云轩曾出过一批精美的大型刊物《艺苑掇英》，规模和水平要比北京荣宝斋出的画刊金贵。前者注重典藏研究，后者注重推出每位画家的作品介绍和技法特点，各有所长，我基本都买了。年前在北京和《荣宝斋》主编唐辉先生喝茶聊天，唐先生谈到当年荣宝斋出版的那些画刊时，还滔滔不绝地跟我讲起他为编辑荣宝斋画刊如何在京沪两地登门拜访唐云、李可染等名家大师的故事。在朵云轩除有图册书籍出售外，还有笔墨纸砚可买，曹素功墨上都刻着毛泽东和鲁迅的诗句，那淡淡的徽墨墨香和清清的宣纸气息吸引着我。那时，为换外汇，在朵云轩二楼有旧画可售，但仅仅是对华侨和外国人。上海旧书店的二楼也有成套的线装书，属内部供应，要凭介绍信才能入内选购，我只能从门口向里面眺望，那一叠叠、一部部夹着书签的线装书是多么诱人啊！现在想来，当时完全是出于少年的好奇心，真要是让我进去，就是慕名选一两部也买不起。后来我听书店的工作人员讲，这里还设有特供书柜，专供首长选购。少年失学的我能够有书店可泡，不能不说是老天给我的厚爱了。福州路和南京路上的几家书店基本上没有什么人光顾，店堂空空荡荡，只有几个员工叽叽喳喳地谈论家长里短，我一个人带着面包在那里一泡就是大半天，静静地翻阅任何一本想看的书与画。一颗受伤的少年的心在那里得到的是一份难得的宁静，找回了久违的自尊，获得了弥足珍贵的精神慰藉。

多年以后，少年时代苦涩而灰暗的记忆中，有关书店的片段总会闪现难得的亮色。钟芳玲在她的《书店风景》中深情地向读者谈到美国费城的“博德书店”(Borders Books)

> 我曾经在费城待过一年，那是我生命中极为困顿的时刻……我看不到尽头有任何些微的光芒。我对着著名的历史景点、大型百货公司或历史博物馆一点也提不起劲，空洞的灵魂在费城市中心漂泊不定，萧瑟的秋冬更是让我忧郁到极点，直到发现了核桃街上的“博德书店”，我才开始感到一些温暖和归属感。

“一些温暖和归属感”，不也正是少年时的我在书店找到的？她介绍道——

> 费城并不是没有其他书店，但就属这家书店最突出，气氛最佳，人气最旺，店里的员工格外文雅友善，他们选放在平台的书似乎特别具有吸引力，也是早期附有咖啡座的书店，还提供免费报纸，而

且营业时间又比其他店家长，因此，这里成了当地人士从早到晚流连的好场所。在这里，我可以与一群不相识的人共处，一方面不孤单，另一方面又不受干扰。最重要的，还是我因此能静下心来阅读，从不同的书、不同的作者中，读到一些趣味与希望，微弱的生命力也慢慢地复苏。

对书店的喜好虽不如钟芳玲般“痴狂”，却也成了我多年的习惯。出国考察，我总要抽空去当地的书店看看，虽然不懂外文，但领略一下异国他乡的书店风景总是一件赏心悦目之事。有几次，我去美国考察时曾在费城作短暂停留，这个城市港湾老码头的一家书店特吸引人，有两层楼面，由于是老码头旧站房改造的，跃层式的架构显得高大，各色图书都有，其书店特色和气息氛围与钟芳玲讲述的“博德书店”差不多。我两次到费城都探访过，一次是为学萨克斯管的儿子买几张萨克斯管吹奏乐曲CD，另外一次是陪同刚刚开始对摄影感兴趣的领导去书店浏览有关摄影的画册。那里的服务员特别热情，一见客人到摆放摄影书籍的专柜前就凑近介绍，并用推车从另外一处选择了一些同类图册，放在书柜旁的茶几上，让客人坐下慢慢翻阅。此事一晃有十年光景了，当初才摸相机的领导现在已成了摄影家，并出了自己的摄影画册。其实，在美国淘书也可以去旧货店买二手书。我最早在美国买的一本大型野外摄影册，就是在旧金山下榻的旅馆附近的书店找到的，九成新，才几美金。

谈到书店，不能不说到台北的诚品书店和汉声书屋，一般到过台北的人对诚品书店都赞不绝口。我喜欢“诚品”，但更喜欢“汉声”，“诚品”虽然有氛围，也略带书卷气，但总觉得像一家装帧得比较巧妙的文化用品商店。而“汉声”则不同，它不以营利为目的，是一群有志于挖掘和弘扬民族文化的人士在默默无闻地工作。汉声出版社的黄先生是我第一次到台北时认识的，我们去台北博物馆参观时，正遇到汉声在那里举办无锡惠山泥人艺术大型展览，令我们这群所谓无锡文化考察团的人感到茫然和惊讶，那是我有生以来看到的介绍惠山泥人规模最大、水平最高的一次展览。在展览会上我与黄先生作了简单交流，直道相见恨晚，告别时黄先生还特地送我一部介绍惠山泥人的精美图集。后来黄先生来大陆时也看过我。有一年，台湾汉声在北京中华世纪坛举办惠山泥人艺术展览，我特地赶到北京去看黄先生。当我再次去台北，我答应一定去汉声书店做客。那天，因为公务活动结束得晚，黄先生一直在我下榻的饭店大堂等了很久，才接到我去汉声出版社。汉声的店面门口有一座马英九先生题名的方碑石柱，有点像日本庙宇前所立。一进店堂就可以看到书柜上放满了汉声的出版物，店铺不大，但收拾得干干净净，里面横铺着一块硕大的原木板，在木板的顶头横放着一把古琴，板面上放着一套古色古香的茶具，墙角立几上的香炉里，一缕青烟袅袅升起。那个晚上，书香四溢，茶香缭绕，琴声悠扬，与黄先生相谈甚欢，直至子夜露重。临走，我特地送了一幅自己画的成扇给他留念，此次台湾之行我仅带了两把成扇，另外一把荷花成扇已经送给星云法师了。

我也在香港书铺淘书，但感觉不如台北。不过，在铜锣湾过街廊边的小书店还是可以淘到自己心仪的书，比如董桥先生的散文小册子，如牛津版的《今朝风好》特别精美，打开褐色的硬质封面，翻过扉页，就有一小张藏书票嵌在中间，书票下方印着一排小字："董桥英伦访书偶得。"

国内也有一些书店是值得常去逛的，如上海的季风书店、南京的先锋书店等。博物馆、美术馆内设的书店也可看看，像纽约的大都会博物馆、伦敦的大英博物馆、巴黎的卢浮宫，里面的书店非常精美。台北故宫博物院、上海博物馆、北京中国美术馆里面的图书销售部也不错。有的时候，淘书还能淘出意外收获。有一次我去宁波美术馆看浙江省沙孟海书法大奖赛成果展，在美术馆的二楼不怎么起眼的图书销售柜台觅书，忽然看见柜台内放着一只做工精美的仿古青瓷笔洗，水盂口径有25厘米左右，用来放在画室最合适不过了。我问服务员这个笔洗卖吗，她说是别人寄售的，仅此一件。我拿着笔洗，看到底部确实有一方"宁波美术馆纪念"的烧制印章，立马付款买下。

前些年，在南禅寺的一个书摊上，淘到一本线装的民国时出的珂罗版江南老画家吴观岱（1862—1929）的自选画册，封面上还有吴老先生的亲笔题签墨迹及朱红印章，极为难得。有一年清明过后的周末，我去杭州潘天寿纪念馆看展览，在南山路的一座青砖小洋房里的南山书店淘到一本介绍西泠印社掌故的书，越翻越有兴趣，索性打车直奔西泠印社旧址的茶室，泡上一壶龙井喝茶看书。远处的西湖水波潋滟，山色空蒙，别有一番情趣，不禁吟出一首小诗："孤山断桥平湖西，烟水空蒙晴雨奇。若问闲情有几许，莺飞柳浪暮色里。"

呵呵，说起淘书，我生活的城市山水之秀美、百姓之富庶、经济之发达是没有二话可说的，但书店之少实在不敢恭维。联想起近来本城唯一可去的人文书店"百草园书店"因种种原因无法开办下去，人事喧嚣，书事寂寥，实在令人感慨。这家书店离我原来的住所百岁坊巷很近，几步路就可以走到。多年来，去百草园书店淘书已成为我生活的一部分，我想应该帮助店主找到一个合适的店址吧。正如《书店风景》作者所言："书店风景，人人有责。"

"山林习静闻仙梵，风雨论文想故知"，在即将结束本文的时候，蓦地想起了白蕉先生的一副对联。

2010 年 10 月

书之三味

明天是世界读书日，看到单位的同事纷纷在节目中展示自己读书的快乐，非常欣喜。梁实秋曾说：“我有一几一椅一榻，酣睡写读，均已有着，我亦不复他求。”读书是一种习惯，也是生活诗化的一个途径。《书之三味》是我先前发过的三篇同书有关的文字，是笔者的一点关于书的心得，兹录于此，与爱书者分享图书之美、阅读之乐。

品　书

近日，得到两本语言文字方面的专著，一是《百年文言》，一是《于丹字解人生》，品读之余，不禁感慨万千。汇辑近百年来二百余人近三百篇文章的《百年文言》，可说是百年中国以文言记述的一部史略，也可以说是一部新的《古文观止》，确实可以让我们领略到新时期文言的魅力，为文言的价值高低、存废之争提供一点基本的佐证。与于丹教授品茗闲聊时也谈到文言文与口头传播的关系，彼此都认同文言之美在于简，在于雅，在于礼，在于韵，是对口语的提炼和精粹，所谓“文质彬彬，然后君子”，形式和本质兼备方为大美。

语言文字是一个民族文明的密码，也是一个民族文化的血液。文言文是中国文化传承千年历久弥新的精神贵族。文言，《论语》称之为雅言，即“子所雅言，《诗》《书》、执礼，皆雅言也”。文言比口语精练典雅，华夏文化的经典著作大多以文言写就，文言中蕴含中国文化的基因。简而言之，文言文与现代汉语一样是中国文化传承的血脉。“五四”以来往往将白话文与文言文相对立，这是令人遗憾的。日前听北京大学王守常教授谈及中华民族的向心力、凝聚力问题，他认为，古老的中国之所以能屹立不倒，不能不归功于传统文化的坚固维系，不能不归功于文言典籍独特的同化魅力。

当下语言文字乱象丛生，网络语言大行其道，这给保持我们民族语言的纯洁性带来很大的压力。现在的院校不管什么学科，考生一律要有一门外语过关才能踏进门槛，也不管外语水平的高低与专业技术之间的关系是否真的那么紧密，不少专门人才因此而遭到淘汰。我们对外语的重视到了世界上任何一个国家都难以企及的程度，而对于自己母语的学习和要求重视程度不够。准确、优雅地使用本国语言文字，对于任何一个时代的学生和各界人士都很重要。时下无论是学校还是社会，对汉语言文字往往十分轻疏，敷衍了事，甚至堂堂本科毕业生连起草一份像样的通知都觉得难以下笔。不少学子谈及西学经典如数家珍，对中国传统文化却一知半解，说起来实在令人汗颜。

中国梦，承接千载，拓开新宇，挟千年风霜，圆百年梦想，这是种对于既往的传承，也是对于明天的期许。精通与掌握祖国文字语言就等于了解了“中华民族掌心里的纹路”，循着它的指向可以上下求索，触摸和了解中华文化的脉络与精髓，并在对传统文化精神的弘扬和光大中，获取正确前行的力量和信心。

淘 书

读书人有读书的乐趣，也有去书店淘书的雅癖，如果一个现代化的城市找不到一家可供读书人找乐趣的书店，是谈不上现代化的。

前不久有位文化部领导回家乡无锡与老友小聚，晚饭后我介绍他去广电路上的百草园书店看看，他说早已在网上知晓，进了书店就拉着书店刘老板的手问长问短，因晚上书店在举行读书会，人挤得满满当当，部长如鱼得水地在书架之间寻觅他所需要的书，痴迷得很！谈话间得知这位老乡部长是个书迷，他说过去无锡没有什么像样的书店，仅仅是三阳新华书店二楼的特供部有些好书，他常常光顾。确实，当年我们也曾经在那里淘书。后来，无锡的人文书主要由民营的百草园书店经销，大半锡城读书人都来这里买书，我原先就住在书店附近的百岁坊巷，礼拜天或下班后常常溜到书店去享受淘书之乐，部长大概也是有此乐趣，所以一头扎进书堆久久不想离开。

日前从北京传来信息，三联书店开始了 24 小时营业模式，并专设读书桌椅，引起广泛关注。今天早上得知此事惊动了总理，总理专门写信予以肯定和祝贺！想起前几年，因拆迁的原因，本埠这家唯一的人文书店百草园无法生存，传媒界因此积极奔波，最终仍然没有理想的迁移之地，于是就有一个仿照台北诚品书店的念头，结果与书店刘先生一拍即合。我们优惠提供书店场地，由书店、茶吧、文玩三家集中营业，相互依存，共同打造人文空间。几年来经过当事人的共同努力，书店已成为锡城一道新的文化风景线！前天，书店刘老板专门要我为书店举行的世界读书日活动"'书缘'——现当代文化名人手迹展览"题名，我欣然命笔。我想以此来支持实体书店的生存是蛮有意思的。

世界读书日，大家都在谈论实体书店的生存空间，一个有魅力的现代化的城市应该有这个雅量，给予实体书店格外的关爱。现在网络书店、电子书多起来了，但实体书店所经营的纸质书籍仍然有其独特的魅力，"书香门第"应该存在，书香也会不断熏陶关心支持它的每一个人，回报关心它生存发展的城市。

画书

我对唐诗一直保持浓厚的兴趣，从青葱岁月到双鬓染霜，一有暇就品读吟咏，爱其诗句洗练，含义隽永，蕴不尽之意在言外，如品橄榄，回甘无穷。读诗品诗，不但可以获取丰富的文学知识，更能够得到怡情悦性的精神享受。一部《唐诗三百首》置诸案头，百读不厌，常读常新。后世画家受唐诗影响尤为深广，特别是文人画兴盛之后，书画家落款题跋常常借用与画作意蕴一致的唐诗，兴之所至，信笔拈来，诗画相济，即成妙构。

这与中国的文化传统有关：诗、书、画追求的是随性率意，直抒胸臆，一派天趣，气韵生动。文人画在笔墨上往往以“逸笔草草”的写意形式来表现，在题跋上以唐诗来抒情怀添雅趣，也是相得益彰。甲午盛夏，有好友送我一刀陈年旧皮宣，我蜗居陋室，每日凌晨 5 点多起床，辄借唐诗以遣日消暑。湖光山色，翠嶂连绵，曲径环绕，长浪拍岸，层波叠影，朝晖夕映，万千气象。春夏秋冬，四时变换，皆精心营构又顺乎天然，如此美景，甚为契合唐诗意境，于是研墨挥毫，创作唐诗写意画六十开，同道师友见之，怂恿我结集付印，我亦以此卷而自观焉。

传统绘画，自宋元以降重在写意，近年来对中国画“写意”与“写生”之论，方家多有轩轾。但我认为传统诗画在技巧之外，当以意境和格调来判定优劣高下。

关于“写意”，前贤有“逸品”“逸格”之说。晚唐画论家朱景玄《唐朝名画录》以“神妙能逸”四品论画，“其格外有不拘常法，又有逸品，以表其优劣也”。宋代画论家黄休复也曾说过：“画之逸格，最难其俦。拙规矩于方圆，鄙精研于彩绘，笔简形具，得之自然，莫可楷模，出于意表，故目之曰逸格尔。”元代大画家倪云林说得更加直截了当：“仆之所谓画者，不过逸笔草草，不求形似，聊以自娱耳。”体会千年古诗，探幽访胜，略知大意耳；若挥毫落纸，唯有写其意而已！

唐诗已成为中华民族文化的一大基因，对现代人而言，要真正领悟唐人诗意并非易事，而要以诗入画，在笔墨间呈现出唐诗的形象与意境，于我更是挑战。择选六十首唐诗以绘画呈现，吟咏画意，阐明画理，融入情趣，谋篇布局，美化构图，还要做到所绘景物与诗意相通，所造意境有画外之意，于方寸之间展现万千气象，让赏画者游弋其间，思接千载，观画悟境，视通万里，有所悟有所得，难哉！

但这套画作也没有刻意为之，而是随性而作，记录的是读诗的快乐，笔墨的情趣，是我对唐诗与书画的点滴感悟。我利用业余时间，凝神静虑，泼墨点染，诗画添趣，聊以消夏。明知不可为而为之，虽不能及古人于万一，然心摹手追，唯求不俗。

不知不觉间，花甲将近，鬓须皆白，不知一池浓墨，能染我双鬓白霜否？我虽老眼昏花，然痴心不改，常梦回唐朝，偶梦见李杜。倾心之下，勉力为之，缅怀前哲，辄欲附骥，以舒平生仰慕之忱，以求刹那之芳华！

2021 年 3 月

人生一碗粥

刚过去的中秋国庆期间，我被老友们拉去苏州东山农家小住了一宿。曲径小巷深处便是一座小楼，粉墙黛瓦，背靠青山，鸟语花香，一派乡村田园景象。

早上起来，农家主人已为我们备好一桌丰盛的早餐，有馒头、酱瓜、鸡蛋、大饼、油条等，最让人心怡的是热气腾腾的大锅煮的白米粥。大伙儿围着桌子端起碗大口喝粥，耳边响起哗啦哗啦的响声，一位朋友情不自禁地说了一句：好久没有听到喝粥的声音了。大家不约而同会心地笑起来，我也颇有同感。说实话，这样的农家柴火煮的大锅米粥好久没有喝了。那浮在锅面厚厚的粥油，喝起来香甜黏稠的口感，真是让人陶醉。回想起过去的时光，关于喝粥真是有不少难忘的记忆。

我是上世纪五十年代出生的人，曾记得居住在周山浜庆丰里老街坊的时候，大概也就是 5 岁的样子。看着母亲下班后到邻家大院的食堂里买粥，晚上灌在热水瓶子里，粥装了半瓶后再加半瓶热水，或者往瓶子里放一把米再灌满开水，然后用盖子盖紧，捂一个晚上。第二天早上起来从瓶里倒出来当早饭吃，全家人每人一碗，那个碗里的粥就不是食堂里的样子了，而是清汤寡水，可怜的米粒开花漂在碗中间，喝入口中有一股淡淡的馊味。母亲说，在困难时期用有限的计划粮票到粮店买来的陈米是不够的。我记得有一次父亲兴冲冲地往家里带来半袋米糠煮粥，说是经批准后从米厂里买到的，因为和厂里的工人师傅熟悉，在取米糠时做了一点手脚，同样分量的米糠含米屑就多一点。不管怎样，做父母的总是想办法让孩子吃饱喝好。我记得母亲煮粥还是蛮讲究的，不同的季节不同的搭配，春天煮菜粥，夏天煮绿豆粥，秋天煮百合粥，到了冬天就煮赤豆粥。特别是暑假里，孩子们在外面玩得满头大汗回家，母亲早已经把煮好的绿豆粥凉凉放在桌子上，又饥又渴的我捧起碗来咕嘟咕嘟地喝个精光，真是爽哇！

那个时候都一样，“两稀一干”，早晚喝粥，中午吃饭。一般家里人口多的话粮食明显不够，喝的米粥基本上就是薄粥了。那时邻里之间关系和睦，人们总是端着碗边喝边到邻居家串门，听到的就是“哗啦哗啦”的喝粥声。有邻家调皮鬼沿着粥碗的口边来回转两下，三两口就将一碗稀粥喝得精光，最后还要用舌头把碗舔得一干二净，光亮可鉴！当然，街坊邻居最热闹的要数冬天里喝腊八粥的时候。因为是老风俗，讲究一点的老街坊家里再困难也要煮一锅腊八粥喝了过冬。哪家先煮哪家就带头把煮好的腊八粥挨家挨户地送上一碗。在腊八这天，用米、豆等谷物和枣、栗、莲子等干果煮成粥，起源于佛教。传说释迦牟尼在这一天成道，因此寺院每逢此日便煮粥供佛，以后民间相沿成俗，喝腊八粥也算是讨个吉利吧！

小的时候，喝粥也有不同的待遇。如果小孩子感冒发烧了，家长大人就会用糯米单独煮粥，再加上一小勺糖，条件好的还会往白粥里再放些肉松，那喝起来真是香甜鲜美。上世纪五十年代，人们生活在粮食短缺时代，生活水平有个基本温饱就不错了。记得车站码头附近设有不少粥摊，用两块木板架起来就可以摆上好几排粥碗，清一色白底青边的浅口碗。夏天是凉粥，冬天就在木桶里现卖现舀，木桶外面用棉套围裹着保温。过路人驻足观看，或买上一碗喝了就跑。小孩有大人领着坐在粥摊边的板凳上喝，条件好的还会加上一小碟花生米或萝卜干或半块腐乳。台角边放着的各色各样的下粥小菜碟子，十分诱人。

最奇葩的是“文革”时期红卫兵大串联，我家附近有个中学，校舍刚刚建好还没有开学，就用来做红卫兵接待站。接待站有大桶的白米粥、白面馒头或肉包子，热气腾腾香味扑鼻，南来北往的红卫兵们可以放开吃。接待站招待红卫兵等革命小将不收钱和粮票，凭介绍信登记一下即可。我们几个小孩到接待站去帮忙，也能揩油喝到一碗粥或吃上一只包子，真是开心。听说那些串联来接待站白吃白喝的红卫兵，后来都按登记的住址姓名追补缴费了。

最难忘记的是高中毕业回老家南通插队务农，和爷爷奶奶一起生活的日子。南通乡下以种植棉花为主，因耕地轮茬的需要，稻米种植少，元麦、玉米产量大，所以平时白米粥很难喝到。那里的农家吃的粥是用元麦加工成细粒，既可以用来做饭煮粥，也可以作为喂猪的饲料。这种元麦细粒煮粥口感远不及大米粥好喝，我刚去的时候很难下咽。爷爷奶奶为了让我能喝得下，用生产队里分配的口粮中有限的大米，放一些与元麦细粒混合煮粥。后来发现稻米实在不够，就用纱布缝制成小袋，装少许大米放入锅中和元麦细粒一起煮。爷爷奶奶喝纯元麦粥，我的碗里也是元麦粥，却多了一小袋米粒。奶奶总是用她长满老茧的双手，小心翼翼地把小袋口的细线解开，将米粒慢慢地倒入元麦粥中和匀让我吃。随着时间推移，元麦粥我也习惯了。每当想起刚下乡务农的时光，爷爷奶奶给我的特殊照顾，至今都难以忘怀。

离开农村后，不管是在大学读书还是到机关工作，在食堂或招待所里早晚都能喝上白米粥了，那满满的幸福感油然而生。出差北京住国务院机关招待所，早餐主食也是米粥加馒头，但北方的白馒头比南方的筋道，吃着也香一些。上世纪九十年代后期市里赴京的一些经贸活动，安排在北京火车站附近的北京国际饭店举行，忙碌之余，我喜欢溜出去找粥铺喝上一碗粥清口解乏。曾记得北京国际饭店西北面的胡同口有一家老北京的粥店，有各式各样的粥卖，那家店铺的老北京甜浆粥喝起来特别舒坦。

现在喝粥已经不是稀奇的事情，元麦细粒在超市作为营养食品出售，有时候回南通乡下还特地让老乡给我煮元麦粥喝，那个感觉全是一种怀旧。

时间过得太快，一晃我已退休回家好几年了，平时因为要控制血糖，白米粥也不能常喝。这次节假日到东山小聚，喝上农家大锅煮的白米粥就算过一把瘾吧。宋人诗云："有客登临酒半酣，道人仍为扫烟岚。瘦筇更约风尘上，粥饭老同弥勒龛。"人生就是一碗粥，不同的时期，不同的喝法，不同的感受，喝着喝着就老了！

2020年10月

东西南北一碗面

秋冬黄花时节，应约与老友在惠山二泉书院积水岩喝茶，中午时分惠山掌门人赶到惠山寺斋堂请吃素面。素面汤里货色不少，有金针菜、香菇等素什锦，外加一只荷包煎蛋，清香适口，简单实惠。老友相聚，有忙人赶来为闲者的一碗面买单，面虽素而情面浓。

其实，对本乡本土的人来说，小聚喝茶，中聚吃面，再大一点就是约饭局了。江南人虽然一日三餐以大米为主，但却有不少人还是比较喜欢吃面的。清末民初以来，江浙沪地区吃早面或喝早茶已成市井生活的一道风景线。面点品种繁多，各领风骚，如镇江锅盖面、常州银丝面、无锡老式面、苏州枫镇大肉面和上海葱油面，等等。面馆吃面有不少讲究，比如无锡的面馆，伙计跑堂，各式面叫法各异，有宽汤、断生、紧汤等不少花样。

江南人煮面历史悠久，元代大画家无锡人倪瓒在《云林堂饮食制度集》中对煮面做如此翔实的介绍："如午间要吃，清早用盐水搜面团，捺三二十次，以物覆之，少顷，又捺团如前。如此团捺数四。真粉细末，擀切。煮法：沸汤内搅动下面，沸透，住火，方盖定。再烧，略沸，便捞入汁。"煮面的制法、煮法虽相隔上百年，但与今天无锡乃至江南地区细面川条的制作方法大体相同。以前没有轧面机制面时，家家户户吃面基本都是这样。我下乡务农的时候，老奶奶自制的手擀面就是这样做的，尤其是制面煮面的程序和做法几乎一模一样。可见元明以降，江南及淮扬地区的面食延续至今，源远流长，后来品种越来越多了，如肉丝面、爆鱼面、焖肉面、香菇面、鳝丝面，等等。

江南地区的面馆最讲究的是面汤了。无锡老式面的汤，由面馆厨师每天早上熬一大锅汤，汤底由猪骨、鳝骨配以多种香料，经慢火熬煮七八个小时而成。熬制的骨头膏汤稠而不腻，确保鲜美醇厚，并保证每一碗面都是原汁原味的原汤，不加水，让面客吃得满意。苏州面馆也讲究面汤，所谓“唱戏靠腔，下面靠汤”。苏州面馆的头牌枫镇大肉面，面汤一般用猪骨、鳝骨、鸡骨壳等吊制而成，吊汤一般要吊三四个小时方告成功。这锅汤清澈见底，不见浮沫，味道清雅鲜美。和无锡老式面汤一样，汤水在汤锅里煮中间不准加水，这汤才算真正到位。

无锡老式面的制作，生面经多次轧、并，面条的筋道和拉力增强，厚薄粗细均匀，经煮耐烧。面条煮熟捞起，放入面汤里和浇头拌和，具有滑爽、劲足、汤清等特点。无锡老式面的浇头基本都是提前烧煮好的什锦，一般将猪肉切成小块，辅以鸡蛋、木耳、酸菜、榨菜和时令素菜等放在一起煸炒至香，有的还配以鱼圆、鸡肉丝、肚条、青虾仁、香菇、茭白、菜心、毛豆子等什锦，口感鲜嫩，味美清香。至于一般百姓家里吃面，就没那么考究了。解决吃饭问题最方便的就是下面，特别是双职工家庭的孩子几乎都会下面。家里常备着卷面或面干团，放学回家，如果父母还没有回家煮饭，就自己煮“速溜面”吃。把水煮开后放入卷面，碗底放少许酱油，少许白糖，再挖一小块猪油，撒上葱花或蒜叶拌匀，香喷喷热腾腾，就开吃啦。无锡人吃拌面喜欢加糖，一位上海同行朋友在微信朋友圈说了一段话很有意思：“上次在无锡吃面，服务员透过窗槛问：阿要正宗无锡口味？自己想都没有想就回了一句：要。然后小姑娘抄了一大勺白糖扣进了面碗里……”无锡人吃面讲究一点的，到了秋冬螃蟹上市后还自己做蟹油：把蒸熟的螃蟹肉挑出来放入锅内，加少许盐和姜末用猪油煎煮，然后取出放在瓶罐里，结冻后可挖出来拌面吃，蟹黄油拌面，那绝对是天下第一美味。

江浙人吃面讲“浇头”，山西人吃面玩“花头”。日前赴山西旅游，其景点文化底蕴深厚自不待言，面食也给我们留下深刻印象。特别是山西刀削面，用刀削出的面叶，中厚边薄，棱锋分明，形似柳叶。入口外滑内筋，软而不黏，越嚼越香。刀削面的调料也是多种多样的，有番茄酱、肉炸酱、羊肉汤、金针木耳鸡蛋打卤等，任顾客选择。导游小闫给我们哼起了刀削面的顺口溜，并讲了有关刀削面的故事：“一叶落锅一叶飘，一叶离面又出刀。银鱼落水翻白浪，柳叶乘风下树梢。”据说元朝初年，蒙古人占领中原，为防止汉人造反起义，将家家户户的金属器皿全部没收，并规定十户用厨刀一把，切菜做饭轮流使用，用后再交回鞑靼保管。一天中午，一位老婆婆将棒子面、高粱面和成面团，让老汉取刀。结果刀被别人取走，老汉只好返回，在出鞑靼的大门时，脚被一块薄铁皮碰了一下，他顺手捡起来揣在怀里。回家后，全家人在等刀切面条吃。可是刀没取回来，老汉急得团团转，忽然想起怀里的铁皮，便取出来说：“就用这个铁皮切面吧！”老婆说：“这样软的东西怎能切面条？”老汉气愤地说：“‘切’不动就‘砍’。”于是乎无意中成全了一款代表山西风味的面点，到明朝初年演变成现在的刀削面。山西刀削面技艺娴熟的师傅“花头”多了，和好的面团顶在头部，两只手分别拿一把削面刀，在头顶上“嗖嗖”挥动。“飞刀削面”在山西已成为一种表演艺术，所以人们说“吃刀削面是饱口福，看刀削面是饱眼福”。

什么季节吃什么面也是一种选择。记得夏天上海人喜欢吃冷激面，所谓“冷激面”也叫“冷面”，就是事先将细面放入汤锅里煮熟捞出，用冷开水或冰水冷却后倒入大一点的搪瓷盘里，加入酱油和调味品拌匀摊开晾放，需要吃多少就从盘中捞出来用。小时候跟着外公到上海南京东路附近的中央商场逛，那里吃喝玩乐什么都有，看到面摊上就有冷激面出售，白色的搪瓷盘里装着摊开的面，上面吊着小型电风扇吹着，香喷喷的很诱人。外公买了一碗冷激面，加一些花生酱拌匀给我吃，真是解馋呀。后来我也学会了做冷激面，先用锅将面水煮成断生，面条捞起沥干，再用冷水浸一会儿，凉透捞出沥干。然后用大一些的容器放入葱油，少许盐、生抽、糖、醋、葱花或蒜末，并将凉面倒入容器内搅拌均匀，如果再淋上一些小磨麻油就更高级了。同样是夏天吃面，感觉是不同的。记得某年夏天在贵阳，朋友介绍到当地一家小有名气的面馆吃红油辣椒汤面，看着浮在碗口的红红辣油带着一股热辣的气味扑面而来，辣香气在眼前流转，泪水都出来了，一碗下肚，大汗淋漓，那才叫痛快！

吃面也有比较，不同地方的面当然有不同的花头特色，关键是面食的浇头如何。如本省一南一北两碗大肉面风味、吃口完全不一样：在镇江吃锅盖面，关键是一碟镇江肴肉作拌菜，红汤底，冷切成的大块肴肉、一碟镇江香醋，蘸着吃一冷一热，最后把碟子里的香醋喝光，口感相当过瘾；在苏州吃枫镇大肉面，白汤细面，一大块五花肉经焖煮后细嫩入味，用滚热的汤面压在碗底焐热慢慢地捞着吃，五花肉与热汤面互相交织，一口接一口，滋味越发鲜美，醇香诱人。如果向店家要一小碟姜丝清口，其风味异常独特。

淮扬食系中有两碗面风味独特，一碗是东台的小刀鱼汤面，口感鲜美，我最早到东台参加会议的时候吃过一碗，印象深刻。后来发现在南京金陵饭店也有小刀鱼汤面，出差省城只要有时间就会去品尝，那是我最喜欢的一碗面，不像别家选的都是细面，这里的面是专门定制的“小宽面”，在汤汁里泡久了，还是一样的韧且耐嚼。面条略宽，汤色浓香，没有鱼腥味，外加一小碟花生米和一小盘南京盐水鸭，真是太棒啦！另外一碗是淮安的软兜长鱼面。前不久在淮安采风，当地朋友介绍我们到一家叫“一闹操”的面馆吃软兜长鱼面，门口红色对联曰“香飘京杭三千里，位列两淮第一家”，可见很牛！这碗长鱼面确实诱人，面汤由猪骨熬制成，辅料有青椒洋葱丝等，与面、长鱼混合煮成。所谓软兜长鱼是将活长鱼用纱布兜扎，放入带有葱、姜、盐、醋的沸水锅内，汆至鱼身卷曲捞出，鱼肉取其脊肉而成，用筷子夹起，两端一垂再用汤匙兜着，吃在嘴里既速溜又醇嫩。

杭州有一种面食名叫“片儿川”，满满的一大碗红汤，伴有肉片、笋片加雪菜，鲜美可口，价廉物美。孩提时代随父亲去杭州曾吃过，自此以后每当到杭州，无论公私，如有机会总在早晨散步到西湖边上的楼外楼吃上一碗过瘾！这里的片儿川浇头新鲜量足，笋片清甜，雪菜暴腌，肉片鲜嫩。一碗上桌，肉红、笋白、菜绿，汤底色清味厚，漂着层猪油花，带足了汤里的鲜味，怪不得老杭州对这里情有独钟。楼外楼东面沿街面湖的“西湖老味道”店铺仅做一落早市，面向杭州市民，价格10元一碗，价廉物美。有一年我与杭州画家何水法等几位朋友在楼外楼吃饭，我对店主说楼外楼的片儿川味道纯正，到了杭州总要想办法来吃一次。店主很惊讶，他说这是一款楼外楼长久以来保持平价的面点早餐，平民价格，传统特色，几十年如一日，一般来说光顾的都是杭州本地市民中的老吃客。其实，我到楼外楼吃片儿川还有一个秘密。早上起来到西湖边散步，看湖山景致格外清丽，除了晨练的市民几乎没有什么游客，环境清静极了。清晨入店，点一碗热腾腾的片儿川，唤醒还在昏睡的味蕾；兴致高的时候会从楼外楼吃了片儿川出来，径直走到对面码头坐上一条小船下湖游荡，到湖心亭转一圈，船漂在明镜似的湖面上，泡上一杯龙井茶，嗑着瓜子儿，边和船工聊天边欣赏湖光山色，上岸到苏堤漫步，晨风拂面，优哉游哉，不亦乐乎。在湖边吃面，在湖中泛舟，在湖堤漫步，“梵响仿佛三竺外，诗情都在六桥中”，在西湖楼外楼吃片儿川的魅力就在于此！

吃面，可以说是我长久以来的嗜好，缠缠绵绵难舍难分。我的朋友中有不少好这一碗面的面客，不管是本地的还是外地的，为了一碗心仪的面，不畏路途劳顿穿城而至，他们谈起面来头头是道，如数家珍，一旦发现哪家面馆好或者哪家面馆的哪款面好，总会相互推荐，哪里有新的面馆开业，就会约上三五知己一起去品尝一下。出外吃面常会遇到熟面孔，看来喜欢吃面的朋友真不少哇。东西南北一碗面，以面会友，以面叙旧，面面俱到，长长久久！

2020年12月

难忘糕团那些事

湖州长兴顾渚所产的紫笋茶曾为大唐贡茶。日前在水口参观顾渚峰下，寻访茶圣陆羽古迹，仅见几处摩崖石刻和大唐贡茶院古建筑柱石遗址，寥寥落落，其余都是新建，正是："漠漠重云暗，萧萧密雨垂。为霖淹古道，积日满荒陂。"（耿沣诗）山脚下农家乐人气不错，我们在一家竹楼农家乐饭店吃饭，点心上了一笼青团，热气腾腾，每个青团都个大饱满，非常诱人。用筷子夹了一只，一口咬下去，糯而不粘牙，馅是竹笋和猪油渣碎末，鲜美清香。陪同告诉我说，这家餐馆做的青团在水口颇有名气，为了保证青团品质，专门雇几个阿姨做团子，青汁所用的艾草也是店家自己种的。

江浙地区自古以水稻种植为主，据河姆渡、良渚遗址考古发现，水稻种植已有七千多年的历史，用稻米加工的食品链悠久而丰富。我老岳父家在宁波，宁波汤圆、宁波年糕等传统点心闻名海内外。第一次回宁波，我就上街找宁波汤圆店买汤圆吃。那家在解放路上的宁波汤圆店大约三开间，店内出售的汤圆是买了筹码自己到锅台边排队领取。一边排队一边看厨师在锅前将包好的汤圆慢慢地放入锅内烧开的热水中，煮沸后再用冷水浇一遍，再煮一会儿，汤圆浮出水面就用勺一碗一碗地舀好，客人交筹码领取。汤圆的馅有红豆沙的，有芝麻的，吃在嘴里滑溜软糯，细腻入味。到宁波汤圆店吃汤圆仅是慕名而已，其实我老岳父做的宁波汤圆才是最好吃的。

每到春节回宁波或者在无锡过年，老岳父总会露一手。宁波汤圆关键是在粉和馅，汤圆的粉是水磨糯米粉，选择上佳的当年新糯米泡在水里，每天换一次水，半个月后用磨连米带水一起手工磨好，继续泡在水里，等哪天要包汤圆时，用小的布袋提前吊一些起来沥干水备用。汤圆的馅也是老岳父自己动手制作的，先备好食材，芝麻、绵白糖和生猪板油等。芝麻买来放在铁锅内炒熟后碾碎，最关键的是炒芝麻的火候和时间的掌握，掌控不好芝麻炒焦的话就前功尽弃了；做馅最好用绵白糖，生板油菜场买来后把板油里的皮衣剥去，将板油、芝麻粉和绵白糖按一定的比例用手把它们混合均匀，最后捏成一个个小的长方块备用，这样汤团的馅儿就算做好了。后来就有现成的水磨糯米粉和芝麻馅卖了。包汤圆时切一些馅儿，放在礅板上用小刀切成小块，然后搓成一个个小圆球。吊好的水磨粉按适宜的干湿揉捏好，掐成好多小团，每个小团用手包好一个小圆球馅搓成一个汤圆。

宁波汤圆有两种烧法，一是将锅内水烧开，把团子放入煮熟，再用勺子捞起来盛入碗里慢慢吃，一口咬下去，粘着猪油芝麻馅，真是细腻柔滑、又香又甜，其口感绝煞了！另外就是把汤圆和几种切成小块的水果混合起来，一起煮成汤圆水果甜羹，甜美清香，回味无穷！有时老岳父还会把他做汤圆的粉与馅带到无锡，让我们自己包汤圆吃。有一年冯其庸老先生来我家做客，我们就请客人吃宁波汤圆。冯老先生是美食家，他大赞女主人的手艺好，不知道其实是老岳父的功劳啊。

老岳父做汤圆细致考究，在工作上也是如此。我曾经见过他写的工作报告和读书笔记，每一页的字迹都是工工整整，一丝不苟，真是字如其人。我们不在一地生活，逢年过节才有机会见面，每次我们回宁波老实巷，他老人家已早早地站在楼梯口的平台上张望了。老岳父病逝已经整整十个年头，再也看不到那熟悉憨厚朴实的身影了，但他的恩德和他做的宁波汤圆的美好记忆却永远留在了孩子的心里。

宁波年糕，我最早认知是孩提时在上海外公家，看到街坊粮店里一条条白色的宁波年糕，搭成“井”字形一叠叠堆得很高。那是上海市民作为口粮销售的，外公会买点做炒年糕吃，我印象深刻。自从讨了宁波人做老婆后，女主人便时不时地煮宁波年糕吃，什么炒年糕哇汤年糕哇，那花头就多了，不管怎么做，回家有人做饭吃饱就满意啦！宁波汤团、年糕除宁波人在行之外，台湾“汉声”也是颇有研究的。有次我到台北故宫博物院看展，晚上应约赴台北的“汉声巷”——汉声出版社自营小书店，与黄永松先生喝茶聊天，他特地送了一部汉声出版社出版的专辑《慈城·宁波年糕》。这是一部从装帧到内容都非常棒的集子，记录了民间关于宁波年糕和汤团的各种做法，图文并茂，浅显易懂。图册从“三个年糕的传说”讲起，分稻米、工艺、食谱、科学和知味乡亲五个篇章，完整地呈现了宁波年糕浸米、水磨、蒸煮、捣搡等步骤的加工过程。书中分别介绍以煨、烤、爆、煮、烩、蒸、炒、煎、蜜汁、拔丝等方法烹调出四十六道色香味俱佳的菜肴。黄先生知道我太太是宁波人，特地从书柜里取出这部书对我说，刚刚出版的，送给你太太吧，我说谢谢，下次来无锡做客让她做炒年糕给你品鉴。

无锡人做的年糕要比宁波年糕大许多，一般是白糖、红糖、红赤豆这三样品种居多。年糕秘方不只是糯米粉，还要掺进一定比例的粳米，至于比例多少、温度如何把握、年糕糯软且有嚼劲，同样的材料，各家各户都不同，做出来的年糕也口味迥异。每到过年的时候，邻居家请糕点师傅到家里蒸煮糕团，母亲总会上邻家凑份子请师傅做年糕，轮到我家的做年糕米粉出笼时，师傅总要大声喊叫，某某家的黏粉好了，拿一点给孩子吃。所谓“黏粉”就是米粉放在蒸桶里隔水蒸熟后，倒在加工米粉的木板上面反复碾压之前的米粉，香喷喷、热乎乎，特好吃。一听到师傅的叫喊，我们姐弟仨就拥到他面前，拿着我们家的一小团黏粉津津有味地吃起来。俗话说“佬小吃黏粉，越吃越长”。街坊邻居做年糕热闹极了，真是好吃又好玩。每年做的年糕母亲都放在木桶里，早晚饭可以切成薄片水煮成汤年糕，或放在油锅里煎炸吃。每当放学回家早肚子饿的时候，孩子们也可以切几片在煤球炉子上烤着吃，又香又甜。

小的时候最期待的就是过节，每到冬至或过年，母亲总会做团子蒸年糕。那时候孩子们围着母亲，等着下锅煮熟了的头汤团子吃。俗话说“冬至大如年”，我们家冬至夜饭做得比较丰盛，母亲总会说“有得吃冬至夜，没有吃冻一夜”，每每听到这话，我们就觉得自己真的很幸福呢！冬至夜饭后母亲动手做团子直至深夜，孩子们第二天早上起来就能吃了团子上学。自从母亲离世之后，每到冬至我们再也吃不到她老人家做的团子了。母亲做团子是高手，比如，糯米与粳米的比例？三分粳米，七分糯米。搜粉用热水还是冷水？往往是开水。母亲认为关键在于吃货的选择，如果选择十分糯米粉就会太黏太软，如果用冷水和粳粉，做出来的团子易开裂，口感不佳。母亲常用煮开的热水倒进装有米粉的盆里，慢慢加慢慢搅拌，然后使劲搜粉团搓，有时候母亲的手都烫得红红的。

无锡人对团子的馅蛮讲究，一般是菜猪油、赤豆沙和萝卜丝等居多，特别是菜猪油的馅，最佳搭配是荠菜末、生板油丁、绵白糖三味拌匀，这种馅的团子煮熟后青青白白，色香味俱佳。喜欢甜食的无锡人感觉特别好吃，咬上一口，清香肥美甜蜜蜜！母亲还经常带着孩子到住在和平电影院书院弄附近洋房里的同事薛阿姨家一起做团子，薛阿姨家里地方大又有独立灶间，团子加工蒸煮摊铺起来容易施展手脚；薛阿姨也是做团子的好手，和母亲两个人一起做，有说有笑的十分开心。她俩做团子的手势不一样，在我看起来，母亲做的团子个儿大一点，薛阿姨做的团子样子挺一点。厨房里雪白雪白的各色团子，一个个、一排排整齐摆放在餐桌上，实在太诱人。临近开饭时，怕孩子挨饿，薛阿姨总会用水在锅内烧开后放入生粉团子煮开，然后再加冷水再煮开，待团子煮熟浮上水面，就一碗一碗地端给孩子们吃。我们孩子也喜欢到薛阿姨家去，除了有团子吃，阿姨家还有图书看，有玩具玩。至今我还会想起母亲带着我们去阿姨家包团子的情景，我们拎着米粉辅料去，拿着包好煮熟的团子回家，真是开心快乐哇！

有的时候母亲也会带我们去糕团店吃，或者母亲从店里买了带回来吃。在我的记忆中，母亲最喜欢第一副食品商店的猪油糕和赤豆糕。无锡曾是全国四大米码头之一，米业发达，当然无锡糕团店也多。最老的是孙记，解放后有点名气的是又一邨、丰收、大方和北方斋等糕团店。五十年代公私合营后，丰收糕团店曾经是无锡规模最大的专业糕团店，各色条糕，特别是双馅糍团，一口咬下去，一半糖芝麻一半细豆沙。还有玫瑰瓜玉糕，糕里的玫瑰瓜子仁和桂花酱香味浓郁。改革开放以来要数“穆桂英”规模最大，各类糕团点心都有，但我还是喜欢这家店的汤团，品质和特色兼备。

除无锡之外，苏州观前街黄天源糕团店、皮市街进水楼糕团店也是大名鼎鼎，我去苏州玩时会去光顾。黄天源糕团店的椰蓉团、双酿团和芝麻团的三味礼盒挺诱人的，在我看来黄天源方糕好吃，白色的粉糕外方内圆，所谓内圆就是各色各样的甜馅，上面薄薄一层粉还盖着一个字号，咬一口，外香内甜，口感好极了！方糕怕见风，见风吹过的米糕就硬了，回去复蒸口味差许多。买了方糕必须包裹好，回家复蒸后仍然像在店家堂吃一样口味纯正。隔的时间久了，想吃苏州的糕团就会请朋友带点来煞煞馋。有一次去苏州博物馆看展，结束后步行到附近的皮市街的进水楼糕团店买了点糕团带回家，这家店的萝卜丝南瓜糕、赤豆薄荷糕、豆沙青团、红豆糕，还有猪油糕、糖粥葱油年糕、黑芝麻松糕、玫瑰拉糕等名气响当当。当然还是母亲留给我的记忆，挑选了进水楼的赤豆猪油糕带回家。

又快到冬至了，现在早已不愁没有冬至夜饭吃了，只是每逢佳节倍思亲，想到糕团的那些事，想到已故长辈对晚辈的好，正是念念在心恩情难忘！

2020 年 12 月

馒头象征好兆头

俗话说“廿八把面发，一年之计在今朝；廿九蒸馒头，馒头象征好兆头”，年关做馒头是百姓的生活大事。馒头一般是指没馅的，带馅的称为包子，这是现在标准的叫法。不知为何，一些地方不管是没馅的馒头还是有馅的包子都叫馒头。腊月一到，四乡八镇的农家飘来蒸馒头的香气，家家忙着过大年。大白面馒头是发面做的，这发面被称为“老酵头”。《南齐书·礼志》载：“永明九年正月，诏太庙四时祭，荐宣帝面起饼。”传说“面起饼”就是最早的发面老酵头，在那个时代，发酵得益于制酒，用的是“酒酵发面法”，到了唐代又有了“酸浆发面法”，都是技术活，老百姓想蒸好馒头，还真不容易。我奶奶把好的发面（老酵头）留下来作为年关使用，左邻右舍常常到奶奶这里分一块老酵头回家做馒头。为了让加上老酵头的面尽快发起来，奶奶把面缸放到灶头边盖上盖子，第二天就发好了。沟东宝爹爹过来帮忙，他用力反复地揉，直到面团对手产生了一种反弹力，这时拿刀一切，断面都是细密的小窟窿眼儿，用这种面蒸出的馒头又白又香。

过年前蒸的馒头，一直要吃到正月十五。一到这阵子，年味如期而至。农村有首民歌是这样唱的：“没有蒲包卖什伲盐，没有馒头过什伲年！”在老百姓心头，馒头象征“满”“发”，圆满、发禄，和过年是紧紧联系在一起的。老家乡下做馒头，馅有咸菜肉丁、萝卜丝、赤豆沙、荠菜等，除此之外，还有没有馅的笼糕、枣塔、发糕等，柔柔黏黏，松软白胖，热气缭绕，清香醇厚，吃一口幸福感满满哦！

乡下蒸馒头，不仅仅是年关当令时节热闹一番，其实还要为节后青黄不接做备粮。于是乎家家户户还要蒸许多笼糕，做笼糕的多寡也反映了农户家中的殷实程度。所谓“笼糕”就是长条馒头，出笼后凉透了用刀切成一块一块的馒头片，放在芦苇秆编起来的帘席上晒干，待干透后就囤积起来以便调剂食用。煮稀饭时放几片在上面蒸一下，或者上河工、跑运输等长途跋涉时，用开水冲泡即可食用。

农村年关做馒头是稀罕事，早先南通城里馒头铺子也不多，依稀记得仅人民路西大街、钟楼附近临街和南大街等几家铺子有包子出售。后来我住在濠河边上的西公园招待所，早餐的包子令我印象深刻，微黄柔软，刚咬到时，半流质肉馅的香气一涌而出，实在诱人。当然最好吃的馒头包子要数邻近南公园招待所的，那里接待的客人规格高，做的包子面白，富有弹性，馅鲜美，应该是代表南通最高水准了。

如果说南通包子富有特色，那么扬州包子就是一道亮丽的风景线。日前和老邻居老同学等人抵达古城扬州，当晚住在东关街附近的酒店。第二天刚刚起来就被扬州的朋友安排在东关街的皮包水书场吃早茶。古色古香的院落被改造成一座有扬州早茶风情的茶馆书院，每周安排两次有扬州曲艺的人到场说扬州评话，真是资源整合，强强联手，生意不错。这里的包子还是原来的大笼热包，用扬州话说“现出笼的”，热气腾腾，香气满口。有三丁、荠菜、赤豆沙、豆腐皮、蟹粉、萝卜丝、小汤包等，花色品种丰富。

扬州包子我熟悉的茶室是“富春”“冶春”“惜余春”，上世纪七十年代中期，我由南京回南通路过扬州，第一次慕名前往富春茶社。富春茶社位于扬州老城区得胜桥，古城小巷，粉墙黛瓦。其中印象最深的是千层油糕和翡翠烧卖。油糕通体半透明，柔韧异常，层层相叠又层层相分，甜糯适度而爽口；翡翠烧卖则以绿色菜叶为馅，口味有甜有咸，馅心绿色透过薄皮，形如碧玉。最实惠的是三丁包子，将鸡肉切成丁，外加猪肉丁和笋丁，做成三丁包子，口感好极了。那时在富春茶社吃包子，看到一位年迈的老奶奶一手拎着装有包子的食篮，一手端着一盆花，霎时觉得震撼。扬州到底是古城哇，在动荡年代还有如此富有诗意的景致，至今记忆深刻。是啊，漫漫人生之路，不管世道怎么样变，生活仍然需要梦想。

吃馒头，最忆是母亲所在的庆丰纱厂食堂做的肉包子。小时候常听母亲对孩子说“一天三顿饭，吃饱就可以了”，意思就是不要再想吃什么点心零食了。其实母亲说归说做归做，每到周末下班总会带点零食点心之类的东西回家。我们看到母亲回家了，就翻开她的拎包取出心仪的食品来吃。母亲总会说上一句，五芳斋关门了，买了几只食堂里的馒头。有的时候，孩子们从庆丰子弟学校放学出来，到旁边厂门口等母亲下班，母亲看到后微笑着径直走来，顺手把饭盒里热乎乎的馒头塞到我们手里，还没有等到家，我们就拿着馒头吃起来。有时舍不得一下子吃完，就把香味四溢的馒头皮一点一点剥掉，慢慢地吃。当年庆丰纱厂食堂里的肉包子真是好吃，与外面的包子比，分量足，个儿大，邻居阿婆说三只厂里的包子肉馅可以冲一碗荤汤。说实在的，那包子肉馅真正是新鲜可口，酱油葱拌，加上白糖，满口香浓，咸中带甜味道好，吃起来真是从头舒服到脚。

说起馒头，无锡人最喜欢的是小笼馒头，即无锡小笼包，是无锡地方传统名点，已有百年历史，在江浙沪一带名气不小。它选用上等面粉制作，选料精细，小笼蒸熟，具有夹起不破皮、翻身不漏底、一吮满口卤、味鲜带甜不油腻等特色。小笼馒头紧酵皮薄（馒头皮不发酵，蒸熟后皮薄而不破，很有嚼劲），馅多卤足，鲜嫩味香。秋冬时，馅心中加入熬熟的蟹黄油，即为鼎鼎有名的“蟹粉小笼”，食时鲜美可口。母亲在节假日会领着我们三个孩子到照相馆拍照片，到周山浜街上五芳斋旁边的点心店吃小笼馒头，那是最最开心的事。

每年的秋冬螃蟹上市季节，母亲还会带孩子们到城里中山路上的王兴记馄饨店吃蟹粉小笼。我们家原在周山浜，步行走过广勤路，穿过铁路洋桥到火车站，坐 10 路公交车到市中心三阳广场下车即到了。三阳广场附近有两家馒头馄饨店，一家在广场南新新食品店隔壁的是太湖馄饨店，另外一家叫王兴记，在广场北，名气大一点，解放后曾经改成无锡馄饨店，改革开放后又恢复为王兴记，其创始人后代王祖华曾经担任过崇安区副区长，与我是同事。

那时的王兴记在三阳广场北面中山路吟春书场旁边，每到节假日店里都是客人，有时候一张桌子围着几拨等候吃馄饨馒头的顾客。到了店里，母亲先让孩子找空位子坐下来等，因为餐桌都是编号的，你既要眼尖看哪有空位子，又要注意餐桌编号顺序，还要看手抱售票箱的服务员在哪一个地方售票，如果出错，那等起来就是望眼欲穿了。母亲一般是给每个孩子买一碗开洋馄饨（一两粮票10只）、一客小笼（一两粮票4只）。按照顺序应该先吃馄饨后吃小笼包，如果先吃小笼包再吃馄饨，那么再好吃的馄饨也乏味了。每当冒着热气的小笼包端上来的时候，母亲总要关照孩子慢一点吃，不要烫着嘴，不要弄到衣裳上面。小笼包也叫小笼汤包，其瘦肉馅中掺猪皮冻，蒸热变成鲜美汤汁，如果急急忙忙下口就容易烫嘴，俗话说吃起来要“轻轻提，慢慢移，先开窗，后喝汤”。可是不管母亲怎么提醒，烫嘴和弄脏衣服实在是难免的，每每如此，母亲不紧不慢地说上一句不疼不痒的话——“喇叭腔”！

说来也巧，上世纪八十年代中期我家居然搬到了连元街，与老字号王兴记馒头馄饨店仅相隔几十米。有时星期天我睡个懒觉，早餐就到店里买小笼馒头吃，或者干脆拿着盒子从中山路连元街弄口直接串到店家厨房取货带回家，那热气腾腾刚刚出笼的馒头才真正好吃哩，一周的工作疲劳似乎全忘了！

无锡小笼包是无锡地方美食的一张名片，与无锡排骨、惠山泥人和清水油面筋一起成为无锡土特产的“四大花旦”。南来北往的客人总要品尝一下无锡小笼包，特别是上海人，因口味偏好与无锡人差不多，品尝无锡小笼包成为最佳选择。客人或老友来锡，如上海百富勤无锡老乡过仁岳先生、杭州画家何水法夫妇、京剧名角尚长荣夫妇、长期旅居外地的邻家小伙伴荣生等东西南北的朋友来锡，我都会请他们吃无锡小笼包。不管是友情、乡情还是亲情，一客无锡小笼包子足以慰风尘。

无锡小笼包不仅外地游客喜欢光顾，本地人外出走亲访友也是必备。一般说来北方人总会觉得无锡小笼包的甜味实在吃不消，有关部门要求经营无锡小笼馒头的店铺改善小笼包的口味，改来改去喜咸的北方人还是不习惯，而南方人又觉得不到位。我曾经对无锡王兴记的店主说，要坚持品质特色，无锡小笼包如果没有甜笃笃的味道，吃起来就不煞口，也愧对了无锡人舌尖上的味蕾。无锡人吃小笼馒头，特别是秋冬季节能吃上一客蟹粉小笼，似乎是一种约定俗成的生活仪式，没有权威机构的要求，但作为无锡城乡百姓已经是浸在骨子里的一种乡俗。如果你离家久了，特别是远在海外的游子，那么慰藉乡愁的最好方式莫过于吃上一口无锡小笼包。

说起馒头，不管是无锡小笼包、南通馒头还是扬州包子，都是一个地方面点制作的代表。风味人间，一个地方有一个地方的特色，东西南北中，谁不说咱家乡好。现在家家户户的餐桌丰富了，馒头仍然是老百姓最亲近的面点，也是儿时难以忘却的味觉记忆。吃馒头象征好兆头，更是生活中挥之不去的一种情怀。

2021 年 2 月

丰俭都爱元宝头

年，就这样隆重而来，悄然而去。一年又一年，增添了岁月，丰满了记忆。小时候的年味，最难忘的就是腊月二十三，大人们开始腌鱼、风鸡，做硝肉、灌香肠等。那时，老家殷实富裕的农户家庭起码要腌两只座蹲（猪后腿）。当然，猪头肉也是不能少的，厨子将洗净的猪头煮熟，加入红油用纱布卷起包裹，用细麻线扎紧再放入蒸笼里蒸熟，出笼冷却后松绑解开包裹物便为猪头肉糕，切成片就是一道既好看又好吃的冷盘。猪头的民间别称叫“元宝头”，百姓讨个口彩，期盼发财，就把猪头说成元宝头，这也是每年除夕祭祖时必备的供品。

过了正月十五，很快又到二月二龙抬头的吉日，俗话说二月二吃猪头肉，一年都有好兆头。人们纷纷购买猪头肉，希望新年有个好兆头。这些习俗寄托了人们祈龙赐福，保佑风调雨顺、五谷丰登的美好愿望。这是中国的传统节日，大家在欢度节日的时候都会准备好猪头肉，有的是自己制作，也有不少人直接在市场上买。不管怎样，剃头、吃肉，都是为了迎接春天的到来。

江南人家每逢寒冬腊月，平民百姓都会想办法做腌猪头肉，猪头用花椒腌制好后经西北风吹过，这样的猪头煮熟后肉特别的香。咸猪头放在锅中倒入适量清水浸泡煮熟，拆除猪头肉骨即可。此时大人们会将猪头骨架交给孩子们啃，那残留在骨头里面的零星碎肉很难啃到，但孩子们总会想办法用小手一点点抠出来，虽然会弄得满嘴满手的油腻，但吃在嘴里又鲜又香，味道魅力无穷。

不管是苏南苏北还是平原山区，一般农户都会养上一两头猪，这样猪头肉就价廉物美了。猪头肉成为美味佳肴，其魅力一是在于它的糯，肥瘦相间，老少皆宜；二是在于它的香，一种令人食欲大增的香，那味道可以说是妙不可言；三是在于它的廉，所谓廉就是便宜，不分阶层皆爱食之。不仅猪头肉价廉物美，猪头上还有三件宝，猪鼻、猪舌和猪脑，也颇受欢迎。猪鼻，特别是腌制过的吃起来口感更香醇；猪舌，可以做冷盘，不肥不瘦切成小片下酒真是绝美；猪脑，可以用来炖豆腐，只需少许盐、姜、黄酒等，是一道风味独特的美食。虽然说猪头肉是底层劳工喜欢的食物，但是东西南北中无论达官贵人还是布衣平民，它都是大家喜欢的必备下酒菜。据说汪曾祺在西南联大读书时，一盘猪头肉一壶酒，是泡酒馆的标配，挑一个临街的窗户一坐就是一整天。暮年时，家人禁止他喝酒，他就让小卖部帮忙打掩护，中午弄上一盘猪头肉偷偷喝几两，走时再打几两，反正一天要吃足喝够才罢休。

当年周山浜五芳斋边上的熟肉店专门出售陆稿荐熟肉，以猪头肉最受顾客喜欢。路过的行人闻到特别的香味，会不由自主踏进这家店堂，在售卖窗口递上钞票，便会有一张很糙的纸包裹着油津津的猪头肉递出来。小孩子喜欢陆稿荐熟肉老汁，咸甜适中。当切碎的肉放在盒子里，喜欢让服务员多加点老汁，嘴甜的孩子会说上一句师傅长师傅短的呼唤——“帮我多加点老汁”。师傅总会拿起专门蘸取老汁的小拖把往老汁缸里一浸，再往孩子手上的熟肉盒里多淋一点。也有喜欢喝点小酒的劳工带上几个“手榴弹”（二两半容量的甲、乙种瓶装烧酒），约上三五好酒的工友，称上一点猪头肉在店堂里小酌，大呼小叫地吆喝，正是赛过活神仙。我外公往往也会让我到这家熟肉店帮他买猪头肉下酒，外公笑眯眯品着老酒吃着猪头肉，时不时地用筷子夹块肉送到我嘴里，真是过瘾哦。

“酱扒猪头肉”是道久负盛名的淮扬名菜，讲究火工，历史悠久，有着丰富的营养价值。食疗作用的猪头肉，性平、味甘咸，补虚、滋阴、养血、润燥。上世纪八十年代末，运河饭店曾经举办淮扬菜美食展示活动，扬州方面带“三头”，即酱扒整猪头、蟹粉狮子头、拆烩鲢鱼头。印象最深的就是一道淮扬名菜“酱扒猪头肉”，落座后静心等待整只酱扒猪头肉热乎乎端上餐桌时的情景。一只大盘中，酱扒猪头肉去骨之后张大两侧腮帮子油光发亮，中间猪鼻插葱的两个孔朝着天冒着热气，越发觉得傻样可鞠。淮扬名菜大厨师手持一把亮晃晃的长刀，干净利落地把趴在盘中的猪头肉分割切开，接着大厨师傅一一介绍猪头每个部位的不同口感和品味，一道菜的小九九还真是不少呢！真是观之色泽红润，香糯浓醇；食之咸甜适度，肥而不腻。

做酱扒猪头肉要先将猪头洗净后劈开，割除耳圈、眼角、淋巴结块、鼻肉软骨及杂物，猪脑另作他用。将猪头放入清水中，反复刮洗，去尽杂污血污后，放清水锅中焯水二十分钟，捞出洗净；再将焯水洗净的猪头肉放清水锅中煮，撇去浮沫，煮至五成熟，捞出稍凉，剔除骨头，成棋子块，汤倒入盆内澄清待用；然后将澄清的原汤倒入锅中，放入猪头肉，加糖色：酱油、白糖、精盐、绍酒调好色。用纱布袋装入八角、花椒、小茴香、丁香、桂皮、葱姜，扎好放入锅中，小火将猪头肉焖至酥烂，除去浮油，再大火稠浓汤汁即成。

其实，记忆中最好吃的猪头肉是我在南通县五七干校劳动学习时吃到的。学校地处海边滩涂，白茫茫一片盐碱地，孤零零的一座劳动学习的场所。平时伙食非常简单，周边几乎没有什么村落，也看不到商店。每逢周日休息，学员实无事可做。干校门卫告诉我，离干校不到一个小时的路程在堤坝转弯处有一家简易工棚，门口下午三点左右有猪头肉出售。到那里一看，一张破旧小桌，一只破铁锅里盛着黑乎乎的柏油，下面用杂木条烧得直冒小泡，待送猪头的二等车（自行车）一到，就从车架上取下一只毛茸茸的猪头，扔进翻着小泡的柏油里浸透，再取出来时猪头雪雪白胖嘟嘟，干干净净一根毛发都不剩了。然后再在开水锅中煮约一个时辰，捞出往砧板上一放，香喷喷热乎乎，只见那人操起厨刀三下五除二，白花花的猪头骨就剥离得一干二净了。围观的人越来越多，纷纷往前挤，指指点点，有要耳朵的，有要鼻腔的……一阵高过一阵的嘈杂声，不知谁大吼一句“排队”，人群立马安静下来，在摊位前依次排开，那人将猪头肉一一分拆出售。轮到我到摊前的时候，砧板上的猪头肉已所剩无几，我要了一块钱的东西，也没看清是哪个部位的肉，付钱后用报纸包好就欣欣然离开了。沿着防浪堤迎着呼啸的北风，怀揣一包猪头肉，一边走一边吃，没有等回到干校，几乎已经给我吃得差不多了，那猪头肉至今都觉得是我吃过的最棒的！

说起猪头肉，现在过年几乎很少有人提起了，但在老友相聚怀旧的餐桌上还会见到，也总会情不自禁地吃上一口解解馋，虽然吃起来没有当年那样香了，但总会因此而感受到岁月的蹉跎。在食品短缺营养不够的年代，能吃上猪头肉已经是不简单啦。无论是人们祈龙赐福还是过去岁月的记忆，猪头肉，难忘哇！

2021 年 2 月

文脉相承

传神写照　以形写神

——漫谈画圣顾恺之

顾恺之是中国美术史上一位划时代的艺术大师，世称“画家之祖”，建树之大，影响之深，古代画家无人能出其右。他提出了传神论、以形写神、迁想妙得等观点，更是千年以来中国传统绘画发展的颠扑不破之理，至今犹然。翻开大型画册《蕴蓄古雅：全国博物院（馆）藏无锡籍画家作品集》（人民美术出版社 2016 年版），首先介绍的就是顾恺之，他的两幅作品一为北京故宫博物院所藏，另外一幅为辽宁省博物馆收藏。无论顾恺之还是其作品，在中国美术史上的地位都是无人可以撼动的。传承和研究顾恺之的艺术思想、艺术成就，对当代艺术的创作和发展有着积极作用。

顾恺之（348—409），字长康，小字虎头，晋陵无锡（今江苏省无锡市）人，东晋杰出画家、绘画理论家、诗人。他出身于贵族，与当时社会名流桓温、桓玄等过从密切，晚年曾任散骑常侍。他在文学和绘画方面有很高的成就，著有《论画》《魏晋胜流画赞》《画云台山记》等画论著作，与陆探微、张僧繇并称为“六朝三杰”。顾恺之博学多才，擅诗赋、书法，尤善绘画，精于人像、佛像、禽兽、山水等，时人称之为画绝、文绝和痴绝。他作画意在传神，特别重视眼神的描绘。据《世说新语》《历代名画记》以及《太平御览》等记载，他作画数年不点眼睛，人问其故，曰“四体妍蚩，本无关于妙处；传神写照，正在阿堵中”。同时，他也擅长以绘画艺术的语言来刻画对象的心理特征与精神风貌，注重细节处理，以衬托出人物的个性。同时他又善于利用环境描绘来表现人物风貌，其画人物衣纹用高古游丝描，线条紧劲连绵，似春蚕吐丝，春云浮空，流水行地，自然流畅，生动形象，如《女史箴图》《洛神赋图》和《列女传图》。他提出“传神写照”“以形写神”“迁想妙得”等艺术论点，主张绘画要表现人物的精神状态和性格特征，重视对象的体验、观察，通过迁想妙得来把握对象的内在本质，在形似的基础上以形写神。他将自己主观的艺术情愫“迁”入自然，将自身的感受与丰富的联想融入艺术创作之中，为中国传统绘画的发展奠定了基础。

《洛神赋图》卷，宋摹本，绢本，设色，纵27.1厘米，横572.8厘米，北京故宫博物院藏。《洛神赋》是三国文学家曹植的名篇，描述作者由京师返回封地途中与洛水女神相遇的恋爱故事，传为抒发对甄后怀念之情所作。此图以手卷形式展现了《洛神赋》的内容。画卷开首绘曹植在洛水河边与洛水女神瞬间相逢的情景。曹植步履趋前，远望龙鸿飞舞，一位“肩若削成，腰如约素”“云髻峨峨，修眉联娟”的洛水女神飘飘而至，时隐时现，忽往忽来。后段画洛神驾六龙云车离去，却回首张望，依依不舍，尽显无奈离析之情。此图众多情节平列铺陈，背景相连，人物反复出现，体现出早期故事绘画的特点。图中服饰色彩鲜明，巾带飘动，山水背景呈现“人大于山，水不容泛”的特点，皆为魏晋画风。《洛神赋图》巧妙地利用了山石、林木、河水等背景，将画面分隔成不同情节，主要人物随着赋中寓意的铺陈重复出现，将时间和空间打成一片，使画面既分隔又相连接，首尾呼应，和谐统一，丝毫看不出连环画式的分段描写的迹象。由此可见《洛神赋图》反映了中国绘画的两大进步：一是连续性故事的成熟，同一人物在画中反复出现；二是画中风景的山河树木不再是孤立的静物，而是作为连续性故事的背景。《洛神赋图》在宋代摹本颇多，现共存三卷，以此卷最为完整。

我数次在北京故宫博物院、沈阳辽宁省博物馆、台北故宫博物院、伦敦大英博物馆看过各自收藏的顾恺之的画卷，遗憾的是没有一件为原作，都是后人的摹本。其中伦敦大英博物馆《女史箴图》，专家认为是唐人摹本，更能体现顾恺之神韵与原画风貌，历来被后人奉为经典摹本，并留有许多文人墨客收藏过的墨迹。画面上可以看到项子京题记，唐弘文馆“弘文之印”，还有宋徽宗赵佶瘦金书《女史箴》词句。画本身及装裱部分压有宋、金、明、清内府藏印，及明清历代收藏者的私人鉴藏印。唐本《女史箴图》于八国联军侵入北京之际被英军大尉基勇松盗往英国。此图高 24.8 厘米，长 348.2 厘米，横卷。原有十二段，因年代久远，现存《女史箴图》仅剩九段。由于英方知识欠缺，大英博物馆按照日本画的方式进行装裱，且将其拦腰截为三段：第一段包含九幅场景的原作，第二段包括其他所有的后来添加部分，第三段是邹一桂的画作。其他如明清时期文人留下的题跋都被残忍无情地裁剪下来，形成了历史断层，令人失望至极！

顾恺之在中国古代画史上声名显赫，他师法卫协而又有所变化，他的画有敷染容貌，以浓色微加点缀，不求晕饰；笔迹周密，紧劲连续如春蚕吐丝。顾恺之沉醉于艺术、文学，淡泊于名利地位，以“痴黠参半，明哲保身”的处世哲学，达到其艺术的最高成就。在他的创作活动中，最为知名的是在瓦官寺绘制维摩诘壁画。据《历代名画记》《京师寺记》介绍，相传瓦官寺（在今南京）初建时，慧方和尚请朝士捐资，士大夫落笔没有超过十万钱的，顾恺之闻之，却写下出资百万元。当时，大家都知道他并不富裕，以为不会真的兑现。不料他要求寺院借出一堵墙，每天把自己关在屋内画画。一个多月后一幅维摩诘像完成了，只差点睛。这时顾恺之告诉慧方，来看者要布施，待开山门，届时将现场给维摩诘菩萨像点睛。第一天前来观看的人须捐十万，第二天减半须捐五万，第三天给多少随意。山门打开的那天，堪称万人空巷，人都挤在了这座庙宇前，等着最后点睛一笔。恢宏的佛像前，顾恺之提笔蘸墨，手起笔落间，仿若佛光普照，光照一寺，最后一笔瞬间激活了人物风采，信众眼中饱含热泪，屈膝就拜，没有多长时间寺院就收到捐赠上百万钱。顾恺之仅凭一幅画就解了寺庙之难，也在画坛上惊艳了世人，永载史册。

黄元之在《瓦官寺维摩诘画像碑》中，指出这幅维摩诘像的特征是“目若将视，眉如忽颦，口无言而似言，鬓不动而疑动”，“有清羸示病之容，隐几忘言之状”，这种内心恬淡、秀骨清相正是一代名士的生动写照。几百年后，诗圣杜甫见到此画赞叹不已，曰：“虎头金粟影，神妙独难忘！”维摩诘是梵文的音译，简称维摩，意译“净名”或“无垢称”。他是古印度毗耶离城中的一位大乘居士，不是六朝人物。诚如米芾《答刘巨济》云：“世人睹服似维摩，不知六朝居士衣。”可见，维摩诘不仅是六朝士人仪表美的典范，也是他们的精神领袖。

数年前，我以上述历史故事作为主线，策划制作了一部动画片《千年画圣顾恺之》，播出后受到广大观众和业界的关注，如今“湖滨路 4 号”视频号再次播出这部动画片，仍然受到各方肯定。时长三十二分钟的《千年画圣顾恺之》采用动画片和纪录片相结合的制作手法，讲述了蜚声宇内的丹青巨匠顾恺之少年、中青年和晚年的生活境况与艺术经历，将历史长河中顾恺之三个特殊时期的政治生态、生活场景、创作经历以动画形式展现，融合三维特效穿插的传世画卷再现片段，让人赏心悦目、印象深刻。该片曾应邀参加法国动画电影创作专业论坛并展映。新近，《千年画圣顾恺之》入选中宣部对外推广局的对外影视计划，这个无锡题材、中国故事，有机会在更多外宣场合展示了。闻之，颇为感慨！

顾恺之是六朝乃至中国历史上超一流的大画家，有“画圣”之誉，是无锡的骄傲。谢安说：“顾长康画，有苍生来所无。”《晋书》本传说他时有“三绝”之称：“才绝、画绝、痴绝。”才绝，他博学多才，钟嵘《诗品》称他善诗，“文虽不多，气调警拔”；画绝，前文已经介绍；痴绝，体现在故事里，凡此种种都说明了他以全部精力投入到艺术之中。像他这样执着于艺术追求的人，岂能不痴痴癫癫、遗落世事乎？

呜呼，吾乡先贤顾恺之，画之圣、痴才之圣也！

2021 年 10 月

空幽萧疏
——倪云林的秋天

数年前，我在主编《蕴蓄古雅：全国博物院（馆）藏无锡籍画家作品集》时，对各大博物院（馆）收藏的元代倪云林绘画作品印象深刻，并注意到倪云林对秋天的描绘。云林写秋天不仅是在他的诗词中，更多地体现在他的绘画作品里。他描写秋天的《小桃红·秋江》："一江秋水淡寒烟，水影明如练。眼底离愁数行雁。写晴天，绿蘋红蓼参差见。吴歌荡桨，一声哀怨，惊起鹭鸥眠。"这是他彼时观察秋天和对秋天的解读，不同的心境下产生不同的感受。倪云林存世最早的《秋林野兴图》（美国大都会艺术博物馆藏）创作于1339年，时年38岁。他一时兴起，为小山画《秋林野兴图》并题诗云：

政喜秋生研席凉，卷帘微露净琴张。
林扉洞户发新兴，翠雨黄云笼远床。
竹粉因风晴靡靡，杉幢承月夜苍苍。
焚香底用添金鸭，落蕊仍宜副枕囊。

这幅画里有难得一见的画中人，那时，他对秋天还是有所期待，所谓"政喜秋生研席凉""林扉洞户发新兴"。随着世事变化，人生无常，在倪瓒中年以后的岁月里，他的画中再也没有出现过人物，他对秋天的描绘更多的是空寂与孤独。

倪瓒（1301—1374），字元镇，别号荆蛮民、净名居士，题写书画时常用云林，无锡人，元末明初画家、诗人。倪瓒擅画山水和墨竹，师法董源，早年画风清润，晚年变法，平淡天真。疏林坡岸，幽秀旷逸，笔简意远，惜墨如金。以侧锋干笔作皴，名为“折带皴”。墨竹偃仰有姿，寥寥数笔，逸气横生，书法有晋人风度。明洪武七年卒，时年74岁。倪瓒与王蒙、黄公望、吴镇合称“元四家”（另有一说包括赵孟頫）。倪瓒家中富有，博学好古，四方名士常至其门，元顺帝至正初年，散尽家财，浪迹太湖。云林“逸笔草草，聊写胸中逸气”的“逸气说”，开中国文人画风气之先。

倪云林描写秋天的经典之作如：

《幽涧寒松图》

是倪瓒创作的一幅纸本墨笔画，今藏北京故宫博物院。款识题跋：“秋暑多病暍，征夫怨行路。瑟瑟幽涧松，清阴满庭户。寒泉溜崖石，白云集朝暮。怀哉如金玉，周子美无度。息景以消摇，笑言思与晤。逊学亲友，秋暑辞亲，将事于役，因写幽涧寒松，并题五言以赠，亦若招隐之意云耳。七月十八日，倪瓒。”此图作者以平远画幽谷溪涧，山石依次，寒松萧然挺拔，笔墨简淡，超然出尘。画幅左上有作者自识。倪瓒清高持节，一生不仕，他不仅自己抱守出世的生活态度，而且对朋友们的入世为官也坚决反对。此幅一为友人赠别，更是劝友人罢征路，息仕思，含有强烈的“招隐之意”。该画用笔秀逸有力，秋山嘉树，笔简意赅，泠泠凄凄，意境荒芜。树叶点墨灵动，用笔较干，墨色偏淡，稍稍皴染树干，并浓淡对比点染苔痕。在远景和近景的中间以潺潺流水过渡，灵动幽静雅洁。

《渔庄秋霁图》

为倪瓒创作的纸本水墨画，今藏上海博物馆。此图可能是太湖一角的秋色之景。近景陂陀一片，一坡岸有五六株树如文士君子一般屹立其间，高洁清旷，倪瓒用了不一样的手法表现这些树木的不同层次。中景为水平如镜的湖面，没有一丝波澜，空明澄净。远处的山峦，两层冈峦逶迤，在烟雾的笼罩下，只露出半截山头，起伏有致，淡墨轻岚，没有一丝人迹，没有一声鸟语，也没有点点的渔船。画面疏笔干墨，精心勾皴，简练淡远，一片空旷孤寂之境。这种“一河两岸”式的构图，与那种淡然枯寂一起，成为倪瓒特有的标志。静与道契，寂如枯禅，意境荒疏简远，充分展现了他成熟时期的典型画风。

款识题跋：“江城风雨歇，笔研晚生凉。囊楮未埋没，悲歌何慨慷。秋山翠冉冉，湖水玉汪汪。珍重张高士，闲披对石床。此图余乙未岁戏写于王云浦渔庄，忽已十八年矣。不意子宜友契，藏而不忍弃捐，感怀畴昔，因成五言。壬子七月廿日，瓒。”

（裱边）倪元镇画渔庄秋霁图，玄宰题。

（裱边）万历辛丑三月获观于天马山之双松僧舍。七十七翁宋旭。

（裱边）石田云，云林戏墨，江东之家以有无为清俗。孙克弘。

（裱边）倪迂蚤（早）年书胜于画，晚年书法颓然自放，不类欧柳，而画学特深诣，一变董、巨，自立门庭，真所谓逸品在神妙之上者。此《渔庄秋霁图》，尤其晚年合作者也，仲醇宝之，亦气韵相似耳。董其昌己亥秋七月廿七日泊舟徐门书。

倪瓒此山水画法脱胎于董源矾头雨点，坡石走向横势，石上横施披麻，皴法清逸，别具新意。树木喜作枯树，以枯笔擦之，墨色浓淡、干湿富有变化，显得滋润浑厚。倪瓒创作《渔庄秋霁图》之时已经55岁了，这幅图画与其在45岁所创作的《六君子图》对比而言，在艺术的面貌上已经有了比较大的固定。该图是至正十五年（1355）秋，倪瓒寄居在友人王云浦的渔庄时所画。他72岁重见此画时感怀往昔，遂补题诗款。

《苔痕树影图》

是倪瓒去世前两年的作品，现收藏于无锡博物院。画面极为简约，仅有高大的枯树两株、大石一块及青竹数丛。枯树高大坚挺，表现君子坚贞高洁的品质；大石用侧锋，以干而带毛的渴笔作折带皴，表现出山石坚硬的质感；倪氏画竹极负盛名，画上竹枝极细，似断还连，竹叶不多，秋气逼人。整个画面用笔简逸，充满了画家的自我性灵。画之左上有倪瓒自题六言诗一首：

石润苔痕雨过，竹阴树影云深。

闻道安素斋中，能容狂客孤吟。

末识“十一月五日余遇牧轩于吴门客邸，求赠安素斋高士并赋。壬子倪瓒”。按壬子为明洪武五年，即公元1372年，倪瓒时年72岁。倪瓒卒于1374年，看来此图是倪瓒极晚年的作品了。

倪云林之外，与他差不多时代人写秋景图笔墨也各具特色。如赵孟頫的《鹊华秋色图》（台北故宫博物院藏）。该画描绘的是鹊山和华不注山一带的风景，平川洲渚，红树芦荻，杨柳婀娜，渔舟出没，房舍隐现，绿荫丛中，两山突起，山势峻峭，遥遥相对，美不胜收。赵孟頫的《鹊华秋色图》也反映了这位前朝宗室传人的山河岁月。再如黄公望的《富春山居图》，乃是毕其一生心力之作，不仅是富春山水的精华，也是叙述富春的故事，更是他一世之秋的写照。如其在《秋山图》题诗云：“挥毫随写秋山图，真境未窥私范模。风前阁笔披对久，满面只觉秋苏苏。”

从当时的大环境来讲，由于元朝大多数时间取消了科举制度，推行民族歧视政策，把人分成高低贵贱四等：蒙古人、色目人地位居高，汉人、南人身份卑下。这对于爱面子的读书人而言，不是一般的失落，而是一种人格的屈辱和尊严的丧失，画工更是苦不堪言。“元四家”笔下的秋景，各自以不同方式反映内心深处对世事无常的感受，折射出他们的人生态度。在倪瓒的秋景图中，更是反映出其与他人不同的风格和人生况味。他晚年孤苦，为躲避杀身之祸，漂泊于茫茫人湖，以待世事变迁。倪云林所描绘的秋天景图，正是其身心“虽苦楚万端，对之自若”（《北齐书·崔昂传》）的写照。其画面构成与艺术境界概括起来有三大特点：

一、空幽

“中国山水画趋向简淡，然而简淡中包具无穷境界。”（宗白华语）此境，可以从倪瓒的山水画卷中加以领会。画中亭子是倪瓒山水画的一个标志符号，而这个亭子不管出现在画中哪个位置，都是一座空亭。在萧疏寒林之下、荒坡枯草之间的一个孤孤单单的亭子，这是倪瓒山水画的画眼，也是他的山水画的重要道具。正是这样一个标志，成为倪瓒山水画的一部分，成为他的艺术样式和呈现方式，成为他构建寂寞空幽氛围的手段，成为他寄托思想情感的重要载体。

如《容膝斋图》是倪瓒晚年创作的一幅纸本山水画（台北故宫博物院藏），取陶渊明“审容膝之易安”诗意。该图描绘的是江南平远山水，近处为山石陂陀，林木萧疏，中幅为湖光波色，图上部的远岫遥岑横于波际，是倪瓒表达晚年心境的一幅重要作品。倪瓒认为在这苍苍茫茫的时空里，不管你的居所有多大，也不过是一处容膝之所。人所占有的时空是有限的，人生就是时空轮回中的一个节点，是浩瀚宇宙之中、枯木荒天之间的一个小亭而已。又如倪瓒的《渔庄秋霁图》，近处秋色中的六棵树木的枝叶非常萧疏，远处的景色和近处的树木遥相呼应。中间留下大面积的空白，呈现出水面的平静辽阔，而在平静辽阔的水面之上，既无飞鸟也无帆影更无人迹，一派清旷幽远氛围。目之所及，就是一片荒茫孤绝和幽远深长的空白。

倪瓒云：“人世等过客，天地一蘧庐耳。吾观昔之富贵利达者，其绮衣玉食，朱户翠箔，转瞬化为荒烟，荡为冷风，其骨未寒，其子若孙已号寒啼饥于涂矣。生死穷达之境，利害毁誉之场，自其拘者观之，盖有不胜悲者；自其达者观之，殆不直一笑也。何则？此身亦非吾之所有，况身外事哉？”（《清闷阁遗稿》卷三）在倪瓒看来，“人世等过客”，如同画中空亭，匆匆而过，漂泊在外，居无定所，空空荡荡，无所依凭。在萧瑟的秋天里，在寂寞的暮色中，在清冷的长河上，灵魂无依无靠，只有秋风瑟瑟中的空亭与苍穹碧落对话。

一、萧疏

“夜永愁人偏起早。容鬓萧萧，镜里看枯槁。雨叶铺庭风为扫。闭门寂寞生愁草。行路难行悲远道。说着客行，真个令人恼。久客还家贫亦好，无家漫自伤怀抱。”（《清闷阁遗稿》卷八）对晚年的倪瓒来说，“旅思凄凄非中酒，人情落落似残棋”。人生是漂泊的过程，没有绝对彼岸，没有不变的居所，但又忍受着“漫认他乡是故乡”的苦楚。

《秋亭嘉树图》（北京故宫博物院藏），绘平坡远岫，草亭嘉树，广阔的江面上露出汀渚一角，反映了作者淡泊自守的情怀。此画应是作者晚年60岁前后之作。“一河两岸”是倪瓒山水画的主要呈现方式和基本构图，这样的构图方式属中国画“三远”的传统，恰恰就是这样的方式才能更好地表现倪瓒内心深处的感受。画中自题：“七月六日雨，宿云岫翁幽居，文伯贤良以此纸索画，因写秋亭嘉树图并诗以赠。风雨萧条晚作凉，两株嘉树近当窗。结庐人境无来辙，寓迹醉乡真乐邦。南渚残云宿虚牖，西山青影落秋江。临流染翰摹幽意，忽有冲烟白鹤双。瓒。”

又，倪瓒《松林山色图》题诗云：“亭子清溪上，疏林落照中。怀人隔秋水，无往问幽踪。”倪瓒的“一河两岸”彼此之间都被秋水相“隔”，心中更加惆怅和不安。周遭一切都是那么萧疏寒冷，一河两岸，彼此之间渺无音讯，只有那幽涧寒树和荒天下的几棵枯木，在秋风中显得格外萧瑟凄凉。倪瓒约47岁离开无锡，漂泊在外，其经历之心酸可想而知。他的生命的小船没有安顿下来的港湾，老来亲朋沦落，孤苦伶仃，无依无靠，他有诗云“蘧蘧栩栩天涯梦，楚水湘云叫鹧鸪”；“孤生吊影吾与我，远水沧浪堪濯缨”，在萧疏的一河两岸之间“云惨瘁兮令人愁”。萧疏寒冷，“漫认他乡是故乡”，故乡归来仍茫茫。

三、孤寂

《苔痕树影图》画之左上有倪瓒自题六言诗一首：“石润苔痕雨过，竹阴树影云深。闻道安素斋中，能容狂客孤吟。”末识“十一月五日余遇牧轩丁吴门客邸，求赠安素斋高士并赋，壬子倪瓒”。画之右上另有二题，其一为沈应七绝一首：“曾记林间扣绿阴，故人留我共高吟。别来几欲寻陈迹，落叶苍苔莫雨深。”另为云泉子题五绝一首：“挺挺梁栋材，英英君子节。抱此贞坚心，岁寒傲霜雪。”从以上两题来看，除以诗赞美倪瓒的人格外，也表达了对其生平的回忆，所以这二题应该是倪瓒去世后所为，是对画面所产生的一种神秘、孤寂气息的揭示。这是一个 “静谧”的世界，是云林深处永恒的生命平衡，于寂静无声之中体现阴阳互动。

禅宗所谓“青山元不动”，就是表达外在世界不是永恒不动的，而是人无心于万物，不随之而动罢了。倪瓒的秋天，在他的视觉世界中有这样的出神入化的境界，即“尘影不动，清思不绝”。“竹阴树影云深”，一般人看云林的画，误以为画面是死寂的，没有看到在“死寂”中蕴含着生命的平衡，“能容狂客孤吟”，在倪瓒“寂静”的画面中流露出不平之气。倪瓒的秋天，是他用“逸笔草草，不求形似”描绘“一河两岸”、几棵树木、一座空亭这一无边无际、纤尘不染的秘境。用“空幽”“萧疏”“孤寂”展示其作品的意境和风格，反映他的心迹，寄托他的情感，抒发他的性灵，将他独与天地往来的孤傲和对自己生命被置于历史洪荒中的孤单表露无遗。抽身俗世，远离人间纷扰，逃逸在天地之间，漂泊于山水之中，孤身行走在繁华落尽后的寂静旷野之上。

“十年踪迹任飘蓬，不向丹青问拙工。今日闲窗重把玩，画中犹作故人逢。”（王鉴诗）春天是万物复苏的季节，当看到欣欣向荣的景象，而自己又无所作为时就会伤春；秋天则是收获的季节，看到那凋零的落叶，感叹岁月不饶人，也为自己的漂泊人生所感慨。正因为如此，我们品读倪瓒画的时候，去体认倪瓒的秋天是别有一番滋味的。倪瓒的秋天是他独有的，可谓平淡空幽，孤寂萧疏。其笔墨意境独领风骚，千百年来后人难以企及，更难以超越。

今年秋分已过，气温仍然居高不下，往年此时，炎热早已被这无情的秋雨所洗刷，让人顿生“一场秋雨一场凉”的唏嘘。在那样的环境下，人们往往易得悲秋综合征，使人感觉凄凉和苦闷，甚至还会有一种莫名的伤感。秋天在传统美学意味上往往带有悲凉色彩，“自古逢秋悲寂寥”（刘禹锡诗）是也。其实秋天更能带来美的享受，清代画家恽格认为：“春山如笑，夏山如怒，秋山如妆，冬山如睡。四山之意，山不能言，人能言之。”如此而已！

2021 年 10 月

简约素雅之器

——从明式官帽椅说起

明朝初年，处于权力顶端的帝王着手建立金字塔式的国家管理体系，精心设计了一套复杂的管理机构。这套机构以原来旧制度为基础，混合了新王朝的新元素，形成了包括政治法典、文化教育、礼仪礼教等在内的区分明晰又相互关联的制度体系。从明太祖奠定国家基业、明成祖积极开拓，再到明仁宗、宣宗的守成，明朝的国势臻于全盛。可以这样说，明洪永熙宣之治，是继西汉文景、汉武之治，唐代贞观、开元之治后的又一个盛世。特别是明成祖朱棣（1402—1424年在位）登基之后，在经济、文化、吏治、外交等方面均有建树，为国家发展奠定了基础。他派郑和七下西洋；他du令纂修《永乐大典》，召集两千多名学者耗时四年完成。明式家具的形成发展正是在明代的鼎盛时期，它的审美理念、制作工艺、市场贸易、使用规范，以及官僚机构与世俗社会的认同等，无不受到这一制度体系的影响。笔者以经典官帽椅为例，解析明代社会等级与教化，映射那个社会制度所倡导的所谓正襟危坐的君子之风。

说明式家具，就从官帽椅说起吧。

在漫长的历史文化的演绎中，形成了中国特有的家居文化，所谓坐有坐相，坐如钟，沉稳端正的坐姿其实表明了人的文化与身份。上海博物馆展有明代潘允徵墓出土的家具明器。潘允徵，明嘉靖至万历时人，任光禄寺掌醢监事，从八品。其墓1960年8月在上海肇嘉浜路发掘出土。墓中随葬了一批木雕俑和一套珍贵的家具模型，为榉木制作的明式家具造型，品类较多，其中有一对高背南官帽椅尤其典型。苏州博物馆曾展出过明代王锡爵夫妇墓的出土文物，有一整套的明代家具（陪葬小型家具）。其中一张四出头官帽椅尤其吸人眼球，其尺寸之大，形制之规整，用工之考究，充分反映了墓主人的显赫身份与地位。王锡爵（1534—1614），字元驭，号荆石，南直隶太仓（今属江苏）人。万历十二年至十八年（1584—1590）任文渊阁大学士，万历二十一年至二十二年（1593—1594）任武英殿、建极殿大学士，卒后赠太保，谥文肃，赐葬，敕建专祠。

所谓官帽椅，是以其造型酷似古代官员的官帽而得名。官帽椅的形制早在宋代就已经基本定型。日前笔者塞外行，有机会在河北的张家口和山西的大同等古代国诸地的历史文化遗迹参观考察，大开眼界。特别值得一提的是辽代壁画墓群，该墓群位于宣化城西下八里村北（当时发现时的彩色壁画艺术水准和历史价值之高曾引起业界高度关注，列入1993年国内十大考古发现之一），这次能有机会在当地文化部门朋友的陪同下来到辽墓遗址实地考察十分难得。进入一号墓也就是辽代张世卿的墓室观看，其壁画保存基本完好，壁画内容基本反映了墓主人生前的生活状况，非常生动有趣。随后，我在宣化博物馆看到的其他墓主如张匡正墓室的壁画中的《茶道图》《弹唱图》等所展现的条案、方桌、靠背椅等，几乎与宋代家具在形制上没有太大差别。接着，又到大同考察，在大同市博物馆看到辽代出土的家具陪葬品模型，如金代大同阎德源墓出土的家具陪葬品，其形制结构已与当时的南宋家具基本接近。从宣化到大同，不难发现由于古代的宣化、大同都属代地，故两地发现的辽金古墓出土文物古迹在家具陪葬品中所反映出来的情况是一脉相承的。

北京匡时今年春拍的一幅宋人《大慧宗杲自赞像》引起业界的关注。这是当下书画流通市场上仅有的一件禅师自赞像，一般国内外博物馆藏的同类画都是他人题的赞语。年代在北宋末南宋初，代表着整个南宋禅宗肖像绘画的极高艺术水准。尤其令人惊叹的是禅师的座椅与明代四出头官帽椅相似，其款式和制作水准相当不错。可见自隋唐以后，特别到宋辽金时期，高型家具已经普及到一般家庭，如高足床、高足椅、凳等家具，人们逐渐从席地而坐转向垂足而坐的生活方式。到元代，高足家具得到充分发展，明代家具则达到成熟和完美的鼎盛时期！

不难发现，我们从古墓遗存到古籍插图、古装戏剧中都可以知道宋代椅子的基本造型，犹如宋代的“官帽”后高前低的形制，从侧面看和官帽椅的样子非常相似。“1989 年在宣化下八里村发掘的辽墓和金墓中都有木家具出土，在第 3 号墓（金墓）中，棺床前放有木桌，在桌的两侧各放一木椅，桌上摆列瓷、漆等质料的饮食用具，此外还有木盆架、衣架、镜架等物。木桌长 98 厘米、宽 60 厘米、高 40 厘米。木椅足残，连靠背残高 80 厘米，椅面边长 44 厘米。”（杨泓著《美术考古半世纪——中国美术考古发现史》）可见官帽椅的结构款式基本定型，其搭脑两端、左右扶手的前端出头、背板多为“S”形，而且多用一块整板制成，称之为四出头官帽椅。南官帽椅的特点是在椅背立柱和搭脑相接处做出软圆角，由立柱作榫头、横梁作榫窝的烟袋锅式做法。椅背有使用一整板做成“S”形，也有采用边框镶板做法，雕有图案，美观大方。官帽椅主要由座面、扶手、搭脑与靠背板组成，当人坐在官帽椅上时，重量从腿部和足部转移到臀部和股部，同时重量也分布到臂部和头部。从正侧面看，官帽椅的搭脑与靠背板组成“S”形，与人体的脊椎曲线基本相同，搭脑对应颈椎，靠背板则对应胸椎与腰椎，而且搭脑顶端的弧面也与头部的枕骨对应。当人体坐下且人的骨盆与脊椎失去直立状态时，头部的重力可通过颈椎与枕骨分散到搭脑上，胸椎与腰椎也能依托于靠背板的曲面而得到放松。官帽椅的这一绝妙设计符合了人类肢体的形态特征，也保障了如此坐姿的舒适与健康。

官帽椅因有出头和不出头之分，不出头的官帽椅称为南官帽椅，在南方使用得比较普遍，南方的工匠又称之为“文椅”。文椅中又有一种靠背较高的称为“高背文椅”，造型特点主要是在椅背立柱与搭头的衔接处做出软圆角，多为花梨木制作，而且大多用圆材，给人以圆浑、优美的感觉。明王圻《三才图会》中附有幞头的图饰。幞头有展脚、交角之分，但不论哪一种，都是前低后高，显然分成两部分。倘拿所谓官帽椅和它相比，尤其是从椅子的侧面来看，那么扶手略如帽子的前部，椅背略如帽子的后部，二者有几分相似。也有人认为椅子的搭脑两端出头，像官帽的展脚（俗称“纱帽翅”）。

另外，还有一些说法，明式家具中的官帽椅受宋代官帽造型的影响，其文化内涵自然也是和宋朝的官场南北文化有很大关系的。古代，北方长期是华夏政治文化的中心，南方多为流放贬谪之地，被贬斥于此的官员很难起复，或客死异乡。南方地区此类形制的椅子多不出头，谐音“难出头”，又称为南官帽椅；而北方地区多的是“京官”，在天子脚下，升迁的机会多，又因“四出头”与“仕出头”谐音，因此就用了四出头形制，称为四出头官帽椅。其实，也有人认为南官帽椅相较于四出头官帽椅，更加含蓄内敛，不事张扬，烟袋锅藏锋于圆润处，搭脑蜿蜒兜转，内蕴傲骨。含而不露传递着江南文人含蓄不张扬的审美取向。它内敛而舒畅，无处不圆润通达；它简约却华美，将人文情怀与自然韵律完美结合；它秀美而不艳俗，灵动又不失稳健；它如谦谦君子，温和的外表下是文人所暗含的铮铮傲骨！不论是“难出头”还是“仕出头”，都是坊间传说而已，不足挂齿。

我们试以几例作品来领略其中奥妙——

如一把明末清初榉木四出头官帽椅（座面 71 × 58 厘米，座高 31.5 厘米，通高 77 厘米），乍看起来非常普通，因为在江南地区用榉木做家具历史悠久，但细看之下，这是一件非常典型的四出头官帽椅，线条有力流畅，结构简洁，榉木宝塔纹纹理清楚，做工精致。椅背与扶手一气呵成，搭脑稍厚并与两头形成波浪形曲线，流畅优美。独板靠背刻有圆形云纹浮雕，生动祥和，加上设计巧妙的侧脚略带稳重，有圆满的整体感。前面扶手下曲挺的角牙柔和曼长，轮廓美好，宛若滑落的流水。而下方的踏脚枨子的支持牙条则采用向上逆冲的轮廓线，二者走势互异，造成巧妙的平衡趣味。官帽椅座下前面弓形牙子轮廓简明，圆润柔和，刚柔并依。此椅从侧面看，椅靠背的弯曲线形宛若人体自臀部到颈部的一段曲线，既符合人体实际功用的需求，又尽显椅子柔美婉转的曲线美和榉木塔纹肌理的线条美，二者相互映照，锦上添花，似乎更具有了弹性和柔韧感。

又如另外一把黄花梨南官帽椅（长57厘米，宽43厘米，高88.6厘米），搭脑与扶手均不出头。椅圆材做，三弯靠背板浮雕花纹一朵，搭脑与扶手以“挖烟袋窝榫”和后腿上截与前腿上截连接，一木连做。椅盘下素牙子，采用微微下垂“洼堂肚”式。此外还有一个特点，其扶手后部较高，能达到与圈椅异曲同工的效果，使坐者不仅肘部有所依托，且腋下一段臂膀也得到相应的支承。此椅为美国加州中国古典家具博物馆旧藏，属典型的矮南官帽椅基本式。

不管是四出头官帽椅还是南官帽椅，官帽椅的座面都以平直为主，大部分座面除木板外，也有竹、藤、棕等编织而成的软性座屉。这类座屉细密透气，在受压后能随人体的曲线自然下凹，以减轻座面对臀部与股部的挤压，使人久坐而不腿麻。官帽椅还构建了“坐”的身心健康。官帽椅的靠背板与座面多呈直角关系，人只能正襟端坐，这样有利于养成良好坐姿。良好坐姿有益于精气神的凝聚和注意力的集中，还可达到预防颈、背痛的目的。而且，良好的坐姿能使呼吸通畅，容易让浮躁的心情平静下来，它还能很好地体现人的精神风貌与内在气质。可见，一把官帽椅是以其高大、简约、线条流畅为主的。虽然它的椅面、腿等下部结构都是以直线为主，但是上部椅背、搭脑、扶手乃至竖枨、鹅脖都充满了弧形的灵动气息，体现方圆天地的示意，代表“天行健，君子以自强不息”的观念，也起到了礼教的约束作用。几百年来，官帽椅伴随着人们的生活，如潺潺流水，缓缓流淌，端庄、大气，不管在古在今，在厅堂还是在书房，从容坐镇，安定祥和。

所谓“仕出头”（四出头）的官帽椅比南官帽椅高人一等，也是因为古代中国政治经济中心长期在北方。南宋以降，特别是经过元、明、清，随着南方政治、经济的发展，官帽椅也不再搞“南北歧视”了。在儒家学派的经典著作《论语·子张》中，有句话被读书人奉为至理名言：“仕而优则学，学而优则仕。”学优则仕有两种解释，一种是说学习有余力时，就要参加实践，以检验所学的知识是否合乎实际需要。一种解释是学习好了，有了真才实学，就可以做官以便更好地推行仁道。这两种解释不论哪一种，都完全符合中国古典家具官帽椅的人文内涵。所以，不论是四出头官帽椅还是南官帽椅，只要是正规场合，都要求坐者必得正襟危坐，官者坐出威严，读书人则既坐出认真用功的形象，也寄托了读书人“学而优则仕”的精神愿望。其实，传统中国读书人第一等事就是仕途，不论在位在野，他们都以天下为己任，“先天下之忧而忧，后天下之乐而乐。居庙堂之高，则忧其民；处江湖之远，则忧其君”（范仲淹《岳阳楼记》），这是他们内心超越个人忧乐的寄望。

宋代以降，随着经济和文化的发展繁荣，士大夫文化在知识分子当中蔓延开来，回避政治、提倡闲适文化成为时尚，相对四出头官帽椅，人们更喜欢南官帽椅，其柔和雅致与低调奢华更适合坐者的心态。明代文徵明的弟子周天球有一具紫檀官帽椅，据张廷济《清仪阁杂咏》记载：“周公瑕坐具，通高三尺三寸，纵一尺三寸，横一尺五寸八分，椅板镌：无事此静坐，一日如两日。若活七十年，便是百四十。戊辰冬日周天球书。印二，一曰周公瑕氏，一曰止园居士。”据考，周天球在椅板上刻的这段话出自苏轼《司命宫杨道士息轩》：“无事此静坐，一日似两日。若活七十年，便是百四十。黄金几时成，白发日夜出。开眼三千秋，速如驹过隙。是故东坡老，贵汝一念息。时来登此轩，目送过海席。家山归未能，题诗寄屋壁。”“无事此静坐，一日当两日”句，东坡在诗中所强调的“静”字，是充分反映儒释道思想情怀集一身的一种大境界。东坡一生仕途坎坷不顺，算得上是颠沛流离了，但他却很欣赏其友人侍妾柔奴的一句话：“此心安处，便是吾乡”，还为此作《南乡子》一词以记，由此可知他是极喜欢这种“静”的境界的。这种静，是心静，平和而安然，闲观花开花落，漫看云卷云舒。周天球将苏轼的诗句镌刻在椅板上，一是出于对东坡的敬仰，二是寄托其超凡脱俗的情怀，时时日日提醒自己，闲时沉下心来，暂时摈弃琐事烦忧，只是这么静静地坐着，反省思量，修身养性。只有真正做到放下，日积月累一定会有所顿悟。

据美·埃利华斯编著的《中国家具》记载，明代祝允明、文徵明、董其昌都曾先后在官帽椅上题文。董其昌的题文是："公退之，披鹤氅衣，带华阳巾，手执《周易》一卷，焚香默坐，消遣世虑。江山之外，第见风帆沙鸟，烟云竹书而已。"文徵明所题是："门无剥啄，松影参差，禽声上下，煮苦茗掇之，弄笔窗间，随大小作数十字，展所藏法帖笔迹画卷纵观之。"祝允明题文为："是日也，天朗气清，惠风和畅，仰观宇宙之大，俯察品类之盛，所以游目骋怀，足以极视听之娱，信可乐也。夫人之相与，俯仰一世，或取诸怀抱，晤言一室之内，或因寄所托，放浪形骸之外，虽趣舍万殊，静躁不同，当其欣于所遇，暂得于己，快然自足。"（此题文摘自王羲之《兰亭集序》。落款为"丙戌十月望日书，枝山樵人祝允明"。）可见，历来不得志的文人墨客不是苦闷忧虑，牢骚不断，就是愤世嫉俗，遁隐终老。而他们非得以这样的方式来应对失意的生活，否则无法从这惯例里抽身，由这桎梏中解脱。也正因为如此，他们才得以寻到精神的升华，于逆境中看出水阔天高，光风霁月，而泰然自得。

文人往往在官帽椅的椅背上嵌刻字画，尽情挥写，而官帽椅恰恰给他们提供了这样的空间，使得两重境界并现。这是在认知自然审美的基础上，赋予人文关怀和追求；是不满足于纸张上的挥洒，进而提升要求，创造更高的艺术形态和理想世界，同时也是文人才情的宣泄方式。

我们从明式家具的官帽椅说起，初步领略了明式家具的工艺之考究、文化之厚实，及其所产生的时代背景之深刻的丰富内涵。中国古代士大夫的气概在于：进则取之天下，指点江山；退则守拙田园，闲云野鹤。一把官帽椅，代表着儒雅和权威，它看起来是椅子，却与仕途紧密相连，是官场与文场结合的并蒂莲花。

有关官帽椅的得名以及北与南之分，解读多多，此类问题目前业界尚没有定论。是否由某古人或某大官或皇上要求设计有关官的座椅，显然不会，那么就是先有此类座椅，而后有人想象其形而命名之，且被众人认同推而广之。至于南北论，也绝非先定名而后制作，一定要从使用功能分析，分析四出头官帽椅和南官帽椅除了视觉感官上的审美不同外，它有何用。所谓南北之争，这与董其昌论画分南北宗同，北实为刚，南意为柔，并非“北宗”就一定是北方人画，唐寅是南人而擅长北画也。至于“四出头官帽椅”也好，“南官帽椅”也罢，所谓北与南之分说是何时何人何文献记载，无关紧要。因此，由于缺乏明确的史料，家具发展过程中许多具体的节点都难确定，如何能更合乎逻辑地去解读，有待人们去做大量的实证调查和探讨。

笔者从一把官帽椅说起，仅是引发读者关注而已。“家具，即家庭器具。指在生活、工作或社会实践中供人们坐、卧或支撑与贮存物品的一类器具。”（《汉语词典》）我国传统家具历史悠久，自商周开始出现贸易活动，商业经济逐步发展，手工业种类及分工不断细化，号称“百工”。《考工记·总序》记载：“国有六职，百工与居一焉。……审曲面势，以饬五材，以辨民器，谓之百工。”《论语·子张》亦称：“百工居肆，以成其事。”百工之中，有专门从事竹木加工的手工业者。据《中国传统家具发展史》记载，在公元前二千年至公元前一千九百年新石器时代（山西襄汾县陶寺村新石器时代晚期遗址）的墓葬中，就从随葬品中辨认和发现了木制长方平盘、案等早期中国家具。但是，在远古时期，尚未确定有真正意义上的家具。人们的生活方式基本上是席地而坐。《礼记·祭统》曰：“设之曰筵，坐之曰席。”但在其他古籍中筵与席为一物。席的功能在早期，人们是坐卧两用的。从战国时期到东汉，人们的起居方式仍以席地而坐为主，几及低矮型床榻开始出现了，我们从东汉画像石的图案中可以得到印证。直到公元三至六世纪之间，“灵帝好胡服、胡帐、胡床、胡坐、胡饭……京都贵戚皆竞为之”（《后汉书·五行志》）。新的习尚由西域而来，席地而坐的生活方式开始出现转折，交杌及凳子和靠背椅应运而生。禅椅亦不限于佛门，民间和宫廷也普遍使用。

自西晋至南北朝时期，佛教在中国流行，西域异族文化与中原汉族文化得到大融合大发展，为隋唐文化的繁荣注入了新的活力。家具已为不少人使用，席地而坐的习惯改变了。从宋到元，垂足而坐基本上取代席地而坐，各种家具迅速发展，垂足高坐成为时尚。社会经济文化的发展，促进家具制作进入了重要的发展空间，家具开始高速发展期。达官贵人尽显高贵，营造府邸、建造园林蔚然成风，与之相配套的家具业也得到充分发展。到了明清时期，传统家具进入鼎盛时期。尤其是明代社会经济繁荣，市镇各类经济竞相发展，工匠从业人员与日俱增，家具制作从单件到成套，品类繁多。又因明代文人参与设计及审美观念的影响，家具制作更加典雅精致。加上海洋贸易兴起，硬木材质源源不断进入中国，家具设计和生产达到前所未有的高度，明式家具在当时文化经济发展的历史背景下形成了自己的基本特质，典雅端庄，简约大方，工艺精湛，结构合理，比例适当，线条流畅，文雅素逸，令中国传统家具制作达到登峰造极的程度，形成了举世瞩目的“明式家具”！

明式家具历来为海内外学者所推崇，但何为明式家具，论者众说纷纭，各执一词，比较确切的表述是王世襄先生和郑欣淼先生的论断。录之为据：

> “明式家具”一词，有广、狭二义。其广义不仅包括凡是制于明代的家具，也不论是一般杂木制的、民间日用的，还是贵重木材、精雕细刻的，皆可归入；就是近现代制品，只要具有明代风格，均可称为明式家具。其狭义则指明至清前期材美工良、造型优美的家具。这一时期，尤其是从明代嘉靖、万历到清代康熙、雍正（1522—1735）这两百多年间的制品，不论从数量还是从艺术价值来看，称之为传统家具的黄金时代是当之无愧的。（王世襄《明式家具研究》第一章《明式家具的时代背景和制造地区》）

> 明代家具可以说是中国家具史上最辉煌的一页，明代后期，除漆木家具普遍使用外，社会上开始崇尚硬木家具，人们开始追寻古

> 朴之风。明人范濂在《云间据目钞》中记载："隆万（隆庆、万历，明穆宗、神宗年号，1567—1619年）以来，虽奴隶快甲之家皆用细器。"可知使用硬木家具之风蔚然兴起，争购细木家具已成为当时时尚。在明代有大量文人热衷于家具的设计和制作，给明式家具平添了更多的文人审美情趣。他们把中国传统家具的历史和艺术融会贯通，并把美学、力学、哲学、人体工程学以及礼教等文化融入到家具制作中，赋予了家具更深、更大、更美的文化内涵，使家具更富有文化气息。明式家具的简约、古雅、空灵，柔婉而不失厚重，以及方正的造型、匀称的比例，被后世研究者尊为"实用的美学理念"。在装饰方面，明式家具一般都较为简约或干脆不加装饰，或者是多取材于自然界的植物、动物、风景题材和带有吉祥寓意的图案，总体上给人以简洁明快、素雅大方之感。（郑欣淼《永恒的明式家具·前言》）

两者互为印证和补充，较为完整地明确了"明式家具"所涵盖的范畴。"明式家具"作为一专业名称，一般指的是以硬木制作、素雅简练、做工精良，跨越明代至清代前期，具有鲜明的明代风格、形制特质、人文内涵和审美价值的家具。

明式家具的制作工艺集中体现了中国的线条艺术特点：明式家具中的桌案几凳所体现的这种独特的线条和空间造型，正合乎传统审美的内在规律；同时，诗化的生活和生活的诗化，使明式家具合乎中国传统知识分子审美目标。合规律性与合目的性，这是构成文人与明式家具渊源的深层原因。

在中国艺术的发展中，功能性和审美性的统一也是个突出的特点。举凡青铜、玉器、书法、瓷器这些艺术样式都有着强烈的功能性特点，但同样又成为中国传统文化的典型代表，这样一个由功用向独立艺术发展的轨迹，同样也适合明式家具的发展，所以，我们可以这样认为，明式家具是中国线条艺术发展的一支脉络；与此同时，文学艺术由诗而词、由词而曲的发展轨迹，正是纯艺术与世俗相融的过程，与明式家具的打通艺术和生活的过程完全一致。这是我们在全景观艺术史中观察明式家具的一个初步的概述。

其实，任何线条都是形式，是抽象的结果。在审美中，没有体验还原的抽象都是空洞和死板的。为什么有的专家说，中国画关键在笔墨，在线条。但在特定材质、语境和暗示下，这种抽象后的线条能唤起内心最深刻的情感涌动，这种涌动是莫名的熨帖、亲切，是刹那间重回故乡的温馨和被安抚的感动，是身心融入又无比空旷、急于表达却又欲说还休的饱满和怅然。这份饱满、怅然，也是一份惊叹、满足。这样，在线条中的体验还原，一定是要有文化积淀的，也就是说它有它的解码系统。为什么你在明式家具前摩挲再三、栏杆拍遍，无疑是因为它的线条组成的空间、气韵，让人感受到难以言说的舒服惬意，感到惊叹，欣赏者顺利地完成了解码，进入了它的气场。在这一过程中，情感和生活的体验汹涌而至，它不是简单的对技术的感知，而是十分含混的感受。这样，线条艺术必然和文化有着极深刻的依存，我们所说的一件作品有书卷气，其实就是抽象和还原的审美结论。

明式家具和明清文人结下如此深的渊源，关键的核心点就是在这里。我们想探讨的，就是这其中的奥秘。

明清之际，工艺和文化的关系是十分深刻的，张岱在《陶庵梦忆》中谈到“吴中绝技”曰：

> 吴中绝技：陆子冈之治玉，鲍天成之治犀，周柱之治嵌镶，赵良璧之治梳，朱碧山之治金银，马勋、荷叶李之治扇，张寄修之治琴，范昆白之治三弦子，俱可上下百年保无敌手。但其良工苦心，亦技艺之能事。至其厚薄深浅，浓淡疏密，适与后世鉴赏家之心力、目力针芥相投，岂是工匠之所能办乎？盖技也而进乎道矣。

张岱列举了当时手工艺制作之精良者，这当中虽然没有直接提到家具，但他十分明确地指出，“盖技也而进乎道矣”，这个判断是十分有道理的，这也就是我们所说的合规律性与合目的性。形而上者谓之道，形而下者谓之器，明式家具是器，但已近乎道，这核心是人，是与物共鸣的人。

明式家具之所以能登上大雅殿堂，成为大家公认的古典家具中的审美典范，这里就必须要谈到中国古代文人，特别是明清两代文人的审美情趣。

随着社会经济、文化艺术的发展，家具在工艺、造型、结构、装饰等方面日臻成熟，至明代进入辉煌时期，明式家具在古典家具中作为一种审美典范已成业界共识。线条的艺术，是中国艺术中最基本的也是蕴含最深的艺术，在书法、绘画、青铜、玉器、戏曲、家具中皆有所体现。明式家具以其在工艺、造型、结构、装饰上的独特风格，特别是其所蕴含的丰厚人文精神和浓郁文化气息，数百年来一直广受尊崇和青睐，而成为海内外收藏界追捧和钟爱的珍品。在中国家具史上，明式家具确有君子风范，是一个难以逾越的高峰。

2017 年 12 月

文脉相承

众所周知，曼生壶是难得一见的稀世珍品。曼生壶自横空出世就自带光环，成为紫砂器中的佼佼者，无论是文化界、收藏界还是茶人、紫砂艺人，都为之倾倒，多少年来，这种顶礼膜拜现象一直没有消退。解读这一现象，业界和专家学者都有不少高论，无须多言。海派绘画名家唐云先生以八把曼生壶之珍藏独步宇内，“八壶精舍”名动海内。唐云先生仙逝后，八把曼生壶随同百余件艺术珍品捐献故乡杭州，藏于唐云艺术馆内。今年适逢唐云艺术馆建馆二十周年，杭州名人艺术馆（唐云艺术馆）特编印《八壶精舍》文集以为纪念，笔者应邀为本书撰写序章。所谓序章，顾名思义就是开场白吧，谨供读者品鉴。

明清以来，紫砂茶壶的工匠大师受历代文人儒雅之风的熏陶，以文入壶、以文载道，创制出一批为文人雅士所至爱的精品、神品，同时又造就出了一群被文人尊奉为“擅空群之目”（《阳羡茗壶系·大家》）的艺术高手。与此同时，文人也积极投身于紫砂茶壶的设计制作，而这些作品的评品与审美追求又常常以文人雅士的评判标准为基础。工匠大师们浸润文化，文人雅士们亲力亲为，两者相融，相得益彰，使中国的紫砂壶艺达到空前的艺术高度，升华到崭新的审美境界。一种自古而来的返朴趋素的审美理念和艺术价值观，逐渐成为全民族的审美追求与艺术风格。在紫砂茶壶上体现出的这样雅俗同流的文化现象，在明清时期并不孤立，它是整个文化生态的一个具体的反映。针对这种文化生态，需要提到当时的才子文化。

假如用一句话概括中国知识分子的精神风貌，那就是魏晋风骨、唐宋风尚、明清风流。这个风流，并不是简单意义上的风情、风雅、风致、风貌，而是集大成式的贯通古今、出入雅俗、弥缝朝俚、周旋庄谐的一种精神创造。尽管这种风流，不再有当年路漫漫其修远兮的悲壮、大江东去浪淘尽的雄浑，不复见门前流水尚能西的乐观、醉里挑灯看剑的悲凉，但是这个时代的风流却创造了中国文化史上独特的人格形象：才子。这个形象或许有些瘦弱，在庭院深深处的芭蕉树下独自沉吟，昨夜的笙歌，犹有一些余音散韵缭绕，但他的内心却沉浸在一个前无古人的精微细致的境界中。

周晖《金陵琐事》卷一记载李贽“好为奇论”，称汉以来“宇宙间有五大部文章”，汉是《史记》、唐是杜甫集、宋是苏东坡集、元是施耐庵《水浒传》、明是在当时享有盛名的“前七子”之首的李梦阳集。这种“奇论”奇在哪里？表面上看是突破了典雅的范围，在典籍中加入了通俗文学《水浒传》，但在深层处，是人格精神的一次提升。在近千年的典雅文化的熏陶下，李卓吾将《水浒传》与《史记》、杜甫集等并称，演唱了人生的“摇滚乐”，这种带有嬉笑色彩的背叛，是当时很普遍的奇谈怪论。这种嬉笑风格的文学观，到金圣叹那里就有了“六才子书”，把《离骚》《庄子》《史记》《杜工部集》与《水浒传》《西厢记》相提并论，更为甚者，他认为《水浒传》可媲美《论语》，《西厢记》可取代“四书”而作为童蒙课本，进而让俗文化取代雅文化所具有的庄严色彩。在袁宏道的言论中，同样把《水浒传》置于六经之上，甚至把《金瓶梅》称之为“逸典”，与古代典籍相提并论。这种颠覆性的观点，比较简单的理解是打破了雅俗的界限，但在内心深处，则表现了当时知识分子追求的一种理想人格。

袁宏道在《与徐汉明书》中提到这样一种人：“独有适世一种其人，

其人甚奇，然亦甚可恨。以为禅也，戒行不足。以为儒，口不道尧舜周孔之学，身不行羞恶辞让之事。于业不擅一能，于世不堪一务，最天下不紧要人，虽于世无所忤违，而圣人君子则斥之惟恐不远矣。弟最喜此一种人，以为自适之极，心窃慕之。”这种奇特的精神人格，既贯通儒释道，又不在藩篱中，成为一种极其特别的人格形象。金圣叹曾有“岂不快哉”的妙论，和袁宏道的趣味论同出一辙。这就是明代晚期的“才子”形象。金圣叹也是当时才子的代表，关于他的名字的来源，《管锥编》中提到是来自赵时揖《第四才子书·评选杜诗总识》：“余问邵悟非（讳然），先生之称‘圣叹’何义？曰：‘先生云，《论语》有两喟然叹曰，在颜渊则为叹圣，在与点则为圣叹。此先生自以为狂也。’”孔子对曾点的人生理想十分赞叹。这人生理想是什么？无非就是暮春三月，游玩沐浴，生机盎然。从这里可以看出，才子们并没有做孔子的叛徒，他们在传统学问中找到了“自适”“适情”的人生态度，在奇、畸、狂、放的人生言论和行为中，表达生命并安妥自己的心灵。

不能否认，明代中晚期，总体上知识分子的心态是伤感的，这份伤感来自于生命的又一次自觉。李泽厚先生认为，在魏晋时期人的生命的自觉，实现了文学的自觉。其实，在中国文学史的发展中，生命的感觉是永恒的话题，对生命短暂的感喟和对世俗功业的冷漠，到明代中晚期出现了一个高峰，这种又一次的生命觉醒带有享乐主义色彩，伤感却不绝望，热情却也冷淡，这构成了当时才子文化的社会精神生态系统。这些才子们寄情于艺术，并且把人生艺术化，用才华慰藉心灵，寻找共鸣，抗拒死亡，享受生命。他们不再以所谓的古穆典雅作为标准，而是以“适情”出入雅俗，创造出了才子式的典雅。他们既能诗书立世，又能游戏人生，在艺术化的生命里找到了出世与入世之间一个绝好的平衡点。

金圣叹在《水浒传》第十三回的评点中认为——

一部书一百八人，声施灿然，而为头是晁盖，先说做下一梦。嗟乎！可以悟矣。夫罗列此一部书一百八人之事迹，岂不有哭、有笑、有赞、有骂、有让、有夺、有成、有败、有俯首受辱、有提刀报仇，

> 然而为头先说是梦，则知无一而非梦也。大地梦国，古今梦影，荣辱梦事，众生梦魂，岂惟一部书一百八人而已，尽大千世界无不同在一局，求其先觉者，自大雄氏以外无闻矣。

这种人生如梦的叙述，强调了金圣叹提出的文学观：“我亦于无法作消遣中，随意自作消遣而已矣。”（《第六才子书西厢记·序》）他觉得，世事如白云苍狗，生命如夏花晨露，水逝云卷，风驰电掣，短暂生命总得有各种消遣法，以遣有涯之人生。种田耕读是一种消遣法，隐逸山林是一种消遣法，庙堂得意也是一种消遣法，雕虫小技当然更是一种消遣人生的法门。

在金圣叹的理解中，所谓文学艺术是“经国之大业，不朽之盛事”，这无疑是欺世之论，但作为生命的印记留赠后人，“不可以无所赠之”，这种强烈的生命感受和对自身个体的高度关注，使得金圣叹这样的才子不会遁入空门，恰恰相反，他们对生活的热爱表现得格外强烈，甚至在日常细微处，也表现出那种生活的情趣和生命的热度：“冬夜饮酒，转复寒甚。推窗试看，雪大如手，已积三四寸矣，不亦快哉！夏日于朱红盘中，自拔快刀，切绿沉西瓜，不亦快哉！”（《不亦快哉》）这种对生活中细节的关注和品鉴，充满哲思和情趣，成为当时才子文化的一个鲜明特征。这个特征表现在生活的艺术化和艺术的生活化过程中，中国的传统艺术如诗词、书画、文玩、园林、戏曲，被有机地统一在一起，它们并不是单纯的一种独立的艺术样式，而是消遣生命滋养心灵的一种方式，在这过程中，例如唐寅、文徵明等创建了书画艺术的高峰，但从更广阔的背景看，这只是生活艺术的一部分而已，它并不是孤立的一种艺术创造。

才子文化是一个外延很难周全的概念。明代中期出现过“江南四大才子”，他们无一不是才华超群，书画绝伦。但四大才子更出名的，是“唐伯虎点秋香”这样穿凿附会的传说。与此同时在文学创作领域，也出现了才子佳人小说。笔者认为，才子文化其实是一种人格文化，是表现生命理想、兼容书画艺术的文化样式。才子文化具有很强的二元化特征，它既有强烈的精英文化气息，同时又有强烈的世俗性特点。精英见其超拔，世俗见其华美，在脱俗与世俗的互动中，形成了“才子”这道风光旖旎的文化风景。

正是在这样的才子文化的背景下，紫砂茶壶成为一种载体，进入文人世界，表现文人的内心世界，消遣他们的人生情怀。文人参与紫砂茶壶的设计制作，不仅有其审美方面的理念，而且就用材、尺寸、形制等方面，也提出了不少独特的见解，满足他们茶余饭后的消遣与诗、书、琴、画等雅事的实际需要。同时在设计制作中，文人又发挥自己诗、书、画的特长，与紫砂壶相结合，在紫砂茶壶上题诗、作画、钤印，使之更具艺术气息、文化内涵、诗画意境，当然也更具有艺术价值。

明清时期，不少文人在“入世”和“出世”之间徘徊、煎熬，迫使他们在抒志和用才的层面上寻找新的出路。既然在从政方面不得机会且难以保身立命，那就只能在政治之外谋得表现的天地，于是他们当中有一批人以“把玩”古玩、书画、戏剧、紫砂壶等求得积极和相对稳定的生活与闲适的心态，这是构筑于生活享受基础上的抒发文人的知识经纬和审美意味的新平台。这种状态不但体现出文人风雅生活的根源所在，也表现出他们在无奈的取舍中依然保持对生活美好的追求，使他们的生活呈现出新的亮色。这其中最典型的代表人物之一就是清代学者陈曼生。

陈鸿寿，字颂，又字子恭，号曼生，浙江钱塘人。生于乾隆三十三年（1768），嘉庆六年（1801）34 岁时拔贡，其间做过溧阳知县，卒于道光二年（1822），享年 55 岁。陈曼生是一个通过科举入仕，从低级的幕僚做起的清代文人，为当时知名画家、诗人、篆刻家和书法家，“西泠八家”之一；他的众多名号如“夹谷亭长”“西湖渔隐”等都反映出其一定的生活心态，但在陈曼生的仕途和文人生涯中，在溧阳任知县是其最为得意的一段人生，陈曼生的所谓风雅逸事也由此发端并日见精彩。据《溧阳县志》记载，陈曼生在溧阳应该主政两任，担任知县共六年之久，相对稳定的生活和一定的社会地位，加上他生性豪放热情、兴趣广博，所以各地贤俊名流踵门结交，萃集左右，歌诗酬唱，书画往来，名噪海内。

溧阳与宜兴相邻，由于饮茶习俗的改变，于明代兴起的宜兴紫砂壶名声大振。入清以后，宜兴紫砂壶发展已相当成熟，不少达官贵人、文人雅士、工商巨贾纷至沓来。陈曼生以其书画金石之功力，结交制壶名匠杨彭年等人，再加上文人墨客、同僚幕客共同“传唱”“把玩”，使他的制壶生涯达到顶峰，其设计的多种紫砂壶式通称为“曼生十八式”。

陈曼生为官“廉明勇敢，卓著循声，创文学、修邑志、办赈之善，为大江南北最”（《墨林今话》卷十）。其在溧阳任上，政绩显著，可谓是为官一任，造福一方。但尽管陈曼生所处之时正值“乾嘉盛世”，且他在任之日政声斐然，但他毕竟也不会是左右逢源时时春风。风雅生活的本质属性中除却文人自有的特质之外，隐性无奈的选择也是重要的方面。在生存与生活层面上从无奈的选择至刻意的追求，这是一个过程。好在他的意念与所钟情的器物的生活实用性及自身清高的意境相关联，以至于没有向糜烂滑去，而是向积极光亮的艺术层面提升。曼生为官并没有失去文人的个性和趣味，而是在为官之余，仍保存其独特的个性及艺术家的天趣。陈曼生喜欢画的一幅《秋菊茶壶图》中有一段题跋：“茶已熟，菊正开，赏秋人，来不来”，读来令人想起陈曼生的幽默风趣，不但是一个没有官气的小官僚，还是一位妙趣横生的文人。他曾云：“凡诗文书画，不必十分到家，乃见天趣。”陈曼生凭借其天资豪爽、意趣纵生的天赋，“心摹手追，几乎得其神骏”，往往随意挥洒，自然天成，使所绘、所写、所做“不为蹊径所缚”，只是表现得天趣横生、妙手天成而已。其实陈曼生的“天趣”不完全是“天成”，而是有其书画功力的。其书法从碑学入手，四书皆工，而其画又以花卉果蔬为题材，间有山水。曼生显然认为“书画虽小技，神而明之，可以养身，可以悟道，与禅机相通。宋以来如赵、如文、如董，皆不愧正眼法藏。余性耽书画，虽无能与古人为徒，而用刀积久，颇有会于禅理，知昔贤不我欺也”。但曼生的才华和书画功底真正发挥得淋漓尽致，还是在与杨彭年结交之后。

杨彭年在宜兴的紫砂壶工匠中并不是最出色，但杨彭年制壶、练泥的技术一旦为陈曼生所用，就产生了紫砂茶壶杰作，这种结合不仅是强强联手，而且还是趣味相投，其产生的艺术创造力也远非两人原本的艺术功底可以比拟。这是一种奇迹，不是所有书画艺术家和陶艺家的结合都可以表现得如此出类拔萃。在他们结合之前，宜兴紫砂壶充其量也就是和其他陶瓷产品一样，是工匠手中出来的工艺品而已。乾隆时期，皇家在宜兴定烧紫砂器，在壶上施绘珐琅彩，虽用心良苦，却并没有把宜兴紫砂壶送进艺术殿堂，反有画蛇添足之嫌，在宜兴紫砂壶的制作历史中昙花一现。

那么，为什么陈曼生和杨彭年的结合会使宜兴紫砂壶成为追求清新自然、质朴无华、妙得天趣的士大夫和文人阶层所喜欢的紫砂壶艺术品呢？陈曼生以他深厚的艺术修养和独特的审美情趣，结合其人生阅历与对生活的细微观察，取诸自然现象、器物形态、古器文玩等精心设计紫砂茶壶。同时他还十分崇尚质朴简练的艺术风格，所设计的紫砂茗壶力求在"简"字上做文章，绘画题诗，简约隽永，文切意远、耐人寻味，融造型、文学、绘画、书法、篆刻于一壶。壶腹上镌刻山水花鸟，使清雅素净的紫砂茗壶平添几分诗情画意，赋予其丰富的文化内涵，超越了简单的茶具功能，而成为紫玉金砂与书画翰墨的结晶。

陈曼生的艺术实践和天赋，对其周围的不少趣味相同的文人好友尤其对杨彭年的壶艺有不小影响。蒋宝龄形容陈曼生"宰溧阳时名流麕至"，在这样一个文化圈子里，杨彭年当然获益匪浅。有文章记载，曼生"所居室庐狭隘，四方贤隽莫不踵门纳交，酒宴琴歌，座上恒满"，"自奉节啬而宾客酬酢备极丰赡"。曼生公余之暇"与同人觞咏流连，无间寒暑"，一年四季都以结交朋友为快事。其间，钱叔美（杜）、改七芗（琦）、汪小迂（鸿）还合作过《桑连理馆主客图》（桑连理馆是曼生府邸，他于此批复公文，处理案牍，修编县志，接待四方来客，徜徉艺海，研制砂壶），郭麐（频迦）为此还著文记之，一时传为佳话。

在陈曼生的朋友中，如改琦（1774—1829），字伯蕴，号香白，又号七芗，别号玉壶外史，祖先为西域人氏，后入籍松江。改琦天资聪敏，诗画如天授，著有《玉壶山人集》，是著名的人物画家，用笔秀逸出尘，也是出了名的壶艺爱好者。又如汪鸿（生卒年待考），字延年，号小迂，安徽休宁人，为陈曼生幕僚。花鸟、山水皆工，与钱杜、改琦、郭频迦等人为伴，都是桑连理馆旧友，其所学得力于陈曼生。他又娴熟刻工，凡金钢瓷石竹木无一不能奏刀。不仅如此，他还能度曲弹琴，是一位难得的多才多艺的才子。著名藏家龚钊（1870—1949）藏有一把曼生壶，其盖内文字提到乃汪鸿为曼生公所刻，还说紫砂壶不宜刻山水。所以曼生壶中不多见山水大概与汪鸿的见解有关。再如郭麐（1767—1831），字祥伯，号频迦，又号白眉生，人称郭白眉，晚号蘧庵居士、吴江诸生，资秉过人，曾游姚鼐门。应京试入都，金兰畦尚书以国士待之，故名声大噪。下第南归后，以诗鸣江湖二十多年。工词章、善篆刻，间绘竹石，别有天趣。为此，陈曼生最器重郭频迦，在曼生壶的设计制作中，一部分铭由曼生所为，但不少是郭频迦主刻的。现在藏在上博、南博等处的曼生壶上，即有不少“频迦”“祥伯”的铭刻。

上述几位都是陈曼生的好友，加上陈曼生与同时代的浙派印人群体之间的交流，遂形成了一个相当大的群体，包括黄易、奚冈、陈豫钟、赵之琛等。他们以书画交心，以紫砂壶艺交友，相互启发，共同探讨，把文人意识通过紫砂泥手捏成型，刻上书画，成就了紫砂壶艺的新境界。假如只有陈曼生一人，而没有身边围绕的改琦、郭频迦等一批人，也是形成不了大的气候的。这恰恰可以让我们明白，明清文人的风雅生活状态，除却有佼佼者傲然独立外，同时又是一个群体相拥相融、同趣同志的集合结果。

当然，与陈曼生合作贡献最大的还是杨彭年。杨彭年，字二泉，号大鹏，荆溪人。据《耕砚田笔记》云：“彭年善制砂壶，始复捏造之法。虽随意制成，自有天然风致。”由杨彭年制成的茗壶，玉色晶光，气韵文雅，质朴精致，为文人所好。《阳羡砂壶图考》记载：“（彭）善配泥，亦工刻竹刻锡。”而顾景舟认为，“杨彭年壶艺功平凡，因由曼生刻铭，壶随字贵，字依壶传”，不无道理。《阳羡砂壶图考》又云：“寻常贻人之品，每壶只二百四十文，加工者价三倍。”杨彭年的盛名传世和他与曼生的合作的确有着重要的关系，如果没有曼生为杨彭年造势，为其形制督导把关，指导其砂壶捏制，并亲自动手装饰铭文书画，那么杨彭年可能和其他代代相承却名不见经传的工匠一样，被湮没在坊间市井、湮没在历史长河中。从另一个角度讲，正是因为有杨彭年手捏砂壶随意制成，亦有天然之致的高人之处，符合曼生等文人的放荡不羁的心态，促使两人天性能互相接纳融合，使紫砂壶艺精品流传于世。文人在艺术方面的造诣以及审美层面的追求，与工匠们不自觉的灵性发挥相结合，使制壶工艺向更高层次发展，从某种意义上看，文人的思想意境找到了一条宣泄的通道，铸就了文人们别有洞天的风雅生活。

明清以来，书画篆刻名人辈出，不计其数，名匠艺人层出不穷。明代大画家大书法家董其昌、陈继儒都曾定制收藏紫砂壶，并自书铭名。清代吴大澂、吴昌硕等艺术家也酷爱紫砂壶，吴大澂晚年卜居歇浦，与画家任伯年、胡公寿、吴昌硕辈交结“把玩”紫砂壶艺。吴大澂曾藏有供春缺盖树瘿壶，因请黄玉麟（宜兴上袁村人，1842—1913，善制掇球、供春、鱼化龙诸式紫砂壶，莹洁圆润，精巧而不失古意）到自己家依式仿造。又另制壶数件，以贻知友，壶底有“愙斋”（吴大澂字清卿，号“恒轩”“愙斋”）阳文印，古篆朴雅，非前辈印可及。正是因为有了以陈曼生为核心的一批才名俱佳的文人把才情带入到壶艺领域，给茗壶这一日常用具添加了不少令人遐想的意韵，使人爱不释手，人人关爱的程度达到无以复加的地步，乃至千年鉴赏，百世流芳。完全可以这样讲，正是有了陈曼生，有了“曼生壶”，才使后来的茗壶“玩”转起来，才能使我们在享受中国历代古董书画内涵意境的同时，可以在紫砂茗壶的“把玩”中同样体会其间遗韵，并产生出中国书画不具备的逸致与文心，在其中流连忘返，如痴如醉。

从曼生壶的“捏制”到“把玩”，确有风雅的一面，当我们细细品味其间所具有的魅力时，不可否认旧时文人对曼生壶的热衷、推崇和参与，是紫砂壶至今仍保持古朴典雅的文人风采的主要因素。从另一方面讲，曼生壶体现出的价值和风采不仅在于其壶本身，而更在于从“制作”

到“把玩”的过程中所沁透出的文化艺术精魄。要解读这一文化艺术精魄，必须从曼生壶本身来观照并加以解析。

曼生壶在紫砂壶艺术中的地位，与文人画在中国画中的地位相仿。虽然并不能以曼生壶来代表紫砂壶，但曼生壶开辟了紫砂壶艺术向人文艺术层面发展的道路，可以说以陈曼生为代表的一代文人，关注紫砂壶并以之作为他们的艺术实践，促进了紫砂壶人文精神的提升。陈曼生是书画印俱佳的文人艺术家，在他的生活中，自然与笔墨纸砚、臂搁笔山、镇纸墨床、花瓶香炉、昆石幽兰等文房清供有着非常亲密的接触。当紫砂壶一旦成为茶具的主角进入文人生活后，自然被引入书斋，文人对紫砂壶的影响自然也就有了可能。

紫砂壶能够脱颖而出，除了壶本身已经具备的诸如前文所述的众多因素外，还在于紫砂壶有着其他文房用品及清供无法比拟的优势。在文人把玩的器物中，有些是要必须保持距离的，如案头清供。无论是梅兰竹菊还是昆石美玉或是商鼎周彝，虽然也能摩挲，也能赏鉴，但毕竟以视觉审美为主，在使用的亲切度上，无法与茶壶相比。亲切度，体现在实用与温度上。实用观是儒家学说经世治国理念的通俗化。功能上的实用与否，决定了一件物品与人的亲近度。茶最基本的功能是解渴，具有非常实用的一面，因此即使茶壶不如其他清供名贵，却与人极亲。

当茶壶中泡上茶，茶壶就成了有生命的器物。在中国的人文精神词汇中，“温文尔雅”“即之也温”“不温不火”“温润如玉”，都将温度视作人的品性。温度的意义在于内在的传递。禅者语“如人饮水，冷暖自知”，温度的传递有着平淡而秘密的一面，包含着当下、平常、给予、体验、幸福、直觉、不可说等意义。因此，一壶热茶在手，同样具有平常生活中的体仁意味。

明代泰州学派的王艮提出“百姓日用即道”的观念，认为圣人之道就在日常生活之中。这无疑是从理学、禅宗思想中一脉而来产生的思想，对中国人的生活观念产生了非常重要的影响。作为百姓日用的茶，理所当然地被赋予了道的意义，并不只作为谈玄、论道、参禅的附属存在。

这使得茶事不仅作为风雅生活的一部分，也从根本上为文人喜爱茶事提供了心理上的依据。

由此再上溯至唐宋，那时饮茶已经被赋予了精神生活的内涵，品茶不仅仅是高品位的物质生活，也成为谈玄论道的必备佳品。“茶禅一味”观念的产生，标志着儒、释、道都已将饮茶作为与精神生活密切相关的体验。饮茶本身，已经被有闲的知识阶层从“柴米油盐酱醋茶”的物质生活层面提升到了文化的精神生活层面。这种结果本身，代表中国人的现世生活价值本位观。

在文人读书论道生活中，茶的润喉解渴、提神醒脑作用显得极为重要，晋人挥麈谈玄，手中是麈，在明清文人的谈玄场所，也就出现了紫砂壶。因此，当紫砂壶在文房用品中以实用、日用、温暖、亲切的特征出现时，它与人的关系与地位就同其他文房产生了微妙的差异。此时，当陈曼生的手中出现了紫砂壶，他的学养和艺术的修为就氤氲萌动了。当一只色泽深沉、质地古朴、适宜泡茶、热不炙手、大小适中，又兼有种种道德比喻与哲理折射的紫砂茶壶出现在文人书房里时，对紫砂壶的欣赏，就不仅仅是出于对壶具本身的实用价值和它所传达的器物史信息的赏鉴了。

香港茶具文物馆藏有一把曼生直腹壶，此壶壶肩铭文为：“叔陶作壶，其永宝用”，壶壁铭文为：“嘉庆乙亥秋九月，桑连理馆制，茗壶第一千三百七十九，频迦识”，壶腹铭文为：“江听香、钱叔美、钮非石、张老薑、卢小凫、朱理堂……同品定并记”。同时品定人员十五人，加上叔陶与频迦共十七人。这样的铭文与其说是壶的铭文，不如说是一次艺术活动的记录。而以往纪事的铭文，其铭刻本体并非是艺术活动的对象，曼生壶将两者结合起来，紫砂壶也从此成为文人艺术的特殊类型。

从曼生壶铭的内容上看，皆从茶事本身出发，引出风雅、哲悟、养身、怡性的话题，并没有后世有些铭文完全脱离茶事本身直接以抽象事理作命题的隔阂。《阳羡砂壶图考》又云：“明清两代名手制壶，每每择刻前人诗句而漫无鉴别。或切茶而不切壶，或茶与壶俱不切……至于切定茗壶并贴切壶形做铭者实始于曼生。世之欣赏有由来矣。”这显然是以茶事作为入世与出世的结合点，以生活为本位的审美趣向，是明末清初文人艺术家注重生活的本体描述。日用而脱俗，清淡而尊贵，低调而高洁，直率而思辨，立足于生活本位，肯定于现世价值，以情趣为表象，以出世为标榜，以调和为基调，曼生壶铭的内涵外延不外乎此。

陈曼生对壶型的探索与开拓，通常被概括为“曼生十八式”。“十八”固然是常见的虚指，“十八家”“十八拍”“十八般武艺”“十八罗汉”“十八层地狱”“十八摸”“十八相送”……无论雅俗，都以“十八”为有限代替无限的虚指。曼生壶式，考察下来并不只有十八式，证明了这一数字只是一种虚指。从目前可知的曼生壶式来看，有井栏、井栏提梁、石瓢、石铫提梁、合欢、合盘、台笠、葫芦、瓠瓜、半瓜、半瓢、扁石、果圆、周盘、汉方、乳鼎、瓦当、圆珠、百纳、吉直、觚棱、半瓦、传炉、四方、柱础、乳钉、合斗、春灯、天鸡、六方，等等。

成书于1937年的《阳羡砂壶图考》中，曾列出二十六件不同的曼生壶型。今人谢瑞华著《宜兴陶器》，又列出曼生十八式壶型，两相结合，共综合成三十四种曼生壶型。有学者记载，1963年上海文史馆龚怀希有一册《陶冶性灵》的手稿，是以前鉴别和仿制曼生壶的底册。手稿为宣纸线装，封面上“陶冶性灵”为郭频迦所题。册中左页绘壶型，右页录壶名及铭文。最后记录：“杨生彭年作茗壶廿种，小迂为之图，频迦曼生为之著铭为右，癸酉四月廿日记。”学者认为，无论这册手稿是否为嘉庆十八年真品，它记录的壶型及壶名、铭文都是极有价值的。有学者将《陶冶性灵》中的二十个壶型与谢瑞华“十八式”及《阳羡砂壶图考》中的曼生壶型集于一纸，共得到三十八个曼生壶型。这也就是上述曼生壶形制名称的来源。曼生壶型有不少是首创，如斗笠式等，还有瓠瓜式这些从自然瓜果中而来的形式，都具有抽象还原的创作智慧，不同于所谓紫砂“花货”中的那种全盘仿制，体现了文人对于线条造型的高度概括能力。

我们无法一个一个来确认，在曼生壶式中，哪些形制是曼生首创，哪些是曼生承传，但从传世的壶型资料来看，曼生对紫砂壶形制传统的确有着继承与发展的功绩。相比之前流行的以仿铜、锡、瓷壶器型为主的紫砂壶式，曼生壶将眼光投射到了一些人们熟视而无睹的领域，比如建筑构件之柱础、日杂用品斗笠、石铫及瓜果等，这可以说是美的发现，是自觉的创作。基于这些新的壶型，铭文及联想也拓展了发挥的空间，紫砂壶艺术便在有限中追求无限。陈曼生在紫砂壶形制上的探索是有着时代背景的，有着中国器物造型的体用观念和时代的审美眼光。与之可以对比研究的，便是古琴的形制。

古琴是中国文人喜爱的乐器，从东汉琴制定型以后，在隋唐便开始产生多样的形制。从明初到清中期，是古琴艺术的辉煌时期。古琴形制中的“蕉叶”和“中和”，便是明代产生的两款著名的琴式。“蕉叶”琴式据说是明初刘伯温所创，琴体模仿芭蕉叶，妙在神似，高明的制作者并不全盘将蕉叶模仿在琴体上，拙劣的仿作者则将茎脉全盘照收。这种艺术手法，与曼生壶中的葫芦、瓠瓜、半瓜有着相同的审美理念和创作手法。“中和”琴式则是明末第二代潞藩朱常淓亲自设计并制作的，“中和”琴式因此也称作“潞琴”。潞琴制作精良，每一张都有编号，在明后期，潞琴就十分名贵，崇祯帝就经常把潞琴视作厚赐恩赏给诸王。“中和”琴在四方的琴额两角上各切去一小角，形成桥栏形，又将琴的腰线变圆为方，使得琴体呈现方正耿直厚重的体态。加上每床潞琴都有编号，使人联想到有编号的曼生壶是否也在仿此，有尊贵难得的暗示。

将古琴形制与曼生壶式加以对比，原因在于古琴也是文房的重要雅玩之一。古琴是文人历来尊崇的高雅乐器，具有清高脱俗的意象，同时也是一件实用的古董，这些因素与紫砂壶的实用而超脱有着异曲同工之妙。文人创制的古琴形制，同样也与曼生壶式异曲同工。文人审美那种在抽象与具象之间的把握，在这里发挥到了极致。

铭文形制之外，曼生壶的壶身装饰同样值得我们重视。曼生壶对紫砂壶艺术做出了自觉的探索，既有重大的突破，也发现了某些艺术手法上的局限，比如壶上不宜刻山水这一条，没有沉潜往复、从容含玩的实践经验，是说不出这一真知灼见的。紫砂壶身的装饰，有图案、铭文、款识，其完成方式有刻划，也有泥绘、镶嵌等。曼生壶的装饰，主要以刻划铭文为主。解读曼生，曼生壶的铭文有着双重作用，一是诠释，二是美观。文字诠释表达了他对壶的鉴赏以及对茶事的记录与赞美，美观则包含了书法本身的审美与对壶体的装饰作用。曼生壶铭，就是对曼生壶最直接的解释，是曼生壶艺术的自我表述。

这些铭文，有结合壶式的点睛之笔，也有抛开壶式的神来之笔，有仙有佛有儒，有道家养生延年的格调，也有儒家君子道德的标榜。其出句，不离茶与壶，单刀直入，切于题而合乎度；其比兴联想内涵深邃，却又举重若轻，虚实相间，深刻诙谐，不失意趣。总而言之，是将入世与出世结合在情趣上，落实于生活本身。这是曼生壶铭的精神世界，也是曼生壶点石成金的超拔之处。陈曼生在壶艺上的不可替代的地位，与他所具备的金石书画的深厚艺术功力密切相关。

曼生壶铭的字体，有楷、行、隶，又以行楷为多。行楷较隶、篆活泼，又比草书庄重，而且由于更能体现洒脱随意的笔意，人人皆识，因此又比篆、隶亲切自然，而篆、隶虽然图案装饰性强，但抒发性情方面不够，这也许就是紫砂壶铭多行楷的原因。陈曼生的壶铭书法对于紫砂壶艺术产生了画龙点睛的效果。

在铭文于壶身的位置、行文的疏密、字体的大小上，作为篆刻家的陈曼生可谓是得心应手，游刃有余。上海中国画院 2013 年通讯特刊《刀笔传神——“西泠后四家”篆刻作品集》中介绍陈曼生治印中有一方印特别具有代表性：《小蓬莱山人》1.5×2.2×4 厘米，边款云“雨卿七兄将有日下之游，索作是印，时为癸丑、甲寅之间，阅今数年，不复能记忆矣。初春归来，欢然道故，以之慨然。丁巳三月二十七日曼生记”。可见其治印艺术非同凡响，为陈曼生进入壶刻境地打下了扎实的基础。陈曼生篆刻艺术毫无疑问是在丁敬、黄易、奚冈这一路，但并未一味走向黄易、奚冈的含和与内敛，而是以相对峻拔的风格作为自己的定位，这与他的书法与绘画风格一脉相承。陈曼生的书法素重碑学，清人蒋宝龄《墨林今话》称："曼生酷嗜摩崖碑版，行楷古雅有法度，篆刻得之款识为多，精严古宕，人莫能及。"

铭文以外，曼生壶还因某些特殊的壶式选择相应的装饰，如飞鸿延年壶，在壶底做成飞鸿纹饰瓦当图案。在四方壶上，引用汉砖"永建"年号砖铭。这些装饰虽然是照抄旧物，但因与壶式结合一体，也成为经典的文房造型，让熟悉此类秦砖汉瓦的文人一看便爱不释手。中国书法是高度抽象的线条，既可欣赏其中的"笔意"，又可欣赏其整体的章法。在色泽深沉的紫砂壶上寻找装饰，必须要考虑到壶体色泽深沉这一"底色"条件的限制。陈曼生等文人接触到的碑刻拓本，便是黑底白字，而传世青铜器上的铭文，也是在深沉的底色上示人，这是他们欣赏习惯的熏习所致。

这种艺术创作之佳风，明清期间由文人层掀波澜，常有异峰突起，相搏相拥，云霞灿烂。由此延绵至近代、现代，实为开历代之先河，又煌煌显其独标。据苏州档案馆介绍，潘康保（1834—1881），原名贵生，字良士，号秋谷，青芝山人，室名迦兰陁室，著有《迦兰陁室诗钞》一卷。他的祖父潘世璜是潘世恩的堂兄，乾隆六十年（1795）的探花，父亲潘遵祁于道光二十五年（1845）得中进士，但是潘康保的考运不如乃祖乃父，中举之后没有更上一层楼。潘康保与乃父一样爱好收藏，并与当时的文人士大夫一样追求风雅生活，喜欢制作富有个性的花笺，其中迦兰陁室的曼生壶花笺，不同于常见的花卉、山水、人物、金石信笺，古拙自然之中透露着浓浓的人文气息，具有独特的书画意境与生活趣味。潘康保设计制作的曼生壶花笺就是由各种曼生壶图案与曼生铭组成，文字置于上方，图案置于下方，区别在于"迦兰陁室制"字样及"秋谷茶具"钤印的位置不同，或放左下角，或放铭文之后，或放右边。

曼生壶花笺因紫砂壶款式丰富多样、铭文富有哲理，而使本为实用价值的信笺充满观赏价值，令人回味无穷。如匏瓜壶花笺，线条简洁而圆润，体现了匏瓜的朴实无华。陈鸿寿铭文曰："饮之吉，匏瓜无匹"；又如斗笠壶花笺，造型酷似暑天所用之箬笠，形状简朴，色泽古雅。陈鸿寿的铭文充满禅机与哲理："笠荫暍，茶去渴，是二是一，我佛无说。"

再如近代壶艺大师顾景舟，也是制壶高手，他有着相当厚实的古典文学和书画艺术的修养，并常与海上著名画家唐云、江寒汀、吴湖帆、来楚生、谢稚柳等人交流、切磋、合作。顾景舟有一把石瓢壶，造型虽出于传统，但线条流畅舒展，比例谐调秀美，形制简朴大方。壶身一面刻有吴湖帆画竹，潇洒疏落；另一面铭文也是吴湖帆所书“无客尽日静，有风终夜凉”句，字体隽秀，字、画、壶三绝，天下无双。上世纪八十年代中后期，顾景舟老友，著名红学家、书画家冯其庸先生数度到宜兴紫砂厂与大师们切磋壶艺，并为大师们制作的紫砂壶书写诗文。“一枝一叶自千秋，风雨纵横入小楼。会当高人其物外，五千年事上心头。”冯先生喜欢将自己的这首诗作题写在紫砂壶上赠友，颇具古风。由冯先生书写行书，飘逸流畅，清秀潇洒，书法与壶艺相得益彰、精彩绝伦，作品成为书法艺术和紫砂工艺合作之经典。

紫砂壶出现兼容书画的特点，是中国铭文文化发展的一个新的阶段。中国的铭文文化出现是非常早的，在中国文化早期的青铜器、石鼓上就早已出现，这种铭文具有记录和叙事功能，这些早期铭文既是史学重要的史料，也是艺术史上的杰作，文字研究者称之为“金文”“钟鼎文”。过去，尤其是清末的考据家对于青铜器的断代多依据铭文，不少收藏家也偏爱铭文。1949年以前故宫博物院对于青铜器的收藏就偏重于铭文，这虽然有失偏颇，但铭文也确实价值不低，内涵深远。铭文文化在中国文化史上占有十分重要的地位，自青铜器之后，汉晋砖石铭文、北朝造像铭文、唐宋瓷器铭文都是铭文文化的延续。明清两代，铭文文化从叙事记录功能转向抒情言志功能，这集中体现在与文人有密切联系的文房器具上，例如砚铭、紫砂壶壶铭以及竹木文玩的铭文，这些铭文具有极高的艺术价值，反映了主人高远的志趣和胸怀。在中国文人心中，对文字具有某种崇拜，中国艺术品上凡有文字的，都会受到格外的重视。即使是绘画作品，如有长跋或后人题跋，都弥足珍贵。这在西方绘画史上从来没有出现过。明式家具和紫砂茶壶拥有铭文后，就显得非常珍贵。这种铭文文化，是中国艺术史上独有的奇葩。

这种书画兼容的风气一直延续到现在。在当代书画大师中，唐云和紫砂壶的渊源最深。唐云，字侠尘，别号药城、药尘、药翁、老药、大石、大石翁，浙江杭州人，1910 年 8 月生。擅长花鸟、山水、人物，艺术造诣俱佳，可谓诗书画皆臻妙境。他还是一位鉴赏家和收藏家，尤其他对曼生壶之品鉴收藏为业界所传颂。他一生共收藏八把曼生壶，其画室亦取名作“八壶精舍”。这八把壶都有铭文，分别为：

试阳美茶，煮合江水，坡仙之徒，皆大欢喜。

八饼头纲，为鸾为凰，得雌者昌。

有扁斯石，砭我之渴。

不肥而坚，是以永年。

饮之吉，瓠瓜无匹。

煮白石，泛绿云，一瓢细酌邀桐君。

笠荫暍，茶去渴，是二是一，我佛无说。

汲井匪深，挈瓶匪小，式饮庶几，永以为好。

这些紫砂壶的铭文充满了诗意和禅意，同时，唐云得到这八把茶壶也与文人群体有关。他的第一把壶是合欢壶，是通过朋友阮性山、陈伏庐转手购买的。第二把合欢壶是从上海著名收藏家胡佐庆那里购得的。第三把壶是收藏家宣古愚让给他的扁壶。第四把壶是向著名画家周怀民借了钱在什刹海淘来的，为一把典型的石瓢壶。第五把壶是大风堂弟子胡若思自作主张替唐云买的，为一把匏形的曼生壶。第六把壶是提梁石瓢壶，由他和朋友、书画爱好者魏仰之一起逛地摊买的。第七把壶是金陵八大家之一亚明送的笠荫壶。第八把壶是改革开放后在上海文物公司买的。从前七把壶的来历看，皆因文人际会交往的缘故。我们可以发现紫砂壶和当时书画界名流之间过手巨迹。同时，也充分体现出唐云对曼生壶痴好之雅癖。唐云不仅痴好曼生壶，还仿效陈曼生画壶、写壶、刻壶和制壶的艺术创作的每个环节，直接参与了紫砂壶的创作，他和许四海、沈觉初的合作最为典型。唐云的紫砂壶设计师生涯，是他为许四海设计了二十五款紫砂壶式样，比“曼生十八式”还多，被称为“云海壶”。为了设计新颖的样式，唐云费尽心思，他见到法门寺出土文物唐代碾茶的铜碾，就设计了“铜碾壶”，并刻铭文“玉川七碗何须尔，铜碾声中睡意无”；他设计的“井栏壶”，在壶上画小鸡啄长生果，并题铭“吃茶知长生”；他的“掇球壶”，题铭“四大皆空，坐片刻无分你我；两头是路，吃一碗各奔东西”。唐云先后和许四海合作了两百多把紫砂壶，成为艺坛佳话。这段故事在郑重的《唐云传》中有完整的记录。

不难发现，唐云身上所表现出的那种中国传统知识分子的气息，也就是所说的名士气是十分浓郁的，是当代典型的才子文化的代表人物之一。他自号老药，嗜黄酒，快意翰墨是怎么也说不完的话题，仅从他和曼生壶的情缘上来看，我们就能了解中国才子文化的生生不息，移步换形。

从陈曼生到唐云，是才子名士的生活情趣与文人雅士的审美自觉，同紫砂壶所具有的质朴之美相伴相融。斗转星移，2009年杭州西湖申遗，杭人刘钧深先生为代表的文创团队参与了唐云艺术馆相约西湖申遗，从中发现并了解到唐云先生及唐云收藏的八把曼生壶的前世今生。八把曼生壶，家属遵照唐云先生的遗愿捐给了杭州市政府并藏于唐云艺术馆。唐云生前曾说：“此系身外之物，当常用，才能变成身内之物，方能达到物我两忘。”2010年，唐云先生诞辰百年之际，在已故唐云艺术馆名誉馆长张浚生先生倡议下，得唐云之子唐逸览先生与唐云艺术馆的鼎力支持，刘钧深文创团队怀着对乡贤前辈的崇敬之情，自觉承担起曼生壶文化之脉的传承，筹建成立“八壶精舍文创中心”，专门从事对曼生壶的摹古和布道。所谓摹古，即仿古壶也。早在清末民国之初，上海紫砂壶的摹古制作曾成为一股风潮，宜兴紫砂壶泰斗级人物顾景舟早年就是在上海滩紫砂壶摹古风潮中得到磨炼脱颖而出的。他经手摹仿制成的紫砂壶仿品往往能够以假乱真，多年后顾景舟先生坦言，有些博物馆收藏的如晚清名家陈鸣远的紫砂壶，就是他当年摹古的仿品。

八壶精舍文创中心决心走曼生壶“摹古”之路，立志开启曼生壶再传的新天地。从壶型塑造到铭文镌刻，不放过每一个细节，力求做到极致。多年来，在曼生壶摹古之选料、制作、工艺和铭文上精益求精，高保真地还原曼生壶之形制特征，追求曼生壶所独有的神韵，达到出蓝之效。八壶精舍文创中心不仅“摹古”曼生壶仿品，可贵之处还在于继承从陈曼生到唐云所经历的曼生壶人文布道的传统，将才子文化发扬光大。围绕曼生壶的“摹古”，曼生壶艺的传承，不断扩大朋友圈。他们从壶与茶、壶与金石书画、壶与茶人文化等关系上深入研究，联系海内外从事茶道文化和曼生壶研究的专家学者，形成曼生壶艺文化的传播效应。八壶精舍文创中心所有的这些努力，与陈曼生爱壶制壶及其伙伴、与唐云痴壶制壶及其同道所走的才子文化是一脉相承的。八壶精舍文创中心团队立足“摹古”专业，走出去、请进来，广泛联系中、日、韩儒释道文化圈内人士，众多茶人茶文化相关专家、人文学者举办研讨会、茶会、展会等开展合作交流。筹建“悦壶会”等联谊同道茶友，提升曼生壶“摹古”的文化内涵和艺术价值，从而提高了曼生壶“摹古”的层次和水准，不仅在商言商，更是以壶布道。这就是八壶精舍文创中心的“摹古”文创远远高于同业“摹古”的境界所在。古人云：“君子不器”，“形而上者谓之道，形而下者谓之器”。以壶会友，以壶布道，弘扬中华民族传统文化，像陈曼生和唐云那样重器亦重情，重物亦重文，达到“物我两忘”，乐在其中。

总之，曼生壶所达到的壶艺与人文高峰是同时代其他作品难以达到的，取得了超迈群伦的成就。从陈曼生及曼生壶、唐云及曼生壶，到“八壶精舍文创中心”及曼生壶“摹古”，这是一条曼生壶艺传承弘扬的人文之路。在中国异常发达的工艺传统中，匠人具备的艺术成就本来已经非常精深，唯曼生壶传承具有的卓越不群的地位与陈曼生自身的人文修养和艺术成就是完全分不开的，这基于他们对人文、茶事，对茶壶的理解，也基于他们的生活观、价值观之所在。归根结底，是才子文化与文人审美的介入，使曼生壶韵文脉相承，品质独具。

2018 年 8 月

画坛六杰　独领风骚

当我们将中国绘画史的长卷缓缓展开，绵延于太湖之滨的无锡籍画家的独特画面便跃然而出。这满眼的秀水灵山、烟雨繁花、亭台楼阁，孕育了一代又一代彪炳千秋的名家圣手。

一、画坛六杰独领风骚，是高原更是高峰

近来，江南文坛很热闹，由中国美术家协会、江苏省文联、无锡市人民政府主办的首届“倪云林”全国美术作品展在无锡开幕，倪云林艺术研讨会也同时举行。不久前，苏州亦举办了全国顾恺之艺术研讨会。顾恺之、倪云林都是无锡籍大师，是中国书画史上的两座丰碑。

北京故宫博物院曾经举行过中国古代十大画家传世名画展，其中有三位无锡人：东晋画家顾恺之、元代画家倪云林和明代画家王绂。古代十大画家，无锡一地竟占其三，这对于无锡画史来说，乃是无上的荣耀。

历览无锡丹青，画脉相承，名家辈出，有高原也有高峰。其高峰领军人物：古有顾恺之、倪云林、王孟端，今有徐悲鸿、吴冠中、钱松喦。他们不是一般意义上的丹青高手，他们是士大夫文人步入绘画艺术的殿堂，他们的学识修养博大精深，他们的画作画风别开生面，他们在中国

画坛的巨大贡献和深远影响是没有人或画派可以替代的。这六位无锡籍艺术大师在中国绘画史上的地位之高、作用之大，毋庸置疑。这一具有独特意义的艺术现象和文化现象，无疑值得重视和研究。

1. 华夏画圣顾恺之

无锡画脉始自顾恺之。而对于中国绘画史来说，顾恺之的出现也是一个节点，之前的画家大多只是工匠，而其后的中国画坛上，千百年间士大夫文人走向前台。

顾恺之（约 345—406），字长康，小字虎头，东晋时无锡人，人称“才绝、画绝、痴绝”，尊为画圣。顾恺之擅作佛像、人物、山水、走兽、禽鸟，尤擅点睛，自言“四体妍蚩，本无关于妙处，传神写照，正在阿堵之中”，认为画之精妙不在形体而在内在精神气质。顾恺之作画，善用文人的睿智来审察题材，画作富有思想内涵，在当时享有极高的声誉。谢安曾惊叹他的作品是“苍生以来未之有也！”唐张彦远评其画：“紧劲联绵，循环超忽，调格逸易，风趋电疾。意存笔先，画尽意在。”顾恺之提出的“迁想妙得”“以形写神”等著名论点，对后世中国画创作气质和美学思想的发展具有深远影响。他的“传神论”，奠定了中国画以写意为主线的绘画思想。而形与意的关系，正是中、西方绘画分野之所在。

2. 旷世逸笔倪云林

倪瓒（1301—1374），别字元镇，号云林子，无锡人，元代画家、诗人，“元四家”之一，也是古代无锡籍画家的杰出代表。云林原本出生于富豪之家，生活闲适，喜结雅士高人。后因社会动荡，民不聊生，他变卖家产，以船为家，驾一叶扁舟漂荡于湖上，开始了“不事富贵事作诗”的隐逸生活。上海博物馆所藏《六君子图》（倪瓒作于 1345 年），黄公望在画图右上角题诗云：“远望云山隔秋水，近看古木拥陂陀。居然相对六君子，正直特立无偏颇。大痴赞云林画。”明代著名画家、收藏家董其昌题跋云：“云林画虽寂寥，小景自有烟霞之色，非画家者流纵横俗状也。此幅有子久诗，又倪迂称子久为师，具所创建，真可宝也。壬寅重九后二日观，董其昌。”台北故宫博物院藏倪瓒的《容膝斋图》

（作于 1372 年）仅表现山水间一小亭、几棵枯树而已，反映了陶渊明《归去来兮辞》里的“倚南窗以寄傲，审容膝之易安”的意境。画面中，主人所居空间虽小，而心灵寄托于天地间，却无涯无穷，表达了倪瓒和光同尘，不为物欲所累，追求心灵自由的人生态度。倪瓒以简素之笔墨展示丰富的内心感受和独立的人文精神，诗书画三绝，令他的同辈和后辈皆难以摹写，更难以超越。

3. 吴派前茅王孟端

晚于倪云林六十年的王绂（1362—1416），字孟端，号友石生，别号鳌叟，九龙山人。博学，工诗歌，能书，画山水竹石妙绝一时，尤以画竹被誉为明朝第一。王绂师法元四家，尤以倪瓒、王蒙为主，其画风幽淡简远，继承了元人水墨山水画法的传统，他的山水画，兼有王蒙的苍郁和倪瓒的旷远，对后世吴门画派有一定影响。他不轻易为人作画，更将用金钱索画者拒之于门外，因此王绂传世的作品极少。王绂的画品极高，文徵明在《湖山书屋图》题跋中说他“人品特高，能不为艺事所役，虽片纸尺缣，非其人不可得也”。

4. 学贯中西徐悲鸿

徐悲鸿（1895—1953），原名徐寿康，江苏宜兴县屺亭镇人，一代宗师，还是一位学贯中西的美术教育家。1916 年徐悲鸿赴上海谋生，不久考入震旦大学并结识康有为、王国维等。1919 年他赴法国留学，1923 年油画《老妇》入选法国全国画展。1926 年在上海展出新作，引起文化界极大关注，康有为称赞他“精神华妙，隐秀雄奇，独步中国，无以为偶”。1928 年出任北平大学艺术学院院长。1930 年创作油画《田横五百士》和《徯我后》，被誉为“中国美术复兴第一声”。1949 年北平和平解放，徐悲鸿任国立美术学院院长。他是中国当代美术教育创始人，也是融会中西艺术的开拓者，是中国现实主义油画的奠基人。徐悲鸿在传统书画上也获得巨大成功，在当代其功勋彪炳千秋。

5. 别开新貌吴冠中

吴冠中（1919—2010），江苏宜兴人，当代著名画家、油画家、美术教育家，曾担任中央美术学院、清华大学美术学院等高校教授。

吴冠中1932年考取江苏省无锡师范。1936年入杭州艺专学习，校长林风眠，教师常书鸿、关良等。1947年进入巴黎国立高等美术学院。1950年到中央美院当讲师，作品《鲁迅的故乡》参加莫斯科社会主义国家造型艺术展览。1979年，中国美术馆举办“吴冠中绘画作品展”，1990年，油画《巴黎蒙马特》开创中国油画画价最高纪录。2000年出版《吴冠中谈美》，入选法兰西学院终身通讯院士。在中国画界，吴冠中第一个指出造型艺术的形象思维是形式思维，形式美是美术创作的关键关节，同时还认为抽象美是形式美的核心。吴冠中主张东西方艺术的融合，他偏爱西方近代绘画，并愈来愈体会到东西方艺术本质的一致性。吴冠中上下求索东西方两种绘画语言的不同美学特点，自由驰骋在这两个领域，寻找和建立了自由的艺术王国，是打破东西方艺术融合坚冰的开拓者。

6. 朱墨春山钱松嵒

钱松嵒（1899—1985），江苏宜兴人，又名松岩、松嵒，四十年代曾用名嵒庐主人。是当代中国美术、中国山水画的代表人物之一，江苏国画院副院长，其代表作品被认为是重要的江南文化符号。1918年考取在无锡的江苏省立第三师范学校，美术教师胡汀鹭。钱松嵒画十二幅无锡名胜图，吴观岱认为“此子将来必成名家”。1928年到无锡美专任教，《寿者相》《山水》入选民国第一届全国美展。1957年被选为无锡市第一届文联主席，同年有两幅作品入选省第一次中国画展览。1958年创作《芙蓉湖上》，参加当时在苏联举办的第一届社会主义国家造型艺术展览。1960年任省国画院副院长，省美协副主席；参加2300里旅行写生，创作《三门峡》等一批卓有声誉的作品；有理论著作《砚边点滴》出版。

钱松嵒学养深厚，能诗善文，精通书法，其作品古朴厚茂，元气淋漓，具有难得的艺术魅力。他一生创作了大量作品，上世纪五十年代后进入创作旺盛期，他努力探索中国传统绘画反映现实生活，真诚地以笔墨歌颂祖国。钱松喦的作品富有时代特色，具有生活气息。同时，他抓住“红”这个抒情“画眼”做足文章，花费三年时间创作的《红岩》是其典型范例。

二、无锡画坛底蕴厚重，核心在人文传承

在无锡举行的倪云林艺术研讨会上，尚辉和周京新都提到当下画坛文人写意传统的缺失问题。我们从顾恺之、倪云林、王孟端、徐悲鸿、吴冠中、钱松喦等大家的人格和画格中不难看出，他们是以士大夫进入绘画保持自己独立的人格魅力、深邃的人文思想，所创作的绘画作品中蕴含着画家的人文写意精神和富有个性的艺术品格。

由晋及明，无锡画坛的艺术家们不断前行，薪火相传，清末以来，无锡画坛终成燎原之势。其主流画家的作品所蕴含的人文精神和艺术品格，是中国画写意精神的优秀传统。传统文人写意画当为真诚、自由的创作，自由、真诚对于艺术创作至关重要，没有这两点就没有真情，唯有自由、真诚和真情才能使艺术家保持人格独立。所以，自由、真诚在今天乃至以后都是永远需要坚守与呼唤的。关于无锡画道，贺天健曾说，“归根到底是我们无锡人首先向徐天池、陈白阳、八怪、二石靠拢的”。高举传统文人写意大旗，是无锡画道之真谛！

传统文人画代表着中国古代士大夫的审美选择，体现着古代文人的品格修养与情怀，因此具有可贵的精神品质。另外，诗、书、画、印相结合的语言体系，含括了古代文人独有的知识结构与技能储备，也因此形成了完备的独有的语言体系。传统经典画追求随性率意，直抒胸臆，一派天趣，气韵生动，浸沐其中，心性深受滋养。他们主张自我意识、自我价值的表露，张扬个性自由，在艺术创作中弘扬“真我”和个性，所写所画皆为寄托心志。

近人陈衡恪认为：“文人画有四个要素：人品、学问、才情和思想，具此四者，乃能完善。”说到底，文人画要在中国绘画史上独树一帜，只有以“逸格”为绘画艺境，以脱离法度的笔墨、非流俗的风格和不凡

的绘画方式来表现平常的题材，并借此涵养品正气清的人生境界，才能有所建树有所成就。纵观当今画坛往往易得两种毛病，一是以工代写，食古不化；一是心浮气躁，人文精神缺失。此乃文人画传承与创新之大忌。董其昌云“书家未有学古而不变者”，书如此，画亦然。“巨然学北苑，黄子久学北苑，倪迂学北苑，元章学北苑，一北苑耳，而各各不相似。”（《画禅室随笔》）即以笔墨为主，意在笔先，挥洒自如，达到对笔墨的自觉控制，形成自己的一种笔墨语言，创造全新的文人画意境。这种意境和水墨相辅相成，既有实践性创造性，又须传统脉络纯正，家法谨严。“艺术之高下，终在境界。境界层上，一步一重天。虽咫尺之隔，往往辛苦一世，未必梦见。”（潘天寿语）古人云“意趣具于笔先”，“不求工巧而自得妙处”。曹丕说过：“文以气为主，气之清浊有体，不可力强而致。”所以，文人画必须养“浩然之气”。

文人画并不是文人戏墨，随意涂抹，而是通过笔墨表现画家艺术造化的精气神，也是画家心灵及品格气质在写意作品中的外化呈现。文人画自晋、唐、宋、元以来，主要是作为一种实现画者主体的心灵自由、抒发感情的自娱自乐或以画会友的方式，而不是用来谋生的手段。如《宋史·文苑传》中关于文同绘画有一段记载颇有意思：文同画墨竹，“初不自贵重，四方之人持缣素请者，足相蹑于门，同厌之，投缣于地，骂曰：‘吾将以为袜。’”故在人品画品与名利之间，文人画者必须恪守创作的圭臬，坚持画品人品的操守。

坚持中国传统文化的修养与修为，保持传统士大夫文人的矜持和清高。优秀画家的艺术禀赋和艺术创作，并不是所谓粗服乱头的名士气，它是人文涵养和笔墨技法达到极高成就才能到达的升华与境界。而艺术家的人文涵养则是令其脱离俗谛的桎梏、追求清灵空明境界的必经之路。要言之，以画家自身的人文修养为前提，融文史哲诗书画于一身，有笔墨、有情状、求意简、抒清气。“艺术的最高成绩，（如同佛像的微笑曲线）荟萃于一痕一纹之间，任何刀削雕琢，平畅流丽，全不带烟火气。”（梁思成语）常言道，书画是心灵的写照。其深层境界，应是写照心神，是人情的物化，是天人和谐的境界。

三、标新立异，群而不党，人才辈出，独立前行

无锡画坛一脉相承，人才辈出，独领风骚，其各时代领军人物古有顾恺之、倪云林、王孟端，今有徐悲鸿、吴冠中、钱松喦等，他们的学识修养博大精深，他们的画风画作别开生面，他们在中国画坛的巨大贡献和深远影响没有任何人或画派可以替代。近代以来，无锡籍画家出彩者众，除徐悲鸿、吴冠中、钱松喦等名闻遐迩外，还有旅居上海的贺天健、钱瘦铁、丁宝书；旅居北京的周怀民、华君武、邹雅、钱绍武；张氏三兄弟张正宇、张光宇、曹涵美；旅居海外的画家杨令茀、程及、丁雄泉；浙美中坚顾坤伯；现代先驱吴大羽；旅港画家方召麐；无锡乡贤吴观岱、胡汀鹭、王云轩、陈旧村、诸建秋、秦古柳、吴永康等。由此综观无锡丹青，竟有如此众多的画坛大师名家辈出，无锡出画坛巨匠，其影响力不逊于所谓画派的影响！这一具有独特意义的艺术现象和文化现象，无锡丹青的特质和传承，展露了无锡城市的文化性格，蕴含着无锡城市的人文精神，是无锡艺术文脉的有机组成部分。

历览前贤，无锡画界之所以能够人才辈出，代代相承，其原因是多方面的，主要反映在以下五个方面：

1. 人文地理

一是青山绿水的孕育：

无锡地处太湖之滨，四季分明，物产丰富，交通便捷。惠山古镇上有一座古石牌坊上面刻着四个大字“人杰地灵”，这与鼋头渚石岩上四个字“包孕吴越”一起，对无锡人文地理做了空间和时间两方面最概括的解读。一是说空间位置，一是说历史文脉，一方水土养一方人，生生不息，兴旺发达。钟灵毓秀的自然和人文环境培育出来一代又一代书画家。

二是历史文化的陶冶：

无锡具有三千多年历史，商代中后期周太王长子泰伯和次子仲雍让

贤下江南，黄河文明与长江文明高度融合，孕育了灿烂的吴越文化和吴地文明。历史文化底蕴深厚，也陶冶了一代又一代书画名家。

2. 人文传统

一是人文精神的熏陶：

儒家认为“仁者人也”，“仁者爱人”。举凡一切可以使人成为更完美的就是人文精神。“立德、立功、立言”，“修身、齐家、治国、平天下”才是读书人的正道。“志于道，据于德，依于仁，游于艺”(《论语·述而篇》)，孔子说读书人只能把“艺”作为游戏手段，不能作为谋生之道。“志于道”是高贵的，如果以艺为谋生职业则反之。李方膺说“以画为业则贱，以画自娱则贵”。无锡画家一直都把倪瓒那句“不过逸笔草草，以解胸中之逸气耳”奉为至宝。

二是儒道互补的滋养：

历代本土文化遗产无可替代受到儒道互补的影响。无锡籍画家一般为三类：一是终身不仕，不与权贵打交道的隐逸之人，如倪云林等；二是居家以书画为生的过着平民生活的文人，如秦古柳等；三是辞官回乡的人，如王孟端、邹一桂等。他们都是文人，或信奉“文以载道”的儒家思想，或追寻老庄思想而退居山林。中国文化史上隐逸文化与精英文化之间相互融合相互转化，兼具传统文人和画家的特性，无锡画坛也不例外。

3. 人文教育

一是家学师承的传统：

古代顾恺之、倪云林、王孟端，近现代吴观岱、徐悲鸿、钱松喦等自小就受家庭熏陶，热爱书画，勤学苦练，诗文书画皆有所获。因此，他们的作品荡漾着一种怡然的生命情调。他们笔下的山川风物，宁静而非喧嚣，洁净而非芜杂，飘远而非世俗，淡逸而非繁富，幽冷而非热烈，将平和的心灵融入自己的艺术之中。

二是崇教重文的成果：

无锡是最早建立了新式学校的地方，比光绪推行西学还要早些，现代意义上促进了无锡教育的开放和发展。但无锡也是对传统守护最好的地方之一，一百年前无锡国专和美专的建立，是在举国崇尚西学的背景下诞生的，为赓续文脉、守护国粹、弘扬传统发挥了积极作用。无锡画坛有不少人都是既受国专教育，国文基础扎实，同时又进美专深造，传统绘画的学习能力得到提升。特别是新式教育，扩大了知识领域，拓宽了观察视野，更新了人生目标。近代徐悲鸿、吴冠中、钱松喦等是同时受传统教育和新式教育的成功典范。

4. 人文情怀

一是高逸绝俗的追寻：

无锡籍书画名家的艺术成就，不是一枝枯笔能够解释的，是清必冷、清必绝、清必孤独；但也清必高、清必坚、清必有节，必不随世风擅改。庄子说："日出而作，日入而息，逍遥于天地之间，而心意自得。"庄子的精神境界高，乘物以游心，独与天地精神相往来，同时庄子并不是隐士，而是混俗人间，藏身于人群中。他们对艺术的执着和热爱，他们对艺术的坚守和努力，这是每一位成功艺术家的情怀。

二是迁想妙得的自娱：

无锡画坛独树一帜，大凡成功的艺术家在自己喜欢的时间里，会按照自己喜欢的方式去做自己喜欢的事。文人画贵在以主体的心灵为本，无论是师造化还是师古人，皆是如此，即所谓"天真烂漫是吾师"（苏轼语）。中国传统文人画是一个神奇和精妙的天地，越深入其中，你越能感受到这由笔墨和线条构筑的世界的魅力，找到将自身个体与清风明月、山川草木相融相通，与前辈先贤相承相继的方式。古人说"腹有诗书气自华"，"工夫在诗外"，文人画者之"心画"，真正的根基在于生活，在于他的艺术修养和人品修为。

5. 人文荟萃

一是丰富多彩的画理：

王孟端《书画传习录》云："学者从有笔墨处求法度，从无笔墨处求神理，更从无笔无墨处参法度，从有笔有墨处参神理。""绘事非细故也，高人旷士用寄其闲情，学士大夫用时抒其逸韵。品高故寄托自远，学富故挥洒不凡。古今来濡毫吮墨，人各名家，传者果几人哉？”邹一桂《小山画谱》主张笔法意在笔先，胸有成竹，用笔要“疾而有势，增不得一笔，亦少不得一笔。笔笔是笔，无率笔，笔笔非笔，俱极自然”。秦祖永《桐荫论画》提倡“真笔墨”为山水人物传神，提倡体现画家的气质，画中有“静气”，有一种融合闲逸之趣，“于沉着痛快中透出”，“苍老中饶秀逸之致”，“骨格内含，神采外溢”。无锡籍书画名家作品给人以灵感，他们的艺术学养与绘画理论给人以启迪。

二是不断创新的胆气：

吴观岱是近代最早冲破“四王吴恽”摹古风气的画家，贺天健称之为“我国近代文人画风转变的先驱”。吴冠中先生说“脱离了具体画面，孤立的笔墨其价值等于零”。“笔墨等于零”引起业界哗然，其实吴冠中先生说的话是有前提的，“脱离了具体画面”，“笔墨等于零”。笔墨纸砚是中国画的四大元素，笔墨如何处理，千百年来一直是历代名家呈现的独门秘诀。钱松喦一改古典山水荒寒、枯冷的格调，创出一条反映时代气息的山水画路径，独辟蹊径，如《红岩》《常熟田》等。他们以“可贵者胆”“所要者魂”的精神，突破传统水墨画程式，大胆尝试用新的方式创作新的作品，创造了既有文化传承又新颖独特的现代诗意山水图式。

无锡历来是江南经济文化中心，人文教育重地，钟灵毓秀，人文荟萃。无锡画坛人才辈出，青年才俊风华正茂。历览前贤，名家圣手各领风骚，山水花鸟各有所长，写意工笔别开生面。魏晋以来，上溯宋元明清，下至现代，以顾恺之、倪云林、王孟端、徐悲鸿、吴冠中、钱松喦等为代表的无锡籍画家“六杰”变古开新，傲视群雄，独领风骚，他们是高峰也是旗手，因此无锡画坛无须像其他地区那样需要形成一个所谓画派抱团取暖，标新立异，而自然已成中国画坛一道亮丽的风景线。

2021 年 12 月

读贺天健论画

近期读《掌故》第六集陈铃的文章《前朝旧影：上海市文史馆一瞥》，第四部分“贺天健论画”非常有趣，与我早些时候读郑重写的《唐云传》中关于上海画院成立前后的逸事可以比照读出一些味道来。

贺天健于1953年8月进入上海市文史馆，1954年当选上海美协理事，接着又当了上海中国画院的副院长。陈铃写道：1965年国庆节前夕，文史馆办公室主任张冰清和谷明鉴曾专程登门拜访贺天健，试图加强联系，双方谈了一个多钟头，话里话外皆是“画”。贺天健谈起他对山水画的看法，说现在有些人画山水画就是那么一抹，黑秃秃的一团，什么也看不出来，也算是山水画，完全没有传统，完全不讲皴法。他接着说，“画院会画山水的人很少很少，朱屺瞻是画竹子的，他不会画山水，他画的山水画也是那样乱涂的。吴湖帆虽然与我个人之间意见不合，但不能讲他的山水画不好。吴湖帆人是很聪明的，过去是一个大少爷，吃吃鸦片，搞搞书画，他的画看起来很漂亮，但有一个问题，只求表面的华丽美观，这是很媚俗的做法，缺乏真功夫”。贺还谈到钱松嵒的画，他说现在外面钱松嵒的画很多，当然钱的画有些新内容，但他也不会画山水，他画的山不像山，像是窑里烧出来的。贺天健感慨说，山水是最难画的，是讲究真功夫的。现在会画山水画的人简直少得很，只有张大千还是有真功夫的。言下之意，似乎是说张大千虽有功夫但身居国外，国内独他一人。

“听贺天健论画，一片真性情。”“贺天健在论及吴湖帆的山水画时，流露出些许‘轻视’之意，但至少在领导部门看来，双方画意难分伯仲。根据上海中国画院1962年制定的一份高级知识分子的名单来看，丰子恺、贺天健、唐云、吴湖帆四人在备注的类别中都被注明为一类，地位最高。王个簃、程十发、张聿光被列为二类，张大壮、谢之光、来楚生、朱屺瞻被列为第三类。”

关于贺天健与吴湖帆的个人关系，海上画坛基本上是知其一二的。《唐云传》中关于上海中国画院的成立院长人事问题有这样一段记载：“除了赖少其还有两位关键人物吴湖帆和贺天健，他们之间有着很深的纠结，是从上海解放之前就结下了。贺天健有个学生杨石朗开个人画展，请老师为画展题字，老师要收钱，杨石朗没有办法，即去请吴湖帆题字。吴湖帆不但为杨石朗的画展题字，还亲自去参加画展，并订了一幅展出的作品。这样，杨石朗就转拜师门。由此贺天健认为是吴湖帆抢走了自己的学生，产生了纠结，一直没有解开。”“直到1957年的春天，在赖少其的调解劝说下，吴湖帆和贺天健握手言欢，当时的报纸都以显著地位刊登了这一消息，上海画坛一时传为佳话。”

吴湖帆(1894—1968)，江苏苏州人，为吴大澂嗣孙，号倩庵，书画署名湖帆。上世纪三四十年代与吴待秋、吴子深、冯超然并称为“三吴一冯”。1949年后任上海中国画院筹备委员、画师，上海大学美术学院副教授，中国美术家协会上海分会副主席，上海市文史馆馆员，上海市文物保管委员会委员。吴湖帆收藏宏富，善鉴别，精填词。山水从“四王”、董其昌上溯宋元各家，冲破南北宗壁障，以雅腴灵秀、缜丽清逸的复合画风独树一帜，尤以融水墨烘染与青绿设色于一炉并多烟云者最具代表性，并工写竹、兰、荷花。

贺天健(1891—1977)，江苏无锡人，画家，字健叟，别署纫香居士，斋名开天楼。幼年家贫，9岁学画，师从邑人孙云泉，十四五岁时对从无锡至宜兴一带的山岭峰峦细细观察，始知古人画中的皴法皆来自自然。1914 年担任无锡积余小学国文和美术老师，1922 年至 1924 年先后在无锡、南京艺专任山水画教师，1924 年任上海美专山水画教师。27 岁开始游历江南水乡，30 岁开始游历浙江、安徽、山东名山胜地，43 岁时主编《画学月刊》《国画月刊》，45 岁起以卖画为生，1950 年起任中国民族美术研究所研究员，后任上海中国画院副院长、上海文史馆馆员、中国美术家协会理事、中国美术家协会上海分会副主席。

贺天健擅长中国山水画，偶写人物，亦作花卉，工书法。山水画风崇尚清代吴渔山、梅瞿山，后期重视写生，创自家风格。曾在北京、天津、上海及丹麦举办个人画展。1982 年在上海举办遗作画展。不管同时代人对贺天健怎么看，也不管贺天健与吴湖帆个人关系如何，从现在来看贺天健对中国山水画时代性的论断虽有偏颇之处，却仍不失一言中的，对吴湖帆及上海其他画家的点评是直率的，也是入木三分的！

贺天健早年的老师孙云泉说过“学画要先练眼力”，这对贺天健影响极大，他精研山水画，功力深厚，法度谨严，出入传统诸法而自创新境。其画以“师法五代两宋山水画法度与精神，为今日创作的路径”，所谓“宋人格律，元人笔意”。贺天健 40 岁前的画，尚力，尚巧、追求奇险、放诞，多方面显示自己的面目，中期的画表现出雄沉、简淡的风格，后期的画境界高、格局大。他的山水画变化多端，丘壑深具，各家皴法，无不头头是道，更以草书法运宋元之技，颇为放纵。尤精于设色，认为自然瞬息万机，本无固定色，宜用复色作多层次表现。

传统中国画以水墨为主，现在的中国画则应该水墨和色彩兼顾，单纯用水墨，灰乎乎黑乎乎一片，跟现代空间不协调，年轻人也不喜欢，所以不能简单地由水墨来一统天下。要体现当代中国画的创新性，在水墨和色彩上就要有大突破。贺天健的山水崇尚五代两宋山水画的法度与精神，主张创作山水画要研究历代名迹。他善于运用各种笔法、墨法、皴法及金碧青绿等用色的手法，或工或写，或水墨淡彩，或青绿重彩，变化丰富。贺天健十分重视师法自然，他遍历名山大川。傅抱石曾说：“贺老的笔墨雄茂，而又秀逸多姿，贺氏的山水画不论寻丈大幅，或是尺幅小品，青绿重彩，或是水墨淡彩，给人感受生活气息浓厚，气势雄壮，境界开阔，有强烈时代和艺术感染力。”

2012年年底，中国美术馆举办的“搜尽奇峰——20世纪中国山水画选展”是对上百年中国山水画代表画家和作品的一次检阅，贺天健的一幅金碧山水赫然在列，夺人眼球，无论从传统还是创新哪个角度看都是无与伦比的。这件作品是贺天健为世界和平大会而作的纸本工笔重彩《锦绣河山》，采用金碧山水的传统形式来表现祖国河山的壮丽雄伟。整幅作品构图严谨，画面前景中部的峭峰与两边的山体呼应，开合有度，既显得构图稳定，又开阔了视野画境，层层云烟瀑布位于群山之间，不乏幽远之妙。设色上以青绿为主，间以朱红，山廓石纹以金边勾出，使金色与青、黄、红和谐统一，浑然一体。贺天健的另外一幅水墨山水画《善卷下洞》款识：“此善卷洞下洞也。甲戌冬，贺天健追写其大概，自谓得其奇秀。”此幅作品，画家将善卷洞形态各异、千变万化的乳石表现得淋漓尽致，真实生动。他以粗放繁杂而绵连不绝的线条描绘乳石的形状和纹理质感，看似随手拈来，实则悉心经营，繁而不乱，且富有起伏变化和节奏感，充分表现了贺天健传统功力的深厚和创新精神的力量。

贺天健认为山水崇尚五代两宋山水画的法度与精神，就是要达到“传神”的艺术效果。“神”固然重要，但是如果没有了“形”作为基本的载体，画家眼前“空其实对”，必然会导致“传神之趋失矣”的结局。荆浩强调的“图真”“真画”“取其真”，实际上就是顾恺之形神论在五代山水画领域的新发展。张曼华亦指出：“所谓‘图真’，是对山水画形神兼备的要求。‘度物象而取其真’，即‘以形写神’，可以说是山水画的‘传神’论。”

相较张彦远“遗其形似而尚其骨气”的“重神观”，荆浩对“真”的认识并没有局限于唐代中晚期流行的相关看法，而是建立在“形神论”产生的根源之上。如果说顾恺之的观点注重形与神表现的绝对统一，那么荆浩则是在参考这一看法的同时主张充分发挥形与神各自的特点。贺天健就在理论与实践上使画面形成一种相对的统一——于共性中尊重个性，统一中蕴含多样。这是其高人之处。笔者藏有贺天健与海上诸位画家合作的一幅水墨山水画，约四尺整纸大小。画图上有两段题跋，左上方是贺天健题跋："万里江山一片秋，群豪落纸为闲谋。旁人莫笑情无赖，此日西风满目愁。天健补上段下段并题于半闲屋。"右上方是杨清碧题跋：《槐荫清憩图》。庚辰中秋，明月之夜，海上画家陈蜨野、贺天健、郑午昌、应野平、徐邦达、吴青霞、孙雪泥、杨清碧集于山海簃，应岁生兄之属合作此图云云。虽为合作之画，但从题跋和贺天健"补上段下段"看，基本上是贺天健所为。这种合作之画，一人为主，其余唱和，可确保画面风格统一。此图意境深远，笔墨老到，融山水、林木、亭榭和风情人物于一炉，具有独特的山水意韵和气势，充分体现了贺天健山水画的艺术风采。

传统中国画最讲笔墨，所谓形与神都是通过笔墨呈现出来的，从唐宋元明清一路发展过来，不断总结，不断集大成，既有传承又有探索，肯定是有差别的。今天也是同理，我们在笔墨上不可能跟古人面目相同。吴冠中曾经写过一篇文章《笔墨等于零》，认为"脱离了具体画面的孤立的笔墨，其价值等于零"，在业界引起轩然大波。其实不管国画还是西画，离开了具体画面都是无从谈起的。所以，当代中国画既要讲笔墨，又要讲点线面，还要讲色彩。当今时代，或者说近几十年，社会的发展速度超越了过去上千年，我们的艺术所面对的一切比古人丰富多了。贺天健认为："画现代画要有时代精神。山水画中即使不画人，一树一石一泉也应有时代气息。画要耐看耐读，即能吸引观众进入画里的境界。"贺天健在他自己的艺术生涯里，无论是传统功力还是创新能力都是无与伦比的，他给"海派"画坛开创了新境界，拓宽了新途径。

沈柔在"贺天健诞辰一百周年作品展"上评价贺天健的绘画艺术留给人们的不仅仅是一份简单的文化遗产，他也告诫人们，若要在中国传统绘画艺术学问研究方面取得一流的成就，就必须对浩如烟海的传统典籍了如指掌。同时，中国画要继续传承发展下去，必须要突破古人的某些陈规旧习，必须改革创新。这些可以从贺天健那里得到启迪，在继承传统的基础上努力寻找自己的方法，使传统绘画及笔墨、用彩跟上时代潮流，这正是今天强调的国画艺术的时代性，也是弘扬传统文化，使之发扬光大的魅力。

2021 年 1 月

画里乾坤

近日，在西子湖畔唐云艺术馆观“唐云先生的朋友圈”纪念展，收获颇丰。唐云（1910—1993），字侠尘，别号药翁、大石翁，画室名“大石斋”“山雷轩”，浙江杭州人。其性格豪爽，志趣高远，艺术造诣颇高，擅长花鸟、山水、人物，可谓诗书画皆臻妙境。其对古书画收藏亦情有独钟，醉心于石涛、八大、新罗、金农、伊秉绶、吴昌硕诸家作品，欣赏揣摩之余奠定了他清新俊逸、沉郁雄厚的画风。此外，先生对紫砂壶、砚台、竹刻等均乐之不疲，其中尤以收藏的八把曼生壶著称于世，现存于杭州唐云艺术馆。展览以文物为线索，展示唐云先生以画会友、以酒会友、以茶会友的别样人生。在唐云先生的朋友圈中有一位无锡籍书画名家钱瘦铁，他们相识于1941年，两人性格相同，豪放侠义，可谓艺道知音，肝胆相照。

钱瘦铁（1897—1967），名崖，字叔崖，号瘦铁，以号行，别号数青峰馆主、天池龙泓斋主等，无锡鸿声人，中国近现代书画家。钱瘦铁擅长中国画及书法、篆刻，曾被誉为“江南三铁”（吴昌硕称“苔铁”、王冠山称“冰铁”）之一。钱瘦铁山水画笔墨苍润，气势雄浑，画风朴拙，有生活气息；花卉似青藤，墨色古雅，风骨劲峭。其篆书拙朴醇厚，沉逸潇洒；隶书萧疏奇宕，不受绳墨；草书用笔拙重而凝练洒脱。其篆刻取周秦之神韵，熔铸入印，自创一格。唐云评价钱瘦铁的艺术成就："于郑文焯得其雅，于吴昌硕得其古，于俞语霜得其苍，天赋之高，世人莫及。"展览中介绍的两幅钱瘦铁给唐云（侠尘道兄）的作品极为精彩。一幅是佛像图轴，另外一幅是山水画成扇。这两幅山水和人物画尺幅虽然不大，但笔墨精到，苍润而古雅，确有郑文焯之雅、吴昌硕之古、俞语霜之苍，三者兼而有之，尺幅之间，气象万千，当属钱瘦铁精品中的精品。

郑文焯（1856—1918），近代词人，字俊臣，号叔问，晚号鹤道人，别署冷红词客，奉天铁岭（今属辽宁）人。郑文焯的文学作品以词为擅长，独树一帜。其词以白石、叔夏为法，倡导清空淡雅的美学趣味，即词意宜清空；语必妥溜，取字雅洁；使事用典融化无迹；骨气清空。其工于书法，康有为称其"遒逸深古，妙美冲和，奄有北碑之长，取其高深而去其犷野"。不仅如此，郑文焯于印，少即游心汉制，虽不常作，然嗜之至老不倦。缶翁与之同寓吴中，闲谈亦往往及此。

吴昌硕（1844—1927），名俊卿，字昌硕，别号仓硕、老苍、老缶、苦铁、大聋、缶道人等，浙江省孝丰县（今湖州市）人。首任西泠印社社长。一代宗师吴昌硕集诗、书、画、印于一身，熔金石书画于一炉，被誉为"石鼓篆书第一人"，"文人画的高峰"。潘天寿云："吴昌硕先生诗书画金石治印，无所不长，并有强烈的特殊风格，自成体系。书法专工古篆，尤以石鼓文字成就为最高。"

俞语霜（1874—1923），浙江吴兴（今湖州）人，近代画家，寓居上海，以卖画为生。山水近取任伯年，苍古雄浑，水墨淋漓，创有新意。偶作花卉、人物，纯以韵胜。并治金石碑版之学。性格风趣，为人慷慨豪爽，曾与吴昌硕等创办海上题襟馆金石书画会。钱瘦铁东渡日本卖画时，俞氏将画托钱氏挟去东瀛，不意画尽售出，俞氏却已逝世。钱瘦铁获悉，痛哭之余即将售画之金用珂版精印《语霜遗墨》。

钱瘦铁早年家境清寒，12 岁到苏州唐伯谦所设汉贞阁当学徒。唐氏时为苏州刻碑名手，精碑帖鉴别，亦擅裱碑帖，郑文焯、吴昌硕常以碑帖委之装裱。钱瘦铁因此识郑、吴二公。满师后仍居苏州，设刻字摊以鬻艺。工余奋励为学，诗文受教于郑文焯，治印为缶庐弟子，后又识画家俞语霜授以六法。钱瘦铁与郑大鹤、吴昌硕、俞语霜交往在师友之间，自谓艺事受此三人影响最大。

唐云是一位集书画和鉴赏于一身的大家，他与钱瘦铁是至交好友，对钱瘦铁书画的解读当然会有别于常人所见。唐云对钱瘦铁艺术特色和艺术成就之评价，认为融郑、吴、俞三家寓于一体，其推崇之诚、褒扬之极，可谓令人感动。其实，对于书画的鉴赏是要有相当高的眼力和博大精深的文化底蕴的，非一日之功可以造就。同样是关于书画的品鉴，网上读到两则关于书画收藏的“懂与不懂”的趣闻轶事，颇有意思。

一则是，香港苏富比 2020 年秋拍重磅拍品、曾经两度上拍的任仁发《五王醉归图》压轴古代书画出场，拍卖现场以 5000 万港币起拍，最终是以 2.65 亿港币落槌，加佣金以 3.06551 亿港币成交。《五王醉归图》流传有序，曾被收入清宫成为皇室瑰宝。经手乾隆皇帝、嘉庆皇帝与宣统皇帝之手，于《石渠宝笈续编》中收录。后流入海外藏家手中。德裔收藏家侯士泰（Walter Hochstadter）有两件最著名的藏品，一件是任仁发《五王醉归图》，另外一件是武宗元《朝元仙仗图》。后来《朝元仙仗图》被旅美华人收藏家王季迁用几张明清画换去，侯士泰随后认为自己上了当，他认为王季迁拿几件赝品明清画换走了他的真画，于是在美国起诉王季迁。这是一场著名的官司，法庭上王季迁的律师问侯士泰懂不懂中国古代书画。侯士泰回答：懂。律师问王季迁同样的问题，王季迁却回答：不懂。结果是侯士泰败诉。法官认为，懂中国书画的侯士泰不可能被不懂书画的王季迁骗，成为书画收藏业界的一桩公案。

另外一则要从齐白石的绝笔之作《葫芦》谈起。在中国嘉德 2010 年秋季拍卖会上，齐白石《葫芦》的成交价为 2240 万元。齐白石一生作画无数，这张绝笔《葫芦》一直秘藏于张仃家中，从未发表，但它却是京城美术界少数精英圈子里的赫赫明星。张仃先生介绍说，当年隔一段时间，李可染邹佩珠夫妇、黄苗子郁风夫妇、光宇正宇昆仲及少数张仃密友，就要相约结伴来到他家。张仃知道他们为何而来，总是沏上清茶后，恭恭敬敬从画室取出这张《葫芦》挂于墙上，于是大伙儿就开始唉声叹气，啧啧连声，继而有大呼击案的，也有拍腿拍到别人腿上的，如此这般如醉酒似的痴狂一阵后散去。过些日子，再如此这般来一遍。邹佩珠先生回忆说，相隔日子长了没看这幅画，就像得了病似的，看完这幅画就像过足了鸦片瘾，精神头足了，人也兴高采烈了。

李可染对这幅画的评价是"绝了"。他认为老人家画到这个岁数，糊涂了，连字都不会写了。当时写这个"九"字就问可染："这个九字是往这边拐还是往那边拐啊？"等到写"岁"字，怎么也记不起来了，就写成了现在这个错字。人糊涂了，只能画自己最熟悉的对象，即使是画了一辈子的东西，信手画来，还是因为神志恍惚而出错。点了黄颜色画葫芦，这没错，一大一小，一前一后，一上一下，但用淡墨画叶子时恍惚了，画成了葫芦的样子，而且居然从大葫芦留白的地方冒出两笔淡墨，好像这葫芦穿了个洞。等到用浓墨画藤时，又恍惚了，画着画着就勾成葫芦的样子了。老人完全是在糊涂状态下用本能在作画。这幅画最绝的是藤蔓，用笔用墨已经是天籁，是神在走，而不是手在走，笔墨中包孕的精气神完全超越了白石老人身体的健康状态，是一种修养在完全自由自然、自在自为的状态下释放的。一个画家绘画只有到了这个境界，才谈得上是"天爵"。那些晚辈画家们在白石绝笔之画《葫芦》面前如痴如醉，正是因为他们懂得唯有这幅画才是"天爵"，其他都是"人爵"！

俗话说外行看热闹，内行看门道，智者见智，仁者见仁。唐云对钱瘦铁画的评价也好，还是两幅天价名画的鉴赏趣闻轶事也罢，鉴赏画无外乎三种情况：一是如唐云识钱瘦铁书画，因为至交又独具慧眼，故品鉴之语可敬可佩；二是如画商往往一知半解，因利益驱使容易走眼，可怜可叹；三是如门徒因偶像崇拜而如痴如醉，可感可知。当然也会有偶尔看走眼，或奸商欺诈，那就另当别论了。鉴赏书画只有遇到像唐云先生这样的高人指点迷津，才能使人茅塞顿开，受益无穷。一言以蔽之，画里乾坤，个中奥秘大有讲究。

2020 年 10 月

艺话两则

一

己亥初秋某日，西子湖畔，雷峰塔下，西湖左岸主人刘钧深在新侨饭店宴请宾客。餐前，主人用上好的古树红茶招待，宾客品茶论道，其乐融融。茶叙同乐者有许麟庐先生公子许化迟，唐云先生公子唐逸览，梁思成先生高足奚树祥，浙商大贾谢建云及梁溪味绿居主人等。

茶叙间，许化迟先生取出一卷新装裱的画卷给大家助兴。画卷徐徐展开，由墨线勾勒出的一枝夏花斜插在仕女图案的水盂中含苞待放，卷首是作者题写的行草诗稿，俊逸飘洒。画芯尺寸长约一百厘米，宽约十厘米，书画浑然天成，一气呵成，书卷气跃然纸上。定睛细看，原来是著名画家、收藏家许麟庐先生上世纪五十年代保存的海上画家程十发先生的绢本水墨花卉及自题诗一首。程十发先生在卷首题写诗曰："护国寺外起晴丝，难为客里购残枝。偶得淳翁花一束，旅中良伴慰春迟。己亥夏客北京，获白阳山人小册一帧为夏花图，即占小句题之。十发。"诗与画相得益彰，信手拈来，直抒胸臆，书画气韵生动，仙气十足，可谓精品、逸品也！在一旁看画的唐逸览先生感叹道：从来没有见过程老先生如此精彩的小尺寸水墨花卉！

许化迟先生对唐先生及观画的朋友介绍说，此画是在整理先父遗稿时发现的，初看似是一个不起眼的小丸，打开才知为当年程老先生留给家父的一幅绢本水墨花卉书画珍品。许家这件宝贝装裱时即请程老先生的公子程多多在画芯两端补题了两段文字，卷首书有"艺无涯，己亥初秋云间程多多书"；卷尾为"家父与许麟庐先生乃挚友也，曾于上世纪五九年上京公差，空闲时常赴许家畅谈。某日获白阳小品，故留此画。可见好友相见之欢乐矣。己亥初秋程多多题识"。寥寥数语将画卷的内容和画家与收藏家的渊源叙述得一清二楚。许化迟先生补充道：家父解放前在北京东单银街开有和平画店，南来北往的画家都喜欢在许家驻留，程十发先生五十年代到北京出差，仍然在闲暇时光去拜访许麟庐先生。此卷是对两位艺术家之间友谊的真实记录。

岁月悠悠，掐指算来已是一个甲子，观画者闻之无不感慨，皆云：许、程两家后代继承父业，通过画卷的装裱再次延续加深了彼此的情谊，也为后人留下一件书画佳作，为大家带来一段友谊的佳话。许化迟先生随后又给笔者发送了几张资料照片，反映其尊公当年与程十发、唐云先生交往的书画与书信照片。其中一张是四十多年以前唐云和许麟庐先生父子在北京潭柘寺写生时的合影；另一张是唐云先生给许家书写的一副对联"长爪通眉李昌谷，婵娟罗绮褚河南"，以及许老先生与程、唐两位老先生的书简照片，生动印证了许家与海上画家程、唐两家的交往与情谊。

秋风送爽，新朋老友小聚，喝茶品茗，观画忆旧，不亦乐乎？

二

庚子中秋前夜，闹市区"明月山居"举办了一场别开生面的赏琴雅集，主题是著名民族音乐艺术大家杨荫浏先生家传古琴修复后的试弹试听。窗外明月高照，桌上摆着月饼等各式茶点，修缮的古琴被恭恭敬敬地摆放在明式琴桌上，静谧而典雅。细看琴面，黑色大漆皮壳已有裂纹。与现在琴家所弹奏的琴比，琴身的尺寸似乎小一些，或许是明代女史或文人雅士书斋用琴。琴之整体造型风格如同明式家具一样简约、静穆，富有书卷气。

江南琴社顾颖介绍：其与天韵社陈倩访杨荫浏外孙荣申宏先生家（杨荫浏小女儿杨国葳的独子），收集整理杨氏家族文献时，惊喜地发现杨先生一张旧藏古琴。此琴琴面基本完好，残留有丝弦，部分漆面起翘发泡，隐见断纹，琴底板有字，部分可识别。根据形制特征，初步判断这就是杨荫浏先生抚琴照片里的那张琴。顾、陈二人与荣先生合计，希望老琴修缮复响，择日赴镇江请国家级古琴艺术非遗传承人刘老师诊断修整，刘老师认为此琴为名人旧藏，便承接了任务。经第一期精心修缮，此琴恢复可以顺畅演奏的状态。于是约定邀诸友小聚，并对此琴进行试弹、测量和文字识别。

雅集正逢中秋佳节，遂取名为“月明诒清”。此琴底板原未见琴名，依据原留芳声巷41号杨宅堂号为李鸿章所题“诒清堂”，杨荫浏先生字清如，征得荣先生同意，暂名此琴为“诒清”，诒本身有传的意思，清则又可延伸为清曲、清音。“月明诒清”雅集由顾颖主持，短短几句开场白之后，由琴主荣申宏回顾了此琴的前世今生和存放老宅的简要情况；秦绍楹对琴体作了专业拍摄；顾颖、陈忱、江敏等琴友则试弹了此琴，陈忱谈了弹奏的体会，并测量了琴的尺寸；朱刚先生对文字作了初步识别；陈倩触景生情，清唱一曲《牡丹亭·离魂·集贤宾》；味绿居主人巧遇雅集，喜见古琴修缮复响，斗胆拨了几下琴弦。品茶弹曲，说古道今，兴致盎然，约子夜时分，方带着古琴余音，披着银装月色，欣欣然打道回府。

此时，明月高挂，清风徐来，夜月曾照先贤拨弹此琴，今人复响古琴再续前曲，余音缭绕。不知后人若遇此琴，知今人享古琴复响之乐乎？

呜呼，明月当楼，高眠如避，惜哉！秋树交窗，把玩鸣琴，嗟矣，物是人非！

2021年7月

庚子写意

——兼谈文人画之管见

庚子年正月以来，宅家抗疫，卧游天下，挥毫怡情，以度时光。明陈继儒语“闭门即是深山，读书随处净土”。先观己心勿躁，后察天地致远。静读书以明心，静啜茗以澡身，静习画以养性。足不出户，潜修书斋，渴则敲冰煮茗，饥则拨火煨芋，以度时日。李渔撰楹联曰：“随遇而安，好领略半盏新茶一炉宿火；会心不远，最难忘别来旧雨经过名山。”苏轼说“此心安处是吾乡”。独坐书斋，孤灯相映，信笔涂鸦，咫尺天涯。

几十年来，我一直坚持读书与绘画，书香墨韵，笔耕不辍，信笔所至，时有所得。如大雪天宅在家里能够看到雪花飘落，登眺时见絮起风中，千山堆玉，万壑铺银。飞霰入林，回风折竹，徘徊凝览，以发奇想，画冒雪出云之势，呼松醪茗饮之景。遂作雪景一幅，不亦乐乎！

从事绘画经年，于我而言，绘画未能成为谋生的选择，却成为我人生的一种态度；不是我社会角色的全部，却是我生活中“不可须臾离”的一个重要部分。在这个变革和发展的时代里，一向笃信“命为志存”的我自当承担更多的社会责任，但在案牍劳形之余，在时间的缝隙里，作为一种充满文化意蕴的自我调节，绘画更契合我的心灵和趣味，使我的生活有“游于艺”的质感。

传统文人写意画追求随性率意，直抒胸臆，一派天趣，气韵生动，浸沐其中，心性深受滋养。长期以来，我坚持创作写意画作为自己的艺术思考与探索方式。所写所画的山水花鸟画作品，纯以自然物象入画，聊以寄托心志。中国传统文人写意画是一个神奇和精妙的天地，越深入其中，你越能感受到这由笔墨和线条构筑的世界的魅力，找到将自身个体与清风明月、山川草木相融相通的方式。古人说“外帅造化，中得心源”，“腹有诗书气自华”，“工夫在诗外”，艺术家真正的根基还在于其艺术修养和人品修为，在于其对生活的态度及世间万物的感悟。在艺术之路上，只有不慕闻达，唯求清逸，执着前行，才能到达理想的彼岸。

文人画具有极其鲜明的特征。一是写意。文人画是写意的艺术，云林言“不求形似……写胸中逸气耳”；古人又有“喜写兰，怒写竹”的说法。非草木有情，实则是人之情思，是画者借其形而写其意而已。写意是文人画的精髓。二是求简。色，则水墨黑白；形，则“逸笔草草”。以墨之浓淡干湿来表现景物的色彩及远近，以笔之勾勒晕染来描画景物的轮廓情状，由形简而至意简，水墨之间，辅之画纸的适当留白，给人以深远悠长的想象空间，疏密有致，墨分五色，计白当黑，以至无声胜有声，无形似有形，舍形取神，得意忘象。三是诗画。古人云“能书者皆能画”，又所谓画中有诗、诗中有画，以诗书入画，体现了中国人独特的造型观和境界观。中国文化史上，号称诗、书、画三绝的文人画家不在少数，唐伯虎、徐文长、郑板桥等都是此中高手。他们以“逸格”为绘画艺境，以脱离法度的笔墨和非主流的风格，以及不寻常的绘画方式来表现平常的题材，以追求随性和不流俗的创作理念，在绘画的呈现方式上更加注重情绪与精神的表达，笔墨承载运用讲究更加自由、灵动和闲散。

“多情自古伤离别，更那堪、冷落清秋节。”石涛、八大、王蒙、青藤、浦华、白阳，他们的艺术成就不是一枝枯笔能够解释的，是清必冷，清必绝，清必孤独，但也是清必高，清必坚，清必有节，必不随世风擅改。无锡籍画家中数倪瓒最具个性和历史影响力。倪云林，“元四家”之一，也是古代无锡籍画家的杰出代表。他原本出生于富豪之家，生活闲适，喜结雅士高人。后因社会动荡，民不聊生，倪瓒变卖家产，以船为家，驾一叶扁舟漂荡于湖上，开始了“不事富贵事作诗”的隐逸生活。上海博物馆所藏《六君子图》（倪瓒作于1345年），黄公望在画图右上角题跋云：“远望云山隔秋水，近看古木拥陂陀。居然相对六君子，正直特立无偏颇。大痴赞云林画。”明代著名画家、收藏家董其昌题跋云：“云林画虽寂寥，小景自有烟霞之色，非画家者流纵横俗状也。此幅有子久诗，又倪迂称子久为师，具所创建，真可宝也。壬寅重九后二日观。”台北故宫博物院藏倪瓒的《容膝斋图》（作于1372年），仅表现山水间一小亭、几棵枯树而已，反映了陶渊明《归去来兮辞》里的“倚南窗以寄傲，审容膝之易安”的意境。画面中，主人所居空间虽小，然心灵寄托于天地间，无涯无穷，表达了倪瓒和光同尘，不为物欲所累，追求心灵自由的人生态度。倪瓒以简素之笔墨展示了丰富的内心感受和独立的人文精神，使他的同辈和后辈们难以摹写，更难以超越。秦祖永《桐阴论画》对画家的品评中云：“古之董、巨、二米俱用湿笔，自云林子喜用渴笔，释渐江宗之，遂有徽派之目，而邹衣白、程穆倩俱以渴笔见长。盖湿则易俗，是编中所谓湿俗，实痛下针砭。曩见王廉州、吴渔山亦间有此病，或疑其伪而不尽然，此关乎用笔之不能空灵，非湿之为累也，惟时史其常大家其偶而已。”又云“有神而兼逸，有能而兼逸，有神与能兼擅而仍无失为逸”等有别于前人。正是倪瓒具有的“非画家者流纵横俗状”，神逸兼备，而成为凛冽寒风中一棵屹立不倒的孤松。

坚持中国传统文化的修养与修为，保持传统士大夫文人的矜持和清高，画家笔下的一枝一叶、一花一鸟、一山一水，才能饱含文情和哲理，进而体现冷峻纯正、崇高深邃——以本意的清，诉诸题材的清，才称得上是清气。优秀画家的艺术禀赋和艺术创作，并不是所谓粗服乱头的名士气，它是人文涵养和笔墨技法达到极高成就才能到达的升华与境界。而艺术家具备人文涵养则是令其脱离俗谛的桎梏、追求清灵空明境界的必经之路。要言之，以画家自身的人文修养为前提，融文史哲、诗书画于一身，有笔墨、有情状、求意简、抒清气。常言道，书画是心灵的写照。其深层境界，应是写照心神，是人情的物化，是天人和谐的境界。

我谓文人画必须注意如下。一是品。所谓品，即人品与画品。凡事德为先，人品不高，何谈画品之高？文徵明云“人品不高，落墨无法”，说的就是这个道理。人品与画品之高下，当以讲究格调、讲究气节为主。清气若兰，虚怀若谷，淡泊明志，宁静致远。二是韵。所谓韵，即画作之气韵耳。无论人物山水还是花鸟，不管是写意还是工笔，皆应有文气，更应有浩然之气。一眼看去，画作气韵天成，笔墨生动，张力十足，有扑面而来之势即为上乘。三是神。所谓神，即传神写照也。依托笔墨随机生发、如有神助般的精神风貌。用笔用墨皆施之于毫素，变化于笔端，心手双畅，神韵顿生，达到飞来之墨、神来之笔的通神妙境。

我谓文人画，重在写意。有山水，亦有花鸟。大则八尺整纸，小则一尺见方；有册页，也有手卷。或工或写，无论大小皆为胸中之竹。追摹默忆古人之迹也好，放笔释放心中之情也罢，大则挥毫落纸，一气呵成；小则信笔涂鸦，见好就收。轻重缓急，浓淡枯湿，倾情演绎，厚积薄发。然我更愿意选择气定神闲之时，于书案之上写册页或手卷之画。咫尺之间，如太极抱拳，神情淡定；如弹琴拨弦，从容写就。若信笔草草，往往有意外之喜。凡获此作，则略感欣慰，虽不及古人先贤之万一，然与过往比照，亦有长进也。

于我而言，不管是在北京、巴黎等举办个展之大幅，还是朋友相聚展书斋案头之书画小品，都是以笔墨抒发自己内心的感受，也是我长期受中国传统文化滋养的心灵写照，是对中国文人画诗画一体的寻觅与传承。从生活和人文角度观察，都是以主体的心灵产生艺术共鸣的。庄子说：“日出而作，日入而息，逍遥于天地之间，而心意自得。”庄子的精神境界高，乘物以游心，独与天地精神相往来，同时庄子并不是隐士，而是混迹人间、藏身于人流中。在自己喜欢的时候，按照自己喜欢的方式去做自己喜欢做的事。与其在无效社交上浪费时间，不如专注于提升自己，从而获得实质的成长。切忌盲从，活出自我，圈子不同，不必强融，文人画者，常乐我净。文人画贵在以主体的心灵为本，无论是师造化还是师古人，皆是如此，即所谓“天真烂漫是吾师”（苏轼语）也。

人在年轻时，总想走快一点，脚步匆匆，难免会忽略周遭的事物。随着年岁增长，才慢慢体会到曲径通幽的妙处，觉得就这样悠然自得间将身心沉浸其中，细细品味这世间的种种。如何把握生活的节奏也是一门功夫，快与慢、动与静、恒与变都不是绝对的，过多执念或许会错失许多风景。峰回路转，能让你把“山重水复疑无路，柳暗花明又一村”的意境体会得更加透彻。

无论千山万水，只是飞鸿一瞥；所谓沧海桑田，仅为弹指一挥。遥想那些学有所成的前贤，在他们经国济世之余，都比较注意自己的人生修为，琴棋书画、诗词歌赋等作为他们个人的雅好，有时真能成就一代风流。忙闲、快慢的平衡与转换更在乎心境，抛却功利心即可成就一份悠然。曼妙的时光总是稍纵即逝，不过是秋山云水间的一抹晚霞。

回首庚子，北窗独处，默记古帖，追忆师嘱，造化自然，挥毫怡情。方尺之间，力求融南入北，兼顾浑厚清润，略有所得，铢积寸累，计册页画百余幅，择选若干，结集装裱得册页若干，以此为记，自娱自乐也。呜呼，庚子不易，于无声处，我写我意，如此而已。

2020 年 12 月

我的“庐山恋”

今年7月上旬，我随无锡康辉旅行社的老叶一家去庐山旅游，虽然时间不长但确实了却了我长久以来的一桩心愿，“庐山恋”成了我的庐山游。以前组织上曾经安排我去庐山疗养，却因公务缠身一直没有成行，没想到直至退休后到了“抢六”之年方才成行。

在短短的五天时间里，我到过含鄱口、仙人洞、大林寺、三叠泉等名胜古迹。大有晋人“从山阴道上行，山川自相映发，使人应接不暇”之感。或危峰重叠，或飞流瀑布，或高山平湖，或密林奇松，或名人胜迹。峰回路转，气象万千，所到之处，无不被庐山的秀丽景色和壮观气势所震慑，真是百闻不如一见哇！特别是登上含鄱口眺望，举头四顾，山水相连，高天流云，海阔天空。一幅幅生动的画面奔来眼底。山峦起伏，白云滔滔，一会儿如风卷残云，一会儿如奔腾白马，高山流水，气势不凡，天光云影，变幻无穷，像一轴徐徐展开的泼墨山水画长卷巨作。有人说庐山是画之山，诗之山，一点不为过！历览前代无数文人墨客为之吟诗作画，留下了不少传世之佳作。

我最早知道有关庐山的画始于观五代时期荆浩的《匡庐图》和明代沈周的《庐山高》图。荆浩创作绢本墨笔画《匡庐图》（现藏于台北故宫博物院），此画绝磴悬崖，平麓云林，笔墨间表现出庐山的雄伟气势，烟岚的深远缥缈。画家画法皴染兼备，充分发挥了水墨画的长处。画面有主峰赫然而立，直入云霄，浩渺烟岚，尽出其下；远近如屏的诸峰环拥相簇，映衬着主峰的高险与威仪。群峦之间，一条白练般的瀑布直落山涧。山巅树木丛生，山崖飞瀑直泻，山道蜿蜒盘旋，山溪流转曲折，山脚潭水奇石，山村掩映密林，山坡路上，一人正赶着毛驴缓缓而行。画作蔚为壮观，令人拍案叫绝，宋高宗赞之为“真迹神品”！

沈周的《庐山高》图是纸本水墨写意山水之作（现藏于台北故宫博物院）。《庐山高》是沈周 41 岁时为他的老师陈宽（醒庵）70 岁生日祝寿，凭借想象而创作的一幅国画精品。这幅画借鉴元代画家王蒙的笔意，其透视方法为高远法，即站在山脚仰望山巅，显示其高大伟岸。构图由近景的山坡乱松，中景的瀑布、岩石、峭壁，远景的庐山主峰，自上而下，由近及远，一气呵成。其山峰多用解索皴，皴染厚重灵动；中段山峦则用折带皴，皴笔精细，墨色较淡，表现出崖壁的险峻。墨色先匀后皴，并以焦墨密点，显得苍郁幽深。笔法稳健，气势沉雄，具有强烈的节奏感和力量感。

画作题诗曰：

庐山高，高乎哉！郁然二百五十里之盘踞，岌乎二千三百丈之龙嵸。谓即敷浅原，培塿何敢争其雄？西来天堑濯其足，云霞旦夕吞吐乎其胸。回崖沓嶂鬼手擘，涧道千丈开鸿蒙。瀑流淙淙泻不极，雷霆殷地闻者耳欲聋。

时有落叶于其间，直下彭蠡流霜红。

金膏水碧不可觅，石林幽黑号绿熊。

其阳诸峰五老人，或疑纬星之精坠自空。

陈夫子，今仲弓，世家庐之下，有元厥祖迁江东。

尚知庐灵有默契，不远千里钟于公。

公亦西望怀故都，便欲往依五老巢云松。

昔闻紫阳祀六老，不妨添公相与成七翁。

我常游公门，仰公弥高庐不崇。

丘园肥遁七十祀，著作搰搰白发如秋蓬。

文能合坟诗合雅，自得乐地于其中。

荣名利禄云过眼，上不作书自荐，下不（疑脱字）公相通。

公乎浩荡在物表，黄鹄高举凌天风。

我最早知道有关庐山的诗还是少年时曾经背诵的那些经典。读李白的那首脍炙人口的《望庐山瀑布》："日照香炉生紫烟，遥看瀑布挂前川。飞流直下三千尺，疑是银河落九天。"从庐山到香炉峰写飞瀑流泉的奇伟景象。用"挂"字突出瀑布如珠帘垂空，以高度夸张的艺术手法把瀑布勾画得传神入化，雄伟奇丽，气象万千，宛如一幅生动的山水画。读白乐天《大林寺桃花》："人间四月芳菲尽，山寺桃花始盛开。长恨春归无觅处，不知转入此中来。"山上不同高度不同景物，峰回路转，别有洞天。这一奇遇、这一胜景，仿佛从人间的现实世界，突然置身于非人间的另一世界。读苏轼的《题西林壁》："横看成岭侧成峰，远近高低各不同。不识庐山真面目，只缘身在此山中。"方知看庐山只有远离庐山，跳出庐山的遮蔽，才能全面把握庐山的真正面目。

读毛泽东这首《为李进同志题所摄庐山仙人洞照》诗："暮色苍茫看劲松，乱云飞渡仍从容。天生一个仙人洞，无限风光在险峰。"悟出其中蕴含着深刻的哲理，使人得到启发，无论何时何地，或在人生旅途上受到挫折、身处逆境的时候，都应该充满必胜的信心，敢于攀登险峰。其实，这里所说的"庐山仙人洞照"，画面并非仙人洞，实为从仙人洞前面远望西北方锦绣峰的景观。画面上方有蟾蜍石和古松疏影数丛作为点缀，左下方为锦绣峰白鹿升仙台以及台上御碑亭的黑影，中间大片空间则为黄昏时天幕上的阴暗云层。毛泽东题诗使照片名闻天下。登峰造极虽然会领略"无限风光"，但有时也会带来物极必反的效果，发生在庐山故事里的某些历史人物之遭遇岂不是如此吗？悲夫！古之学者写庐山诗者众，其中不乏好诗名作。这四首诗从不同的角度观察庐山，以不同的心境感受庐山，从不同的视角描写庐山、讴歌庐山，确实是反映庐山真面目的名篇大作。

呜呼，古人云画中有诗，诗中有画，诗画合一也！

我对庐山的仰慕是从诵读经典诗词感知的；我对庐山的了解是从观看五代荆浩《匡庐图》和明代沈周《庐山高》图起步的；我对庐山的迷恋向往则是从台北遇见张大千的巨幅庐山山水画开始的。2017 年 11 月，我到台北故宫博物院观"国宝的形成——国画菁萃特展"，在展览大厅看到张大千的庐山彩墨山水画巨制，墨彩飞扬，恢宏磅礴。观之，令人惊叹不已！

张大千绝笔之作《庐山图》（藏于台北故宫博物院），绢本水墨画。画作题诗云：

从君侧看与横看，叠壑层峦杳霭间。
仿佛坡仙开笑口，汝真胸次有庐山。
远公已过无莲社，陶令肩舆去不还。
待洗瘴烟横雾尽，过溪高坐峨嵋山。

图卷自右至左依次从庐山含鄱口画起，以鄱阳湖水天一色进入云气辉映的崇山峻岭之中，画卷下部郁郁葱葱，古木森然，上部逶迤起伏，峰峦叠嶂，中部则飞瀑一泻，紫烟缭绕，图左上角浩浩渺渺，似见彼岸。图中青山绿水之间隐约可见星罗棋布之屋宇、小桥、茅亭等。山中云雾缥缈，峰上重重密林，峰峦时隐时现，既虚又实，泼墨重彩如隐天蔽日，气象万千……

张大千一生没有去过庐山，这是他意念中的庐山，他以丰富而浪漫的想象，聚天地之精华，倾情挥毫泼墨，描绘庐山之秀美壮丽！

1981 年初夏，旅日友人李海天请张大千为其在日本横滨新建的高级观光旅社画一巨幅挂壁。当时大千年已八十有三，疾病缠身，然而经过深思熟虑，他慨然应诺，并决定以庐山为题在台北摩耶精舍的画室创作一幅 10.8 米长、1.8 米宽的巨构。据介绍，大千将画绢全部打湿，抓起一支有如拖把的大笔，站在一只矮凳上，把笔头往墨盆里一挠一滚，然后双手提起大笔往画布上大拖大拉。接着，大千把长袍袖口一卷，端起一只盛满青绿颜料的瓷钵，在绢的另一部分小心翼翼地连泼带洒，一面引导青绿颜料流淌漫延，一面将笔蘸上颜料点点染染，从容不迫，成竹在胸。张大千的这幅庐山图工程浩大，前后画了一年半，其间数次病倒急救。为赶在1983年1月在台北历史博物馆展出，画虽未完全竣笔，大千只得先送付装裱。没有想到3月8日大千在伏案题书时溘然逝世，终究没能完成和落款。此图反映了大千先生胸怀祖国、放眼山川之大气局、大情怀、大境界。真所谓是呕心沥血、倾情讴歌千里江山之生命力作！

张大千的《庐山图》可以说是浓墨重彩、用笔精到、构图奇妙、气势宏大、情景交融之佳作，其境界之高前无古人后无来者，是“从来笔墨之探奇，必系山川之写照”的经典之作。清蒙古族画家布颜图《画学心法问答》中云：“山水不出笔墨情景。情景者，境界也。古云：‘境能夺人。’又云：‘笔能夺境。’终不如笔境兼夺为上。盖笔既精工，墨既焕彩，而境界无情，何以畅观者之怀？境界入情，而笔墨庸弱，何以供高雅之鉴赏？故吾谓笔墨情景，缺一不可，何分先后？”一言以蔽之，没有笔墨情景，没有大境界，就没有大制作，观张大千的绝笔之作《庐山图》可知也。

我站在台北故宫博物院展出的张大千这幅鸿篇巨制《庐山图》面前反复观摩，默默背诵，久久不愿离去……心中念念不忘，无论虚实，庐山一定要去看看的。“不识庐山真面目”，只有庐山恋，没有庐山游，空悲切！

看庐山如同看莎士比亚。学术界有一个说法，“说不尽的莎士比亚”；演艺界有一个说法，“演不完的莎士比亚”；翻译界更可以说“译不完的莎士比亚”，先贤曾说一百个人心中有一百个不同的莎士比亚。对于莎士比亚的解读如此，对于大美庐山的描绘也该是如此吧！

不管是荆浩、沈周、张大千所绘的庐山之画，还是李白、白居易、苏轼、毛泽东所吟的庐山之诗；不管他们是到过庐山还是没有到过庐山；不管他们身处什么时代，遭遇什么经历，他们都是以自己的视角和方式解读庐山，描绘庐山，讴歌庐山。不论是生活写真还是艺术创作，无论是鸿篇巨制还是精美小品，都是一首首、一幅幅生动浪漫、美轮美奂、富有哲理、充满遐想、倾情演绎的佳作，都是对大自然之爱的生命恋歌！

辛丑年初夏，我终于登上庐山，所见所游，浮想联翩，感慨万千。虽然没有兴趣到庐山电影院看那场招牌电影《庐山恋》，但我的“庐山恋”与庐山游却真正是过了一把瘾，写小文以记之！

2021 年 9 月

致敬大师

2019 年有几次活动与致敬吴昌硕大师相关联，一是参加上海吴昌硕纪念馆的画展；二是造访吴昌硕大师的故里；三是参观安吉吴昌硕纪念馆。三次活动都给我留下深刻的印象和深切的感受。

一

这年夏天，由上海大写意画院和上海吴昌硕纪念馆联合打造的文化品牌项目“致敬大师”——上海吴昌硕纪念馆 2019 全国名家系列邀请展之江苏专场，在上海吴昌硕纪念馆开幕。本次邀请展主要展示五位江苏国画家的作品，我参加展览的作品全部是四尺斗方，共十五幅，是近年来我在写意花鸟画艺术实践中的代表作品，将我对传统写意花鸟画继承与创新的探索做一次展示，与同行交流，向前辈学习。

吴昌硕纪念馆位于陆家嘴金融中心绿地旁，位置极佳。“致敬大师”画展开幕以研讨会的形式举行。“致敬大师”这个主题系列展很有创意，在浦东众多现代超高层楼宇之间保留这样一处古建筑，作为大师纪念馆本身就是一种难得的文化符号。一代宗师吴昌硕是我最崇拜的艺术大师，他集诗书画印于一身，熔金石书画于一炉，被誉为“石鼓篆书第一人”“文人画的高峰”。潘天寿云：“吴昌硕先生诗书画金石治印，无所不长，并有强烈的特殊风格，自成体系。书法专工古篆，尤以石鼓文字成就为最高。”所言极是。我少年学画时就知道吴昌硕，记得曾在南禅寺旧书摊买到一部民国珂罗版吴昌硕《缶庐近墨》（两册），泉唐丁仁编辑，1923年初版，是西泠印社出版的吴昌硕先生权威书画集，第一册由潜道人题签，第二册由王福庵题签。两册收录吴昌硕书法、花鸟、人物等题材作品各三十余幅。画册没有缺页，稍有破损，我重新修补装订好收藏起来。

吴昌硕受徐渭和八大山人的影响，擅长写意花卉。由于他书法、篆刻功底深厚，他将书法、篆刻的行笔、运刀及章法、体势融入绘画，形成了富有金石味的画风。这部画册成为我学习、研究写意花鸟画的必备书。此次参加“致敬大师”系列展实现了我长久以来想在上海举办画展，向上海同行学习交流的愿望。上海有不少著名的美术展馆，但能在吴昌硕纪念馆举办画展具有特殊意义。唐云先生公子唐逸览先生专门致电祝贺，逸览先生的好友名医潘先生、上海吴昌硕研究所副所长何先生、旅沪无锡企业家郑先生及在上海的亲朋好友等都赶来参加活动，上海SMG的杨女士出差在外，还特地派人送来花篮祝贺。我的一幅《梅韵》墨梅图被纪念馆收藏，在交接仪式上，吴昌硕纪念馆馆长吴越先生（吴昌硕曾孙）给我颁发了收藏证书。央视国学频道、上海浦东的有关报纸电视台等多家传媒机构都做了采访报道。主办方为画展成功举办倾注了大量心血，所有这些都让人感动不已。

二

己亥端午，我到安吉鄣吴村参观吴昌硕故居，这个古村落不仅山水秀美，人文荟萃，还是远近闻名的竹扇之乡。我在安吉中国竹子博物馆参观时就看到一个介绍安吉竹扇的专栏，没有想到距离县城半个多小时车程的鄣吴村就是竹扇的生产基地。现在苏杭城里有点名气的扇庄出售的手工活好一点的扇骨价格巨贵，如果能在这个山村淘到几把货真价实的竹扇，也算是额外收获哦。

从吴昌硕故居出来，陪同者带着我去逛古村小街。沿着村道往西步行百米，便来到村镇公共会堂。这还是上世纪七十年代的农村人民公社体制时期的一栋旧建筑，虽然简陋，但还算干净，会堂大门上方写着“鄣吴大队大会堂”，大门上四个大字“清风流芳”迎面扑来，写在扇形白墙上格外醒目。这是村里的竹扇陈列馆，专题介绍这村庄生产竹扇的历史和现状，其中有两张图即“扇骨生产流程”和“扇面生产流程”，将竹扇加工过程的环节说得明明白白。

在一条小小的村道上，一家挨着一家开着不少扇庄和竹扇加工场。陪同者推荐了一家比较靠谱的扇店，店老板见我们几个拥到店门口以为是来了大生意，一把牵着我的手拉到里面的一处地方打开几个包装盒，里面整整齐齐排列着各色各样精美成扇，我估计是摆在这里专门做大单子的，便问多少钱一把，闻之与苏州城里的扇庄门市上出售的价格相差无几，我连忙摆摆手说有便宜点的吗，店主回答最便宜的 300 元一把，说着从柜台里掏出几把扇骨。我拿在手里一把一把打开合上，并放在柜台上一一比对，真心觉得不错，价廉物美。其中有一柄皮壳微微有些包浆的梅鹿竹扇骨夺人眼球，轻轻打开 看扇面已装好，扇骨两端已经用胶粘住，合起来看扇面纸折经线上稍稍留有手反复摸过的痕迹，其他几把水磨竹骨扇都是没有封装的新货，竹骨白塌塌年份不到位，我顺手选了两把，加上刚刚拿在手里的一把对店主说我要三把，能便宜点吗。店主看了看说不能便宜了，并指着我手握的那把鹿竹扇骨说道，这是我自己玩的不卖！我拉大嗓门回了一句，是你拿出来让我挑的，怎么又不卖。说着我连忙把三把扇骨的钱塞给了他，店主无语，将钱收了起来，算做成一笔生意。实话实说那柄梅鹿竹骨确实不错，一路上我把这柄扇骨拿在手里把玩，越看越觉得包浆确实挺浑厚的，特别是竹骨皮壳上棕色斑块中回纹线呈金黄色，真正漂亮极了！由此看来店主不肯卖是有道理的，从这把竹骨的包浆上看，不在手上玩两年是没有这种感觉的。这柄梅鹿竹扇的的确确是一把好扇骨！谁说便宜无好货，如果遇到对的，机缘巧合之下还是可以找到称心如意的货色，就看缘分。

吴昌硕金石书画在成扇艺术上也是有着大成就的，在他的故乡鄣吴村买几把折扇竹骨留作纪念，有着特殊意义，同时也是对吴昌硕故里文化建设做一点小小的贡献。

三

到安吉，当然要到县吴昌硕纪念馆参观。这个崭新的纪念馆气势宏伟，布置精到，内容丰富，给人留下深刻印象。其特点是展示大师成长的历史轨迹，通过参观加深了我对吴昌硕成长之路的了解，有以下三点体会。

一是诗礼之家，吴昌硕祖父与父亲均为举人，文脉绵绵。其自幼聪慧好学，诵习余暇，常以当地瓦砖磨砍治印，乐此不疲。故居始建于明嘉靖年间，坐北朝南，占地三千平方米。门楼前有三孔拱桥，当地百姓称之为“状元桥”。虽然经历五百余年历史沿革，仍然保持基本完好。其他房屋因战乱和灾难已是断垣残壁。吴昌硕所居住的老房子仅是其中很小一部分，占地二百三十平方米，为清代砖木结构，道光二十四年（1844）农历八月初一吴昌硕诞生于此，并度过了青少年时期。这个阶段虽然家境清寒，但他仍然秉承家学传统，伏案读书，孜孜不倦，乡里学友送他一个雅号“乡阿姐”，用现在的话说是一位“宅男”。吴昌硕老屋分前后两进，前进为辅屋，后进为主楼。主楼明间为客厅，北侧为吴昌硕父母卧室，南侧为其兄弟卧室，楼上为吴昌硕书斋和原配夫人章氏居所。1865 年因逃避战乱，吴昌硕随父母离开此地，老屋由族人居住，1987 年收归村集体，现经政府修缮后成为“吴昌硕故居”对公众开放。来到吴昌硕故居时，因工作人员都放假了，村公所的值班人员小吴给我们介绍，她对吴昌硕的生平事迹如数家珍。

二是饱学诗书，吴昌硕几经磨难，为书画艺术打下扎实的学养基础。

来到安吉县里刚刚新建落成的吴昌硕纪念馆参观，这座个人纪念馆规模可谓空前，步入大厅就能看到高大的吴昌硕青铜塑像，整个事迹展览布置在纪念馆的第二层楼面，分若干篇章介绍吴昌硕人生轨迹，图文并茂，资料翔实，丰富生动。从吴昌硕故居到吴昌硕纪念馆，整个参观过程我一直在思考一个问题。吴昌硕这位巨匠的艺术轨迹和不同凡响的艺术成就确实有其独特途径，简单说来，他从老家湖州出发经苏州，最终定居上海。这其实是一个向各位大师巨匠拜师学艺的过程，他在学习传统书画印章的同时，还扎扎实实做好学问。清同治八年（1869）、同治十二年（1873）吴昌硕先后两次求学于诂经精舍，从名儒俞樾学小学、辞章，打下了深厚的国学基础。另外，任伯年当年对吴昌硕的激励与影响也很大。据传，任伯年对吴昌硕说，你书法篆刻好，如果学画会进步很快。你的线比我厚重多了，我已经教不了你了！至此，吴昌硕始终保持着对金石诗画的苦苦追求，游学自励，终与性情经历融汇统一，开创了独特面貌。

三是广结善缘，终成海上画派和西泠印社之首。在吴昌硕的艺术生涯中，我们看到他交友甚广，特别是客秀水杜文澜的“曼陀罗花馆”，结识了沈曾植、金铁老、蒲华、周闲、朱梦萝等一批同道好友，不仅诗学大有长进，还为其日后立足苏州提供了帮助。光绪十三年（1887）初冬，受任伯年等影响，开始赴上海接触市场，尝试鬻画。宣统三年（1911）夏，吴昌硕从苏州举家迁移到上海定居。他以鬻画自食其力，又不失传统文人的风范。吴昌硕诗、书、画、印四艺兼备，风格高古雅逸。加上为人处世谦和宽厚，在名家辈出的“海上画派”中脱颖而出，成为后“海上画派”的领袖人物。

1904年，杭州印人叶铭、吴隐、丁仁、王禔四人发起成立西泠印社。1913年建社时公推吴昌硕为首任社长。吴昌硕以开阔的视野、高深的学养，团结海内外著名书画篆刻家，积极推动业界的互动交流。

铸就吴昌硕成为艺术巨匠的因素不少，但上述三个方面应该是主要原因。晚清民国碑学鼎盛时期，吴昌硕以石鼓大篆，古朴厚重，笔挟风雷，臻于饱壮极致，独领风骚，以其笔意融入书画印章，无一笔不具金石古厚之趣。他以铿锵之力成为在篆刻、书法、绘画三个领域的开宗立派的人物，称得上清末民初这三大领域的时代最高峰。如其《蒲草秋菊》图，水墨纸本，镜片，庚戌（1910 年）作。

款识：篱畔黄花摘未稀，一筐盛露胜琼琚。何时煮得霜螯熟，对酒无烦读汉书。叔问先生正写，时庚戌端阳前二日，癖斯堂晓霁，俊卿。

钤印：苦铁（朱）、古鄣（白）

说明：上款“叔问先生”即郑文焯，晚清官员，光绪举人，曾任内阁中书。工诗词，长于金石古器之鉴，而以词人著称于世。

通过此画可以看出，吴昌硕书诗画印等综合艺术修养确实是无人可以比肩的。

四

己亥年可谓是我的吴昌硕年，三次与之相关的活动，加深了我对吴昌硕艺术成就的进一步了解，大师的心路历程深深地感动和教育了我。

回望二十世纪中国传统书画艺术，真正说得上诗、书、画、印四绝的，吴昌硕堪称杰出代表。大写意绘画艺术远承徐青藤、陈白阳，近至吴昌硕、齐白石一线文脉，吴昌硕是当代大写意绘画艺术的领军人物。吴昌硕营造金石书卷气质，以笔墨语汇，笔恣情纵，不拘成法，被视为文人大写意绘画的丰碑。吴昌硕大写意花鸟画以花鸟、大篆、行草为主，以“草篆书”入画，状物不求写实，形成了影响近现代中国画坛的直抒胸襟、酣畅淋漓的“大写意”笔墨形式，寥寥数笔却神完气足，别有一番天地。从大线条勾画、章法布局，到大色块、大构成、墨块的铺陈，厚重中不失灵动，婉转间仪态万千。特别注意书法、诗文、印章和绘画四位一体，布局合理，相得益彰，是当代大写意绘画艺术的一座高峰。吴昌硕热心提携后进，齐白石、潘天寿、刘海粟、王震、赵子云、陈师曾、陈半丁、朱屺瞻、钱瘦铁、吴茀之、王个簃、诸乐三等都受到吴昌硕艺术的影响与启示。自吴昌硕之后，齐白石和潘天寿大写意花鸟画成就最为突出，他们都是从吴昌硕那里得道而走出来的写意大师。但他们都在学习前人的基础上，妥善处理好传承和创新的关系，创造出自己独特的艺术面貌而焕然一新。潘天寿“一味霸悍”，开创大写意花鸟画创作具有“筋骨”的大尺度作品的先河；齐白石从生活中挖掘艺术创作的灵感，将传统与现代绘画元素融合发展，创作出富情趣特色的艺术作品。

环视当下书画界，传统写意画或问津者寥寥，或粗笔头狂涂。吴昌硕后，除齐、潘之外，难见对传统文人写意画之精髓深刻理解并有突出贡献的艺术家。其原因是多方面的，对此，本文不一一展开讨论，如下几个问题值得关注和思考：一是传统大写意与现代潮流表述问题；二是传统写意的传承和创新问题；三是对传统写意理解偏颇且学养缺失；四是以书法为前提的笔墨功底不扎实；五是对传统大写意的审美取向和认知能力问题。吴昌硕等大师的成功之路对当下传统大写意画传承和创新颇具借鉴意义。尽管书画印章进入市场流通久矣，但绝不能被市场所支配。想真正在艺术上有所建树，就必须有大格局大胸怀，登高望远，兼收并蓄；必须刻苦耕耘，不断提高对传统文化和艺术的修炼和涵养。

敬仰大师，致敬大师，不仅是形式上的崇敬，更应该是恭恭敬敬地学习前辈，老老实实地下足功夫，与时代同行，在继承传统的基础上发扬光大，开拓创新，有所作为。

2019 年 12 月

古今同乐

高情在画外

《惠山茶会图》是明代画家文徵明创作的一幅纸本设色画，现藏于北京故宫博物院。此画纵 21.9 厘米，横 67 厘米，青绿重彩，景色简洁。画面自右向左展开，山石层叠，松柏掩映，众人或坐于泉亭之下，或列鼎煮茶，或山径信步。人物形神兼备，仪态洒脱，与周围的景色构成一幅林泉美景，反映了文人生活的闲雅情致。

该图作于明正德十三年戊寅（1518）。这年二月十九日，文徵明与好友蔡羽、王守、工宠、汤珍等到无锡惠山游览，在二泉亭品茗赋诗。事后便创作了这幅纪事性作品，记录他们在山间聚会品茶的情景。画中共有八人，五主三仆，在一处树石之间搭有一简陋茅草井亭，两位文士围着井栏盘腿坐于井亭之中，其中一人静坐，单手撑地，侧首观水，旁边一人展卷阅读。苍松翠柏挺拔遮天，群山巨石起伏错落，茂林修竹间有曲径可通平野之地。紧挨着井亭，松树下茶桌上摆放着各种精致茶具，桌边方形竹炉上置有茶壶似在烹泉，一童子取火，一童子备器，另一文士伫立拱手示意。画面右边，亭后一条幽幽小径通向密林深处，曲径之上有两位文士一路攀谈，徐徐漫步而来，前面一书童回首张望二人，似在为他们引路。画面人物生动，运笔流畅纤细；线条用色复勾，于对比中见融合；人物姿态顾盼呼应，饶有生趣，传递着闲适气氛。此间人语声、水沸声、虫鸣声、松风声，仿佛于图画中飘飘然而出。世人爱其茶画，更爱其茶诗。因辞藻生幽，丹青透雅，从咀嚼诗词的心领神会到品读画卷的目酣神怡，各得其所。

文徵明毕生嗜茶，不近酒色。据《六如居士外集》言，唐寅拉文徵明同乘一条游舫，一群歌女相拥，船到湖心，唐寅一声号令，歌女围住文徵明，文目瞪口呆，几乎跳湖。唐看到文的窘态，乐不可支。文见有一条游舫经过，拼命招呼船家靠近，跳上那条船，一溜烟儿地跑了。文徵明爱茶，常以唐代的卢仝自况，有诗云："解带禅房春日斜，曲栏供佛有名花。高情更在樽罍外，坐对清香荐一茶。"除点出茶妙于酒外，更是描绘了一场参禅悟道的风雅之事。

文徵明《惠山茶会图》之后还有两幅茶图值得关注。一幅是嘉靖十年（1531）绘《品茶图》（现藏台北故宫博物院）。作品采用写实手法，记述了当日山中茶会共有宾主三人，其中两位端坐室内正享受对啜之乐，茶童则在备水间忙着煎水，彼时，不远处的另一人正趋步前来。题诗曰："碧山深处绝纤埃，面面轩窗对水开。谷雨乍过茶事好，鼎汤初沸有朋来。"诗后跋文曰："嘉靖辛卯，山中茶事方盛，陆子传（注：陆子传即陆师道，文徵明之门生）过访，遂汲泉煮而品之，真一段佳话也。徵明制。"另外一幅是嘉靖十三年（1534）文徵明绘《茶具十咏图》（现藏北京故宫博物院）。图绘青山之下郁树成荫，两间茅屋在藩篱之内，主人趺坐于室内，书、壶伴其左右，另一间屋内侍茶的童子正在煮水。后款署："嘉靖十三年，岁在甲午，谷雨前三日，天池、虎丘茶事最盛，余方抱疾，偃息一室，弗能往与好事者同为品试之会。佳友念我，走惠二三种，乃汲泉吹火烹啜之，辄自第其高下，以适其幽闲之趣。偶忆唐贤皮陆辈《茶具十咏》，因追次焉，非敢窃附于二贤后，聊以寄一时之兴耳。漫为小图，遂录其上。衡山文徵明识。"说的是，这年谷雨前三天，苏州的天池、虎丘等地举行茶叶品评盛会，作者因病未能参加，其好友送来几种好茶，于是令小童汲泉、吹火、煮茶，自斟自饮，自己品评茶叶之高下，自得其乐。不禁想到唐代诗人皮日休、陆龟蒙等人咏茶诗，于是缅怀他们，唱和追咏十首。

文徵明上述三幅关于茶事的画前后相隔十余年，从三幅画图及诗文题鉴得知，从惠山茶会三五知己到虎丘茶叶品评盛会群英荟萃，可以看出文徵明的茶艺之博之精达到了新的境界。文徵明仲子文嘉晚年曾创作《天下第二泉图》，纸本，纵 33 厘米，横 167 厘米。无锡望族华氏旧藏，华氏家族后人无偿捐献给无锡博物院。文嘉此作为青绿着色，行笔松秀稳实，皴染秀润，画境幽淡。款署："天下第二泉图，万历辛巳三月三日，茂苑文嘉写。"全卷由六段合裱而成，内容计有秦宝瓒"天下第二泉"题字，文嘉设色《二泉图》，李梦阳、吴宽诗卷，秦金、邵宝、张衮诗及跋，吴炯、秦宝瓒题跋等。装于卷首的"天下第二泉"五字原为赵孟頫手书，已遗失，今为秦宝瓒补书。文嘉此作深受父亲影响，对无锡惠山泉情有独钟。《天下第二泉图》是对文徵明《惠山茶会图》的最佳唱和。

读《惠山茶会图》能悟出无锡茶事的哪些道道儿呢？还是聚焦于画卷细节吧！图左边人物正在备茶，茶桌上摆放着精致的茶具，一位文士拱手招呼同道，摆茶的小童正在张望茶客，蹲着烹茶的小童在观察炉中火候。茶桌上摆放的茶具是阳羡紫砂吗？据资料介绍，此图作于明正德年间，用紫砂壶泡茶之风已悄然兴起。亭子是整个画面的中心，亭子下的那口井无疑是著名的"天下第二泉"，井栏边两位文士对坐，一位展卷，另一位凝视井中二泉。图右边的山径上，正在林间散步的两位同道茶客边走边聊，其主题不言而喻当然是品茶评泉，惠泉水与阳羡茶当属佳选。

可见，文徵明《惠山茶会图》中蕴含着无锡茶事三杰：泉、壶、茶。五百年后笔者做这样的解读并非牵强附会，早在宋代，大文豪苏东坡就向人荐云："雪芽为我求阳羡，乳水君应饷惠泉"，不禁吟唱出"独携天上小团月，来试人间第二泉"的赞美诗句来。不言而喻，文徵明、苏东坡虽是不同历史时期的艺术大家，但他们有一个共同点就是都钟爱茶，都在他们各自的艺术作品中反复品茶、咏茶。所以，文徵明在《惠山茶会图》中倾情描述在惠山会友品泉、品茗、吟诗就不足为奇了。因此，笔者从读图谈及图中之泉、壶、茶，由此引发读者关注无锡茶事三杰也就不为过了！所谓无锡茶事三杰，即名泉、名壶、名茶是也！

名泉，古无锡惠山多清泉，历史上有“九龙十三泉”之说。位于惠山寺附近的惠山泉水，含矿物质少，水质优良，甘美适口，系泉水之佼佼者。其原因是惠山泉水经过岩石裂隙时过滤了流淌的地下水，水中杂质多数已在渗滤过程中除去。唐朝大历末年（779），无锡县令警澄派人开凿而成此泉。惠山泉水源于若冰洞，呈伏流而出成泉。泉池先围砌成上、中两池。上池呈八角形，由八根小巧的方柱嵌八块条石以为栏，池深三尺余。池中泉水水质很好，水色透明，甘洌可口。中池紧挨上池，呈四方形，水质清淡，别有风味。唐朝陆羽在他所著《茶经》中排列名泉二十处，无锡惠山泉位居第二。另一位品泉大家刘伯刍认为：“宜于煮茶的泉水有七眼，惠山泉是第二。”此后“天下第二泉”之名为历代文人名流所公认。惠山泉畔建有“二泉亭”，泉池旁的大石上镌刻着“天下第二泉”五个大字，是元代著名书法家赵孟頫所题。

名壶，宜兴紫砂则始创于明代正德年间。明代周高起《阳羡茗壶录》记载，紫砂壶首创者相传是宜兴金沙寺的一位寺僧，他选紫砂细泥捏成圆形坯胎，加上嘴、柄、盖，放在窑中烧成。明代嘉靖、万历年间，出现了一位紫砂工艺奇人龚春（供春）。龚春幼年曾为进士吴颐山的书童，他天资聪慧，虚心好学，随主人于宜兴金沙寺陪读，闲时常帮寺里老和尚抟坯制壶。另一说宜兴紫砂始于宋朝，北宋文学家欧阳修《和梅公仪赏茶》诗云：“喜共紫瓯吟且酌，羡君潇洒有余清。”1976年宜兴鼎属镇地区发掘出一座宋代龙窑窑址，出土了许多紫砂陶残器，发掘的实物和文献记载似乎都互相印证。紫砂壶工艺发展至今得益于优秀传统，经久不衰。一般说来，宋代时兴抹茶，而至明中期以后则使用叶茶了。特别是用紫砂壶泡茶，冬日沸水注入不裂，把玩不烫手；用紫砂壶沏茶，得茶之真香真味，使人回味，且泡茶暑天越宿不馊；用久后壶色光泽古润，外如紫玉。明清以降，紫砂工艺名家辈出，又有文人加入设计制作，令紫砂壶之气韵更加独特文雅。

名茶，古时称之为“阳羡贡茶”“毗陵茶”“阳羡紫笋”“晋陵紫笋”，早在三国孙吴年代就名驰江南，据《宜兴县志》载："离墨山在县西南五十里……山顶产佳茗，芳香冠他种。"到了唐代，陆羽在他的《茶经·一之源》中记道："阳崖阴林，紫者上，绿者次，笋者上，芽者次。"陆羽在品味了高僧进献给太守的佳茗后，以为"阳羡茶"确是"芬芳冠世产，可供上方"。从此，"阳羡茶"被选入贡茶之列，有"阳羡贡茶"之称。阳羡茶不仅为帝王御贡，文人士大夫也醉心于此，历代文人墨客代不绝咏。陆羽往返于长兴、义兴之间，著有《茶经》。白乐天、卢仝等都有诗作咏阳羡茶，卢仝的"天子须赏阳羡茶，百草不敢先开花"，成为阳羡茶的代言佳句。

历览前贤，痴情于无锡茶事三杰"二泉水、紫砂壶、阳羡茶"者不乏其人，上至帝王将相，下至布衣骚客。古人论茶时常说的"水为茶之母"，说的就是"若无好水，茶味皆失"的道理。最典型的是清代康熙皇帝、乾隆皇帝数次南巡，对惠山泉的名位颇有微词，但终因自唐代陆羽评为天下第二泉，历代总体认可，不是第一亦为第二，虽皇帝也未能撼动。不仅如此，乾隆皇帝对惠山泉也曾品评，除水之颜色、味道外，还有质量指数，以水轻者为优。据说乾隆就是以此来评判各地泉水，称惠山泉水"鸿渐真识味"，"惠山酒泉天下闻，陆羽品后伯仲分"。比起金山、虎跑、虎丘诸泉水，乾隆皇帝对惠山泉是比较偏爱的，加之听松庵有竹茶炉，有竹炉图卷，其吸引力就比其他地方的泉水大大增强了。乾隆皇帝第一次南巡到惠山，就留下《咏惠泉》的赞美诗句："石甃淙云乳，何从问来脉。摩挲几千载，涤荡含光泽。澄澈不受尘，岂杂溪毛碧。鸿渐真识味，高风缅畴昔。"

古人对惠泉水运送十分讲究，清黄印《锡金识小录》记载，泉以罂瓶挈至远方，必取山中石子置其中，虽历久而味不败。盖石性坚重，能淀浊，理固如此，故黄山谷《谢黄崇善寄惠泉》诗云"锡谷寒泉撱石俱"。惠山泉之所以名闻天下，还在于历代文人骚客品泉游玩，题咏不绝，形成深厚的文化积淀。众所周知，苏轼在这里留下了"独携天上小团月，来试人间第二泉"的佳句。元谢应芳在其诗《寄题无锡钱仲毅煮茗轩》

中云："三百小团阳羡月，寻常新汲惠山泉"；他的另一首《答惠子及送泉书》诗云："龙山只在片云间，不到山中四十年。多谢故人知渴想，瓦瓶封寄煮茶泉。"明文徵明有一首《煮茶》诗云："绢封阳羡月，瓦缶惠山泉。至味心难忘，闲情手自煎。地炉残雪后，禅榻晚风前。为问贫陶谷,何如病玉川？"可见在古人的咏泉咏茶诗中,早已将"阳羡茶""惠山泉"作为最佳配搭。文徵明的"绢封阳羡月，瓦缶惠山泉。至味心难忘，闲情手自煎"，道出了他对惠山泉与阳羡茶的痴情留恋。

无锡茶事有别于他乡的另一个原因，大概就是名闻遐迩的惠山寺听松庵高僧"竹炉煮茶"的故事。据《无锡金匮县志》记载，明洪武二十八年（1395），惠山寺听松庵高僧性海请湖州竹工编制了一个竹炉，性海高僧以竹炉煮惠山泉泡茶，招待四方游赏的文人骚客。性海好友无锡画家王绂应邀为之作《竹炉煮茶图》，并题诗云："寒斋夜不眠，瀹茗坐炉边。活火煨山栗，敲冰汲涧泉。瓦铛翻白云，竹牖出青烟。一啜肺生腑，俄顷骨已仙。"性海还请当时的文人名士题跋，特别请大学士王达撰写《竹炉记》，并装裱成《竹炉图咏》，与竹炉一起由听松庵收藏，一时传为美谈。后因竹炉流失，无锡词人顾贞观重新为竹炉山房复制了一只竹炉，并撰写《重制竹炉告成志喜》一诗。自此以后，惠山寺听松庵的竹炉成为无锡茶事乃至海内茶事的美丽佳话，为历代文人墨客所唱咏。

沈贞（1400—1482），明代长洲（今苏州）人，名画家沈周之伯父。工诗文，善绘事，曾经绘《竹炉山房图》立幅（现藏于辽宁省博物馆）。画面工整精美，描写清泉绕山石而过汇成山下小溪。山坳中郁郁葱葱的竹林，三面环抱山房，幽雅宜人。室内二老者对坐畅饮，室外一童子站立炉旁拂火温酒。画轴右上角楷书题："成化辛卯初夏，余游毗陵，过竹炉山房。得普照师（留）酌竹林深处，谈话间出素纸索画，余时薄醉，挑灯戏作此图，以供清赏。南斋沈贞。"左上角有乾隆皇帝七言律诗一首。乾隆皇帝南巡至无锡，游惠山寺见竹炉极为喜爱，反复观赏，并命苏州竹工仿制两只带回京城。乾隆皇帝青睐竹炉不仅在于其外观，还从儒、道、释合一的文化层面进行参悟。茶、诗、禅一体，“胡独称惠山，诗禅遗古调”（《仿惠山听松庵制竹炉成，诗以咏之》），乾隆甚至从中参悟到了生与灭的道理。乾隆喜爱竹炉山房，咏唱了像《汲惠泉烹竹炉歌》等好几首有关听松庵竹炉的诗。

我们再将视线回到文徵明的《惠山茶会图》。画中茶桌上摆放着的茶壶、茶罐等，应该是紫砂器了。紫砂壶的兴盛应该在明代，尽管紫砂陶艺的历史可以追溯到唐宋，但只有自明代散茶的兴起以及撮泡法的流行，才能让实用功能好的紫砂壶真正流行，从工匠到文人雅士都先后加入到设计和制作中来。明代的诗词绘画里可以见到紫砂的影子，如文徵明“旋洗砂罐煮涧澌”、徐渭的“紫砂新罐买宜兴”等诗句就是最好的诠释。明代中期画家王问的《煮茶图》里出现的放在竹炉上煮的紫砂提梁壶，与后来在南京中华门外马家山明代司礼太监吴经墓出土的紫砂提梁壶非常相似。该壶高 17.7 厘米，口径 7 厘米，胎质近似缸胎，而质地较细，壶面有缸坛飞釉，球腹，腹下部稍敛，平底，弯流，流与腹衔接处贴塑四瓣柿蒂形纹饰；圆角四棱的提梁近似桥形，转折处为倭角，后部有一拴绳子小系。壶盖背面有简单的十字形筋。壶型严谨，做工规整。这是目前唯一有确切纪年可考的嘉靖早年的紫砂器。王问晚年隐居在惠山听松庵，对惠山寺竹茶炉煮泉水泡茶会客的场景非常熟悉，其《煮茶图》中三个茶人一起喝茶的情景栩栩如生。右边端坐在蕉叶上的茶人手拿铁箸，正在往炉口拨炭烧水，图中四方形的竹炉与文徵明在《惠山茶会图》中的竹炉形制相似，而在茶炉上的高身筒壶，则与王问《煮茶图》中的那把提梁壶不同，但不管怎样，这都是受惠山竹炉煮泉水泡茶的影响。

行文至此，我们对文徵明《惠山茶会图》描述的茶会情景中所披露的有关茶事三要素——惠山泉、阳羡茶、紫砂壶应该是没有异议了。明代以来，随着江南一带商品经济的高速发展，随着不同利益阶层纷争的加剧，文人士大夫为了逃避纷争而归隐山林，孤居书斋茶室，他们纵情于琴棋书画，钟爱品茗雅集，渐渐成为隐逸文化的一个重要标志。文徵明的《惠山茶会图》确实是一道视觉盛宴，它忠实地记录了作者与朋友们惠山茶会的幽雅场景，给后人留下无限遐想。

古人善饮茶，高士文人隐居山林，以品茶畅怀悦神，遣寂解忧；借茶事师法自然，道心天地。这是江南传统文化的一个鲜明特征，这个特征表现在生活的艺术化和艺术的生活化之过程中，它们并不是一种单纯的生活样式，而是消遣时光滋养心灵的一种方式。这样浸润着人本文化的生活方式一自横空出世就自带光环，成为江南文化的特有现象。无论是达官贵人还是文人雅士甚至商界巨贾，都为之倾倒。

千百年来，无锡茶事之泉、壶、茶历久弥新，享誉海内外。泱泱华夏，九州之内寓名泉、名壶、名茶于一地，恐怕难有他城。一座城池有如此灿烂的文化遗产，有如此深厚的茶文化积淀，是上苍保佑，更是吾辈之福矣！

2020 年 10 月

惠山寺听松

庚子仲秋，无锡云门在惠山二泉书院积书岩挂牌揭幕，云门主持邀请锡沪同好相聚。秋风送爽，山泉叮咚，品茗赏帖，谈古论今，颇有一番情趣。在此期间，西泠印社理事、海上金石名家唐子穆先生展示介绍其携带的金石拓本：东汉摩崖刻石《杨淮表纪》清拓本（周湘云旧藏）；东汉《张迁碑》清拓本（杨见山、龚心钊旧藏，杨见山、童大年跋）；东汉《礼器碑》清拓本（周退密旧藏，周退密跋）；《惠山寺听松》（张廷济、桂馥、翁方纲考跋刻石）等，为揭幕雅集增光添彩。尤其引起同好关注的是那件与惠山寺相关联的拓片《惠山寺听松》。这件拓片非惠山寺听松石原拓，而是记录了清嘉兴金石家们的一段金石之缘，读来趣味横生。

惠山寺位于无锡惠山古镇，始建于南北朝，距今已有一千五百余年历史。除古寺外，有听松石床、古银杏树、御碑亭等名胜古迹。听松石床在惠山寺大殿古银杏树旁听松亭内，石长 1.99 米，阔 0.78 米，高 0.56 米，是一块表面平坦光滑的长方形大石。石质坚润，呈暗紫色，一端翘起，可坐可卧，故名石床。南面一端镌有篆书“听松”二字，据明洪武《无锡县志》记载为唐代著名书法家李阳冰所书。“听松”二字旁的楷书题记，传为张回仲贤所写。至于“张回仲贤”何许人，与惠山寺有何关系，何以在“听松”旁题写，则无人记载，无从查考。文字尚依稀可辨，其略云：

松石相望于十步外，不知几何时合而相从，理若有符。政和甲午，睢阳张回仲贤始移而置之。可以盘礴，可以偃仰，遂为兹山登临胜处，至者当自得之。惟勿迁、勿伐，俾勿坏。同来者六人：□（漶一字）州李永久中、广陵俞光祖庆长、汝南何安中得之、□（漶一字）中将之、寺僧奉仙。六月丙午。

在听松石之上部镌有南宋嘉熙三年（1239）赵希衮所书三行，每行七字，共二十一字：“嘉熙己亥岁处暑日，止泓赵希衮携家过此，与諱侍行。”

2005年10月19日，锡惠名胜区在石床西壁新发现了一处清代光绪年间的题刻，共十余行，六十至七十余字，字大5×4厘米见方，自右至左竖排，阴文行楷，字迹清楚的仅十余字，其他均漫漶不清，有的已严重风化剥落。经仔细辨认并结合史料研究，试读出近五十字。题刻文字如下：

光绪三十年，岁次甲辰十一月廿一。常州守（漶一字）化许星璧，阳（漶四字）王念祖，招游惠山，观李少温书听松字。同来者为新建（漶若干字）黄（漶一字）复（漶若干字）赵（漶若干字）。椿林（以下空缺字及行数不明）题记。

古时以石为美，以石为名。《红楼梦》以女娲炼石补天遗留的一块天外飞石开篇，假石以传世。无锡惠山寺听松石，本是世间普通之物，然历千年风雨，遂成为驰名的江南奇石之一。《锡山景物略》记载：石床原在惠山寺大雄宝殿前，当年石床旁有两棵古松，大围三人，小围二人，周围都是松林，每逢秋冬，常有松果掉落石床上发出咚咚声响，于是成了文人雅士观赏山景、谛听松涛、吟诗作画之所。明正德年间，石床才移今所。王澍《竹云题跋》卷三云：

按《锡山志》，慧山寺有石床，在殿前月台下，长可五尺，广厚半之。上平，可供偃仰，故名石床。顶侧有“听松”二篆字，传是唐李阳冰笔，苍润有古色，断非阳冰不能。唐皮日休诗“殿前日暮高风起，松子声声打石床”是也。雍正六年三月，余率同志往拓此书，一时观者列如堵墙。盖尘埋经久，莫有过而拂拭者。骤见捶拓，故遂惊为盛事也。右有楷跋十数行，日久磨蚀，不可复识，怅悒良未有已。

子穆先生所展示的《惠山寺听松》张廷济、桂馥、翁方纲考跋刻石，“听松”二字与原石刻字惟妙惟肖，其余所刻唱和文字为：

1. 李监书多重刻，惟此与颜氏家庙碑额是原迹。桂复（馥）记。

2. 题听松二篆书石本，用松陵诗韵。一瓣拈来悟妙香，九龙山下旧莲塘。何年倒薤青苍气，点点松花印石床。乾隆甲寅六月。方纲。

3. 道光二十三年□□四月十八日归自扬州复游慧山寺，儿邦梁、孟坚。

4. 海盐侄辛受之拓得唐李少监听松二篆字。又试人间第二泉，登登声里放茶颠。载将两字舟归去，一路清风对榻眠。江北江南几问途，无端白尽旧髭须。从今只向松声听，眉寿还成第二图。仪征相国师近贻眉寿图，拟用是拓图作听松侍杖。

5. 石门画友蔡鹿宾重摹听松字，甲辰四月十六日。第二泉边篆二字，大江以南无第二。我来山寺辄摩挲，此行尤喜见侄待。御儿蔡侯画中仙，见之喜作春风颠。要辛重摹入佳石，书来更索新诗篇。我生本殊众耆好，不爱花娇爱松老。苍髯叟面闻重开，何异商山集华皓。儿翁洞古仙云封，般若台高海气重。何如听此风谡谡，坐梦北固南朝松。嘉兴七十七岁老者张廷济叔未甫。

6. 竹罏谁者鬻茶香，几泊轻舟九龙塘。两字相斯重对面，六朝松色满书床。嘉庆辛酉第二次过惠山寺之作，道光甲辰重录。廷济。

可见，复刻听松并唱和者皆为清代金石家，除张廷济（1768—1848，字叔未，号未亭）、翁方纲（1733—1818，字正三，一字忠叙，号覃溪，晚号苏斋）两位大名家之外，还有桂馥（1736—1805，字未谷，一字东卉，号雩门，别号萧然山外史，晚称老苔，一号渎井，又自刻印曰渎井复民。山东曲阜人。训诂学家、书法家、篆刻家）、蔡载福（字寅伯，号鹿宾，石门人。《墨林今话》潇洒轶群，工写花卉，得方兰士冷隽之致。尝集清初乾嘉道时诸画家之书，搜罗殆遍，倩海盐张受之辛摹勒上石）、张受之（张廷济侄亲，深研金石考据之学，并擅书画篆刻，尤喜作铭辞镌刻于器物之上。“听松”二字由受之勒石不能不说是一大幸事）等人。

据《张受之传略》记载：明杨忠愍公《谏马市》《劾严嵩》两疏草稿合一卷，藏容城县故里，曾有旧石刻，年久风化，难以辨认。几百年来官畿辅者终恐湮沦，引为叹恨。道光丁未春，嘉兴布衣张辛字受之者，过松筠庵，住持僧明基，字心泉，以受之以文字相差。商谋将两疏合卷墨迹勒石，受之慨然曰“是吾事也”。受之移寓庵庐，钩墨朱奏刀，殚竭心力，遇涂乙混淆及楮墨霉毁处，侧睨凝谛，眦裂泪出，腕指操纵，如挟千钧之弩，持满不得发。邑人数过觇之，为忽喜忽愕，不能注视。逾阅岁时，忘寒与饥，讫戊甲春二月杪而事竣。呜呼，刻石小技也。得忠良遗墨，思永其传，常情也。独此两疏合卷，几百年来，人所畏难束手者，受之不待求请，不希惠利，神志勃发，克日告成，盖其古直之性，坚定之力，兼以沉酣金石厌俗耽古之功，赴义若的而任事有成，故臻此也，岂徒其艺之精哉！嘉兴金石同好者以受之刻石听松，为听松刻石又一佳话也，观刻石拓片更觉其艺之高，神完气足，至诚至精也。

不久前，笔者从雅昌艺术拍卖网上还看到吴昌硕题跋的《听松》原拓图轴，其钤印款识：

1. 玉虬瘦缩丹瑑鲜，之二字与怡亭铭用笔颇不类，无怪甘溪雷先生疑非阳冰书也，惠山深处题字不止于此，如万壑松涛，如石径飞泉，皆篆文皆阳冰书，暇日当从吾梅崖观察一搜访之。甲辰深秋，吴俊卿，昌硕。

2. 惠山面蓉湖，石床枕流泉。阳冰古篆文，苔藓封千年。雷雨龙奋身，爪鬣虬蟠烟。纸本不易得，得者夸奇缘。况兹劫前拓，翠墨留新鲜。临池忆我公，如坐松风前。瘦羊先生命题即正。乙酉二月杪，昌石，吴俊。钤印／吴昌石（白）

3. 棱迦山民草书。钤印／偶然（白）

4. 生三兄以为然否，弟雷浚。钤印／山雷山人（朱）

5. 生仁兄题此并记以俟弟。刘启芬。钤印／刘（朱）

6. 中立。钤印／梅（朱）钤印／苍石（白）

藏印：长沙潘钟端生所得（朱）；顾曾寿（白）

吴昌硕等对“听松”石刻二字颇有兴趣，挥毫写下大段题跋。钱君匋藏吴昌硕另一诗笺墨迹，写及“听松石”。如《芙蓉泛舟，晚泊惠山》：“芙蓉西去夕阳贫，屿蓼汀葭刺眼新。明月笑留襟上酒，柳枝闲惹袜边尘。池香赤鲤吹泉眼，篆古青虬舞石唇。安得老僧重爱客，竹炉茶味意相亲。”这首诗描绘了吴昌硕曾夜泊惠山，观瞻“听松石”之情景。西泠又一大家黄易也曾临“听松”二字，并题跋说：“无锡慧山寺殿前石床侧有此二篆，相传是唐李阳冰笔。家有拓本，失而复得。王虚舟《竹云题跋》云篆右有楷字十数行，不可不见。仰借庚实兄成此古缘也。”

综上所述，惠山寺旁听松石上“听松”二字，引得历代文人骚客及金石家们乐此不疲，如翁方纲、黄易、张廷济、吴昌硕等摹刻唱和，成为金石学界一段奇观佳话，不仅是金石文字之乐，也为“听松”二字相关联的诗词歌赋所感召。

《惠山听松庵》是唐代皮日休创作的一首七言绝句，诗曰：“千叶莲花旧有香，半山金刹照方塘。殿前日暮高风起，松子声声打石床。”皮日休（834—883），字逸少，改字袭美，晚唐著名诗人。襄阳竟陵（今湖北天门）人，隐居鹿门山，自号鹿门子。后寓居无锡，与陆龟蒙、魏璞等漫游当地山川，留下太湖诗二十章和其他一些纪游诗篇。此诗为隐居惠山时所作。

听松庵在今锡惠公园内听松亭后，为著名古迹，《锡山景物略》记载：“庵之胜迹最多：绣岭亭故址，一也；双古松，二也；石床，三也；松风阁，四也；王中秘孟端画壁，五也；竹茶垆，六也；千金絫趾亭，七也。”今尚存听松亭、石床、竹垆山房和王绂画壁等。诗中所说的千叶莲花是一种名贵的莲花，五月开金黄色花，蕊心红色，俗称金莲。相传为南朝一高僧所栽，后来高僧服食金莲，不日在池中坐化成仙。彼时的惠山，植被以松树为主，而非今日之香樟。

著名民乐家阿炳有二胡名曲《听松》，抢救阿炳音乐的杨荫浏先生在《乐曲说明》中写道：阿炳自己曾就二胡曲《听松》做过一番解释，称这首乐曲描写的是与岳飞交战后的金兀术走投无路，躺在听松石上倾听宋朝兵马声时的紧张心态。所以，“听松”也为谐音“听宋”。

不久前笔者曾见某书法杂志刊文考据“听松”二字是否出于李阳冰手笔，这如同后人争辩听松之声究竟是松林风涛还是松树落子声一样无趣了。还是看看清代乾隆皇帝的玩法吧，其《惠山听松庵用竹炉煎茶，因和明人题者韵，即书王绂画卷中》诗云：

才酌中泠第一泉，惠山聊复事烹煎。

品题顿置休惭昔，歌咏膻芗亦赖前。

开士幽居如虎跑，舍人文笔拟龙眠。

装池更喜商邱荦，法宝僧庵慎弃全。

今日之听松亭上匾额所书“听松亭”三字为已故著名学者梁溪人氏冯其庸先生题写。据子穆先生介绍，他所展示的这件《惠山寺听松》张廷济、桂馥、翁方纲考跋刻石拓片是孤本，复刻听松勒石早已无从查找。这是他在购得《旧拓嘉兴先贤刻石三种》时竟发现本子里还夹着这件拓片，真是缘分，天赐宝物！我等因唐先生有心携带此件宝物来惠山寺相聚，方才让参加云门揭牌雅集的诸位同好有如此眼福。在座梁溪味绿居主人观之无限感慨，特向同座惠山寺风景区的主管建议是否可以在听松石床亭旁再将《惠山寺听松》复刻立碑，让更多的人了解听松复刻及其相关诗文唱诵的故事。古人为名山无名氏石刻文字借托大名家传世已属惯例，时至今日，我们不必再去为“听松”二字是否是李阳冰所书考证；也不必再去辩解听松之声是惠山寺旁松林的松风之声，还是惠山寺旁松树上掉下来的松果撞击之声。往来游者，有能感慨于此，像皮日休那样写出更多精彩的作品，像张廷济、翁方纲、黄易、吴昌硕等金石家们能有更多精彩的金石文字唱和，足矣。

呜呼，惠山寺旁听松石床区区“听松”二字为历代文人墨客所唱诵，可见金石文字之美；惠山寺及惠山楼宇古迹众多，仅“听松”二字就引起无数游人和文人墨客无限遐想，可见永远是内容为王。反观今日之一些新建寺庙楼宇，规模之巨足以让古人难以比肩，但其内容空泛却不能不令人汗颜矣！

2020 年 9 月

独醉江南

读今年10月29日《南方周末》刊登的文章《中国34城公共空间体验榜》，2019年无锡公共空间体验排名第25位，GDP排名第13位。包括北上广深在内的34个城市公共空间体验榜单指标模型为：消费购物体验30%（购物丰富度、消费者满意度），文化空间体验30%（文化艺术空间丰富度、公共图书馆人均藏书量、星级酒店数量），绿色空间体验15%（人均公园绿地面积），交通出行体验25%（万人公共汽车保有量、千人地铁线路长度、机场吸引力）。《南方周末》城市区域研究中心尝试通过量化评估模型呈现中国城市的能级水平和体量，榜单显示出各大城市在经济、文化资源等方面的优势与差距。文明城市检查遇到的挑战是前所未有的，如何实现经济增长方式与公共文化空间体验的平衡；如何优化城市文化空间的体验值，吸引更多优秀人才，提升城市的文化吸引力和产业竞争力，这是一个近期和长远都不可回避的问题。由此联想到无锡历史上曾经有过的文化自觉，觉得对当下无锡文化的振兴发展、无锡城乡文明的建设状况不无可借鉴之处。

无锡曾被誉为“小上海”，主要在于其依托上海而蓬勃发展的工商业，工商名城是无锡最有影响的名号，无锡人也颇以此为荣。但历史上无锡除了工商业发达之外，还在文化、艺术、教育及社会生活诸方面都有独到的建树，有些方面往往开风气之先，值得关注。

一、花道：梅花蕙兰

以荣氏家族为例，荣家不仅为工商业巨子，而且在文化教育及公益事业等方面也有可圈可点之处。荣氏创建的梅园是其“为天下布芳馨”思想的外化体现，梅花精神正是荣氏创业精神的内核。梅园始建于1912年，经多次扩建，目前占地70多公顷，植梅三百多个品种。它以梅文化为引领，坐北朝南，倚山面湖，契合自然，生态构园，宛如天成。荣德生造园的想法，萌生于1906年游苏州留园以及后来到苏州邓尉山赏梅。荣德生认为，办实业须具有梅花之风骨，不畏严寒，坚韧不拔。据他自述，民国元年（1912），“余兴致甚旺，至乡或在厂，与吉人叔、鄂生叔计划社会事业，决定在东山购地植梅，为梅园起点”。“万花敢向雪中出，一树独先天下春”，荣先生创建梅园之眼光远在同时代人之上。1933年10月15日《新无锡》刊载锡山通讯社记者对他的采访云：“荣德生尝与人谈，若建设风景区，盛理名胜，既能吸收外埠来锡人士之金钱，且工商业尚有失败之虞，名胜却无失败之日。试观浙江之西湖名胜，历久勿衰。”荣氏家族植梅有如此义举，本埠不少乡贤养兰也是这样，真有异曲同工之妙！

无锡自清末民初以来，兰艺活动、兰艺理论和兰艺品种培植都走在全国前列。民国时期，无锡地区兰事活动频繁，据当时报刊刊登兰展统计：从民国七年（1918）三月二十日《锡报·公园兰花大会启事》起，《锡报》《小锡报》《新无锡报》报道无锡地区举行兰展就有七次，最后一次为1947年。无锡地区有一位著名兰艺大家杨六笙先生，《锡报》“艺兰琐言”专栏记载：“（杨六笙）性爱兰蕙，搜集名花至数百十种，罗置一室。每当春季着花之候，杨君日夕相对，爱护备至，因自号曰兰癖，又名梦兰居士，名震江浙。”艺兰家沈渊如被称为兰界一代骄子，号称“江南兰王”。他节衣缩食，甚至变卖家财，将一些濒临灭绝的兰蕙品种搜集培养，加以保护，令人敬佩。从某种意义上看，无锡也以一座梅园、一盆蕙兰而名闻天下，解放以后朱德元帅曾来无锡品兰，周恩来总理专程来梅园赏花，这应该是最好的注解。

无锡花道除梅花、兰花之外，惠山寺和薛家（薛福成）花园的菊花也都名闻遐迩。

二、乐道：清工名曲

无锡曲局一般认为创设于明末天启、崇祯年间，其后承传有序。晚清民国，虽昆曲、二胡等国乐普遍处于衰微之期，但在无锡仍然繁盛活跃，在曲理、曲唱、曲乐和曲奏诸方面更是出现了像杨荫浏、华彦钧、刘天华等中国传统音乐大家。

自有昆曲伊始，始终保持两种呈现方式：清曲、剧曲。剧曲，是戏曲表演，重在唱念做打；清曲为文人清唱，重在腔格声律。曲局等文人结社专攻清工，在继承传统和弘扬中华文化方面有着无可替代的作用。无锡历来是昆曲重镇，文人骚客及民间好风雅者结群唱聚，乡贤望族蓄养家班，历经数百年未见中断，所谓"舟过梁溪莫唱曲"就反映了无锡曲局的地位。无锡曲局以天韵社最为著名，从吴畹卿到杨荫浏，他们周围聚集了一批有志于传统文化艺术的研究者和传播者，在他们的召唤下，又出现了华秋苹、华彦钧、刘天华等一批民族音乐的杰出人才。华彦钧的《二泉映月》、华秋苹的《南北二派秘本琵琶谱真传》、杨荫浏的《苏南十番锣鼓》、曹安和的《文板十二曲》、刘天华的《光明行》等传统音乐经典在同一地区、同一时期相继出现绝非偶然。无锡及无锡曲局当属中国传统音乐的高地，从中国传统音乐史的角度理解和观察，假如没有天韵社就没有杨荫浏，没有杨荫浏就没有阿炳名曲《二泉映月》存世，也就没有世界著名指挥家小泽征尔所说的"此曲需要跪着听"的名言。

三、茶道：泉茶竹炉

千百年来，无锡之泉、壶、茶享誉海内外。泱泱华夏，寓泉、壶、茶“三杰”于一地，恐怕难有他城。名泉，位于惠山寺附近的惠山泉，唐朝陆羽《茶经》品评天下名泉，无锡惠山泉位居第二。名壶，宜兴紫砂壶，据明代周高起《阳羡茗壶录》记载，明代嘉靖、万历年间，出现了一位紫砂工艺奇人龚春，自此宜兴紫砂工艺发展名家辈出。名茶，阳羡茶，古时就称之为阳羡贡茶，驰名江南。陆羽在品味后，以为阳羡茶确是“芬芳冠世产，可供上方”。

历览前贤，痴情于无锡茶事三杰“二泉水、紫砂壶、阳羡茶”者众。无锡茶事有别于他乡的一个原因，大概就是名闻遐迩的惠山寺听松庵高僧“竹炉煮茶”了。据《无锡金匮县志》记载，明洪武二十八年即1395年，惠山寺听松庵高僧性海请湖州竹工编制了一个竹炉，高僧以竹炉煮惠山泉泡茶，招待四方游赏的文人骚客。性海好友无锡画家王绂还应邀为之作《竹炉煮茶图》，请大学士王达撰写《竹炉记》，并装裱成《竹炉图咏》，与竹炉一起由听松庵收藏，一时传为美谈。后因竹炉流失，无锡词人顾贞观重新为竹炉山房复制了一只，并撰写了《重制竹炉告成志喜》一诗。自此以后，惠山寺听松庵的竹炉成为无锡茶事乃至海内茶事的风雅佳话，为历代文人墨客所唱咏。乾隆皇帝南巡至无锡，见了惠山寺竹炉极为喜爱，派人复制带回。乾隆皇帝对惠山寺竹炉情有独钟，可以从儒、道、释合一的文化层面进行解读。“胡独称惠山，诗禅遗古调”（《仿惠山听松庵制竹炉成，诗以咏之》），茶、诗、禅一体，乾隆皇帝甚至从中参悟到生与灭的道理。这也正是惠山寺性海高僧对茶禅文化精髓的觉悟所在。

四、学道：重教兴文

明东林书院以降，无锡以“经世致用”人才培养为主流。数百年来，无锡兴办教育、广育人才，可谓开一代新风。

在无锡文化教育史上，明代具有突出的地位。据史料记载，明代无锡科考进士人数达263名，位居全国第三。鸦片战争后，西方资本主义入侵，传统文化的生存和发展遭遇前所未有的危机。光绪三十一年（1905），清政府实施新政，废科举，兴学堂，无锡东林书院改为东林学堂。这一时期，无锡先后出现了不下十家公办或私人创办的新式学堂，并涌现了不少大家，如文史学家钱基博、钱海岳、钱穆等，民众教育代表人物高阳、俞庆棠等。

经学大师唐文治创建无锡国学专修馆，为中国传统文化教育的传承和发展培养并保留了一批优秀的国学种子。他“以救正人心，复兴中国文化，发扬民族精神为本”作为办学宗旨，实际上也是源自唐先生传承、弘扬中国文化的一种“自觉精神”。1931年11月，国际联合教育科派遣唐克尔·培根先生来中国考察教育情况，他考察无锡国专后说：“这所学校是纯粹中国化的学校，中国固有文化仅赖此校一线维持。”著名学者陈平原说：“作为教育家，唐文治有眼光、有胆识、有信心，其独力支撑很不时尚的无锡国专，为二十世纪中国教育留下另一种可能性，值得尊敬与同情。”

五、画道：名家巨擘

历数无锡从古到今的画家，中国绘画史的每个阶段都有无锡画家的身影。自画圣顾恺之始，倪云林、王绂、邹一桂、王问、吴观岱、徐悲鸿、吴冠中等各领风骚。民国以来，无锡籍画家顺大势，融古今，汇通中西，再立新标。

无锡绘画源远流长，名家辈出。上世纪五十年代初，北京故宫博物院举办中国古代十大画家作品展，其中无锡籍画家占三位，即东晋顾恺之、元代倪云林、明代王绂。清末民初，无锡更是涌出一批近现代书画大家，包括吴观岱、胡汀鹭、贺天健、钱瘦铁、顾坤伯、杨令茀、秦古柳、钱松嵒等。

无锡籍画家中数倪瓒最具个性和历史影响力。倪云林，“元四家”之一，也是古代无锡籍画家的杰出代表。他原本出生于富豪之家，生活闲适，喜结雅士高人。后因遭遇大灾，社会动荡，民不聊生，他变卖家产，以船为家，驾一叶扁舟漂荡于湖上，开始了“不事富贵事作诗”的隐逸生活。上海博物馆所藏《六君子图》（倪瓒作于1345年），黄公望在画图右上角题诗云：“远望云山隔秋水，近看古木拥陂陀。居然相对六君子，正直特立无偏颇。大痴赞云林画。”明代著名画家、收藏家董其昌题跋云：“云林画虽寂寥，小景自有烟霞之色，非画家者流纵横俗状也。此幅有子久诗，又倪迂称子久为师，俱所创建，真可宝也。壬寅重九后二日观。”

台北故宫博物院藏倪瓒的《容膝斋图》（作于1372年），仅表现山水间一小亭、几棵枯树而已，反映了陶渊明《归去来兮辞》里的“倚南窗以寄傲，审容膝之易安”的意境。画面中，主人所居空间虽小，然心灵寄托于天地间，却无涯无穷，表达了倪瓒和光同尘，不为物欲所累，追求心灵自由的人生态度。倪瓒以简素之笔墨展示了丰富的内心感受和独立的人文精神，使他的同辈和后辈们难以摹写，更难以超越。正是倪瓒所具有的“非画家者流纵横俗状”，使他成为凛冽寒风中一棵屹立不倒的孤树。

有着独特自然资源和历史人文资源的无锡，在迈向新时代的进程中理应做得更好。无锡荣氏以办实业起家，实业发家后，又积极创办社会文化事业，经营城市，兴办教育。他们原本办的企业或许所剩无几，但他们实业救国和热心公益的自觉精神还在，无锡的梅园还在。文化的自信和自觉始终是无锡这座城市珍贵的历史遗产。回想过去丰硕的文化成果，如今生活在这座城里的人们，应该更加珍惜前人留下来的优秀文化，继往开来，发扬光大，不断增强自身的文化自信和文化自觉，让书香绵延，让文脉永续。

一个城市的发展，不仅要看GDP等硬指标，也要看文化教育等软实力。实业发展固然重要，文化强市更稳更远。如果一个城市的文化自觉和城市文明程度不高，发展要素不健全，城市生长发育的生态环境和公共空间就跟不上时代了！因此，增强城市的文化自信力，提高城市的综合文明素质，努力做好自己，发展自己，才会在新一轮竞争中脱颖而出。

2020 年 2 月

重识忍草庵

庚子冬，杨世缄先生通过林建先生转给我一封信及他撰写的《续修贯华阁志》复印件，谈了续修忍草庵的相关事情，情真意切。承蒙杨先生抬爱，我读后感动不已。杨世缄先生是我结识多年的老朋友，也可以说是忘年交吧。杨先生虽身在台北，但我们彼此之间交流不断，他对家乡的经济文化发展不遗余力地关心和帮助，着实让人更深切地体会到“两岸一家亲”的同胞情谊。

近年来，我几次到台北参加两岸文创交流时都有机会与杨世缄先生面叙。杨先生关心家乡的建设和发展，热心两岸的经济与文化交流。他以杨氏祖屋云邁园为平台，成功举办了两岸茶文化和梁溪旧影展等文化交流活动，令人感佩，印象深刻。当杨世缄先生得知政府拨款推进忍草庵、贯华阁修缮工程后，慷慨解囊给予支持，既体现了他对家乡建设一以贯之的关心，同时也秉承了其祖父杨味云当年重修贯华阁的风雅之举。杨氏祖孙薪火相接，传为佳话！

辛丑年春节过后，笔者与锡惠公园文化总监、忍草庵文物修缮项目负责人金石声，及云邁园艺文总监林建，云门主持草农等一行，于 3 月 3 日上午到惠山忍草庵实地察看。忍草庵位于清丽幽僻的无锡惠山东麓章家坞，掩映在半山腰绿树丛中，在苍松泉石间隐约可见。从“瞎子阿炳”

华彦均墓向西走，沿杜鹃园西侧围墙南行数百米，穿过公园花圃拾径而上，便可到达。

忍草庵占地面积4278平方米，建筑面积896平方米。其上有南泉，东北面锡山，东南为青山中学校区，庵内现存山门、天王殿、贯华阁、僧楼等建筑。贯华阁后有松苓泉，其北为大殿遗址，大殿遗址北有听松泉，两泉均清澈丰沛，终年不涸。天王殿中有碑三方，分别为乾隆二十七年（1762）《贯华阁庵田记碑》，民国十六年（1927）秦毓鎏撰《无锡县政府布告第276号碑》和同年孟恩培撰《忍草庵仁寿斋记》。贯华阁中有碑两方，为民国十四年（1925）杨寿枏撰、查而崇书《重修贯华阁记碑》和杨寿枏撰、杨建纶书《贯华阁香火记碑》。

石声兄对忍草庵的历史沿革了然于胸，颇有心得。他引领我等前行，边走边介绍贯华阁修复的过程和基本情况，如数家珍。2019—2020年间，由锡惠公园管理处主持对忍草庵整体大修，明确待修复工程结束后，由石声兄负责忍草庵的布置和启动工作。我们一行来到庵门口，沿着门前石阶踏步而入，举头仰望，周遭被层层山松环绕，对着庵门的是两棵挂着二百年树龄牌子的银杏，一粗一细非常明显，但均不失昂扬挺拔之气。庵内旧建筑遗存和一些残垣断壁除做必要的加固措施之外，修旧如旧，古雅之气扑面而来。右边是一栋两层旧楼，绕过楼房就是贯华阁了。

贯华阁东侧就是弹指堂遗址，墙基仍然可见。石声兄介绍说，本可在原址上重建，因为靠山坡太近，山林防护部门为安全考虑没有批准重建，只能作罢。现仅在遗址边上竖一块牌子加以说明。贯华阁为三层砖混结构小楼，底层在本次修缮时，添建东、南、西三面回廊，古色古香，东北角有一飞檐因与后面山崖太近，故折去一角。登木楼梯到三层阁楼，推开窗户放眼望去，锡山及龙光塔在蓝天白云之间清晰可见，山风徐来，心旷神怡，令人陶醉。我想如果是夜晚大概就可以看到月升东山的静美景观了，遂想到传说中“去梯玩月”的词家掌故：昔纳兰性德来游，与梁汾居士夜登贯华阁，观月抽梯，汲松苓泉，煮山茗，清谈竟夕，遥想清国词坛两位名角该是多么浪漫！这忍草庵、贯华阁地处惠山松石幽然之地，仙风避俗，难怪为历来文人竞折腰。我等从贯华阁下来，与石声兄交流如何进一步完善修缮工程，将忍草庵、贯华阁设施尽早开放，成为本埠继承先贤文脉、弘扬光大之道场，成为无锡文化交流的重要场所。

关于贯华阁所书楹联一事，笔者专门与市楹联协会袁会长宗翰兄相商，当以先贤名联为上，此举并非厚古薄今盖因文章乃千年事矣！为此，宗翰兄给笔者发来短信："应书杨氏之联。杨味云于忍草庵有二联；杨翰西亦有二联；另有清末民初杨志濂者，亦存联一副以咏忍草庵、贯华楼。"袁兄高见，感佩！金石声告诉笔者，杨世缄先生曾到贯华阁实地考察过，对楹联、书画等环境布置定当全力以赴。

忍草庵初建于元末至正间（约 1350），僧人月川结茅于此。明洪武间，僧圆显撰《忍草庵乘略》。明嘉靖二十二年（1543）重建，蜀僧道林始构楹宇，取名草庵。明万历四十七年（1619），邑僧真环（德洪）造佛宇三楹，塑毗卢像、佛殿、正殿。明天启元年（1621），僧洪恩主讲于惠山寺不二法门，过而乐焉，取唐宋之问《游法华寺》"晨行踏忍草，夜诵得灵花"诗句，正名忍草庵。

历史上，忍草庵曾多次毁圮，主殿倒塌，但忍草庵、贯华阁的兴废一直受到地方文人骚客和乡贤绅士的牵挂。清顺治十一年（1654），顾贞观与同乡数人结"云门社"于家乡无锡惠山，此社会聚了姜宸英、汪琬、汤斌等诸多江南名士。诗作汇集留题壁间，为"忍草庵题壁"，另有中天积翠、习坎泠泉、九峰晴雪、五湖烟雨、戛云宝铎、响月松涛、怪石眠空、秋林梵呗等"忍草八景"，文人时有吟咏。清康熙间，僧声叔建造贯华阁，有三层，耸立于山腰间，下临深崖，飞翠流丹。清康熙十九年（1680），住持僧圆显续构西方殿，置香灯田二十亩。见月弟子声叔受见祖传衣，自天宁寺方丈退院还山，筑贯华阁三楹以为终老计。

1685 年，顾贞观整修火灾后的殿阁，取名香界，祀纳兰性德，是为庵之全盛时期。1925 年，无锡籍实业家杨味云（大成巷云薖园主人）于原址重建贯华阁，并在阁内供奉了顾贞观、纳兰性德等十一位文人的牌位。他还请江南老画师吴观岱画下《贯华阁图》长卷，当时，众多诗坛巨匠纷纷为该图题词，成为诗词界一大盛事（长卷藏无锡博物院）。

1928年，无锡县县长秦毓鎏颁布《无锡县政府布告碑第276号》，详述忍草庵自元以来历史及僧人所做贡献，讲述文人故事，告示为保护忍草庵古迹，不得任意作践、攘夺占据。1935年，邑人顾彬生、蒋遇春添建弹指堂，而此堂早在康熙年间为顾贞观等云门诗友结集之处，贞观编有《弹指集》。1949年后，政府在此地屡次办过学校等。总之，忍草庵是一处风景秀丽、幽深清静，宜于养生修身、读书明理的胜地。

关于抽梯玩月即纳兰性德与顾贞观是否同游惠山，历来有相左的看法，笔者认为大体有三种：

一是肯定同游观。最早认为纳兰与顾贞观"同游忍草庵"的是秦瀛写于乾隆三十八年（1773）的一首诗：

贯华高阁倚空潭，满坞松云冷佛龛。

名士倾城等销歇，一僧闲坐夕阳庵。

1684年12月3日（农历十月二十八），纳兰性德随康熙首次南巡，回銮途中曾来无锡，抽空登临忍草庵贯华阁，与词人姜宸英、严绳孙相会，并留小像告别。嘉庆十五年（1810）秦瀛《金匮无锡县志》记述：国初，顾典籍贞观尝邀陈维崧、姜宸英、严绳孙辈结诗会于庵中之贯华阁。纳兰性德尝过焉，留小像而去。

二是否定同游观。陈维崧于康熙二十一年便去世，所谓康熙二十三年陈、顾、严与纳兰同游无锡更不可能。尽管秦松龄是纳兰、顾贞观的好友，秦瀛是秦松龄的玄孙，但秦瀛写这首诗时，距离纳兰扈驾南巡已经过去八十七年，相距遥远，秦瀛的说法并不靠谱。据纳兰性德《通志堂集》卷十三《与顾梁汾书》中提到："扈跸遄征，远离知己。君留北阙，仆逐南方。"又：顾贞观九月底或十月初如约北上，给纳兰写信表达错过之遗憾。十月二十八日，纳兰在无锡扈驾游览惠山之后，面对挚友的家乡，感慨万千之下写就回信《与顾梁汾书》，告知南巡之见闻，赞美无锡之风土，表达想与挚友隐居惠山之愿望，不仅合情合理，"君留北阙，仆逐南云"，"北风多厉，千万眠食自爱"，亦皆可落脚。

三是词家掌故观。顾贞观在纳兰去世后，想到纳兰足迹曾到惠山，把康熙十七年纳兰送自己的小像放于贯华阁，时时悼念故友，亦在情理之中。邑人愿意成就“同游”这个美丽传说。道光十二年，震泽人赵函撰《纳兰词序》：“余尝登惠山之阴，有贯华阁者，在群松乱石间，远绝尘轨。容若扈从南来时，尝与迦陵、梁汾、荪友信宿其处。旧藏容若绘像及所书贯华阁额，近毁于火，为可惜也。因序其事，并记于此，以为异日词家掌故云。”

笔者认为权当“抽梯观月”是一则美丽的“词家掌故”来考量自无不可，不必再纠缠于顾贞观是否在此与纳兰见面。如此风雅之地，有南北词人圣手在忍草庵相会是多么富有诗意和具有文学情趣的画卷，这也是风雅忍草庵历来为文人骚客所追慕、唱和的魅力所在。当年杨味云和今日杨世缄捐资修缮的初衷莫过于此吧！今日重修忍草庵，再登贯华阁，我们更加追思词家掌故的主角们。

于是乎，在迎接忍草庵即将重新开放之前，笔者应约与顾颖（江南琴社主持，梁汾公十二世族孙）、陈倩（天韵社主持）和小娄巷秦绍楹（秦松龄弟松如十世孙）一行四人于3月8日下午专程寻访严埭，对顾梁汾公（包括其子进士顾开陆）墓址作查勘确定，再去寻找一下顾贞观公的墓址，以便让后来人了解这一段故事时多一份寄托和思念。同行之顾颖兄于无锡顾氏族谱研究颇有心得，有关顾氏与忍草庵的关系探索也有所获。他事前做了功课，认为严埭与清初著名文人严绳孙有关。

严绳孙先生原是浙江余姚人，后迁居无锡严埭街。祖父严一鹏，一度改舅氏赵姓，冒籍吴县。因严绳孙的家谱目前尚未找到，其后裔情况不明，但有一点可以确认，就是严埭街范围内已经没有一户世居的严姓人家了，而是以孟、孙、李、殷等姓为主，故“严埭之严”已成历史。不过，县志中提到严绳孙之好友顾梁汾公贞观葬在严埭。《泾里顾氏宗谱》顾贞观世表中对墓址是有详细记载的：“墓坐落（严埭）日字四百九十号平田……”时至今日，当时这种记载方式的信息现在已无从判读，严埭范围内没有一个参照物，根本无法定位。宗谱新谱续修完成，其世表墓图一册因印得清晰，发现了许多有价值的地理信息，重要的是顾梁汾公贞观墓地的一个参照物——严埭三茅殿，也就是说只要找到这个三茅殿，按照图示的方向和距离，就能找到顾梁汾公墓地的大致位置。

据此，我等四人寻访的主要目标就是为了搞清楚顾氏墓地的确切位置。在村委会巧遇知情人七十七岁的李瑞清老人，老人属鸡，1945年出生，家就在三茅殿旁李巷。在他陪同下，对墓址及周边地貌进行了指认，对老人的地情变迁口述回忆做了采集。根据现场指认，顾梁汾公墓原址约在陈巷浜口由西往东三百米，三茅殿往北三百米，离陈巷浜水岸三十米的范围。1958年之前墓地旁还有一株很高大的古树，上面有不少啄木鸟留下的洞，古树旁边有一些石礅、石案等旧物，这些早已经过多次土地平整灰飞烟灭了。看来一代词人顾梁汾墓址只能在适当的时间，由有关部门在附近设置一块指示牌向后人说明了，悲夫！

同行者陈倩将我等寻访严埭的信息在微信朋友圈发布，南京大学八十多岁高龄的吴新雷教授看到后颇感兴趣，当即微信致以关注，吴先生的相关几段对话转录于下：

看到你在朋友圈发了顾贞观和纳兰到贯华阁赏月之谈，兴味盎然。因为我曾多次游访贯华阁，还写过文章（《江南视野下无锡的文学史迹》——笔者注），对这些文学故事是熟悉的！以前，忍草庵有多个单位入驻，但后来单位都迁去，便渐渐荒废了！2013年10月25日去时，真是断垣颓壁无人问。幸得无锡市文物保护单位的牌子尚在，屋宇仍在！我登上贯华阁三楼弹指堂，想见当年顾贞观和纳兰去梯玩月的趣事，打开朝南的窗，正好面对锡山龙光塔，风光优美。至今十多年过去了，不知文保会对这处名胜古迹重光否？下附三张照相，供参考！

登贯华阁三楼，即弹指堂旧迹，打开朝南的窗子，想见当年是可以看到一夜明月的！白天去看，则正对锡山！

贯华阁在忍草庵内，门墙上有文字说明。忍草庵的地方是在瞎子阿炳华彦均墓向西走的去处。

我上次到贯华阁考察（2013），在楼下还看到了杨味云写的《重修贯华阁记》碑刻，保存完好！杨家是无锡的书香世家！他原名杨寿枏（1868—1955），号味云，碑文署为“杨寿枏丁卯六月”，工程始于1925年，碑刻于完工后丁卯年（1927）。今其后裔欲重光祖德，实乃学林盛事啊！

忍草庵可以看作是承载无锡清初文学最后一个高潮的标志性名胜，也可以看作是古代友人生死契阔之交的象征之所。章士钊以“平生贯华阁，大老钓璜溪”点评杨味云。唐文治的点评是“南北斗枢，辉映贯华福地”。时至今日，重修贯华阁就是为了纪念古之高士风范，延续无锡的文脉。旅台邑人杨世缄传承祖父杨味云义举，乡情高风，游子圆梦，再续佳话。当下，忍草庵修复开放指日可待，但其围边山坡地仍然较为杂乱，建议将忍草庵一处的房舍院落及其周围直至惠山杜鹃园外墙西侧山坡地适度进行规划建设，开展云门、顾贞观、严绳孙等文化专题研究，使之成无锡学林文化社团建设的活动基地和人文交流的平台，与惠山古镇祠堂群的人文景观建设相对应，成为无锡文化旅游之高地。

呜呼，山幽风清，绿树掩映，骚人墨客，高朋满座，思古幽情，由是而兴，盖文脉相承，继往开来。忍草庵，该是多么风光的文化胜地啊，吾等向往之！

2021年4月

注：有关历史人物介绍

纳兰性德（1655—1685），叶赫那拉氏，字容若，号楞伽山人，原名成德，后改名性德。满洲正黄旗人，清朝初年词人。纳兰性德所交友皆一时俊异，多为江南布衣文人，如顾贞观、严绳孙、朱彝尊、陈维崧、姜辰英等。

顾贞观（1637—1714），清代文学家。原名华文，字远平，号梁汾，江苏无锡人。明末东林党人顾宪成曾孙。康熙五年举人，擢秘书院典籍。与相国子纳兰性德交契，康熙二十三年致仕，读书终老。贞观工诗文，词名尤著，著有《弹指词》《积书岩集》等。

严绳孙（1623—1702），字荪友，号秋水、勾吴严四，晚号藕荡渔人，江苏无锡东北塘人。清代诗人、书画家。

陈维崧（1625—1682），字其年，号迦陵，宜兴人（今属江苏）。明末清初词人、骈文作家，阳羡词派领袖。“明末四公子”之一陈贞慧之子。

赵函，字元止，号艮甫，江苏吴江人，侨寓无锡。诸生。诗才豪迈，又工词，著有《乐潜堂诗集》《鞠潜庵剩稿》《飞鸿阁琴意》。

杨味云（1868—1948），无锡城内长大弄人，北方华新纺织业创办者，名寿枬，以字行，晚号苓泉居士。

法海寺的黄昏

北京法海寺早已向往之。据说法海寺壁画有着曲折的历史，几经磨难才保存至今。业界人士认为在一定程度上法海寺壁画代表了明代壁画最高成就。

10 月 25 日，从怀来参加读书会回到北京的第二天我们如约而至。法海寺位于北京石景山区翠微山南麓，原为龙泉寺。据记载，明正统四到八年（1439—1443）改建为法海禅寺，弘治十七年到正德元年（1504—1506）重修。寺庙建筑依山势层叠而上，静谧而恢宏。寺院占地 1.08 公顷，内有护法金刚殿，左右为钟鼓楼等。高台上有天王殿遗址和伽蓝、祖师二堂及两庑，正中为大殿。大雄宝殿面阔五间，殿内原有三世佛、十八罗汉、大黑天及明代太监李童供养像。“文革”期间塑像被毁，殿中壁画保存尚好。壁画完成于明正统八年（1443），为宫廷画士宛福清等十五人所绘。

我们在法海寺外泊好车，抬头看见砖石结构的山门，沿着山路拾阶而上。法海寺坐落在松柏苍翠、草木葱茏、野清静谧的环境中，红墙黄瓦，若隐若现，似人间仙境一般。园内护法金刚殿红色门额横匾上由赵朴初先生题写的“法海禅寺”赫然在目。殿前四株古柏躬身曲爪，虬枝扭曲而生，姿态万千。进入第二进院便是大雄宝殿，其单檐庑殿顶、重昂五彩斗拱、五抹头六角菱花隔扇、上带横披四角菱花隔心、屋顶及门窗，皆为明代建筑特征。大雄宝殿前的两棵千年白皮古松是法海寺的一绝。西边一棵树最大，树干周长5.56米，东侧的一棵周长4.22米，两棵古树高近百尺，分枝巨杈，树皮呈乳白色，在阳光下犹如鳞甲闪着银光，伟岸挺拔，雄峙殿前。法海寺博物馆的朋友陶先生等人非常热情地迎接我们，介绍寺院的古树、古钟等如数家珍，还指点我们在什么角度与大殿和古松合影留念最为理想，真是感动。

适逢周一，因寺院博物馆休馆，周遭显得格外清静，我们几个便是唯一的一拨客人。寺院博物馆派了一位优秀的美女讲解员陪我们进殿参观。因文物保护的需要，参观时不能照相，也不能开灯照明，仅凭讲解员手中的泛黄的微弱手电筒光，勉强可以看清墙上壁画局部的画面内容。讲解员首先让我们看大殿内顶棚上三个曼陀罗藻井，都是明代原物。藻井是古建筑屋顶特有的天花，一般来说因饰以花纹，雕刻或彩绘，故名藻井，常常用在殿堂庙宇的宝座顶上。法海寺藻井上圆，象征天圆地方，每个藻井通高1米，周施斗拱，层层上收。每层斗拱都是用雕刻精美的小木块像镶金银器皿一样装饰而成，制作异常精细，可谓鬼斧神工。每个藻井顶部都绘有曼陀罗，这是典型的佛教密宗的标志。大雄宝殿内有三个明代的藻井曼陀罗，是法海寺建筑所独有。再看大殿内三世佛塑像的背景扇面墙上的三铺祥云图，每铺高4.5米，宽4.5米。构图完整，气魄宏大，祥云层层，缭绕翻腾，扣人心弦。朵朵祥云似灵芝，也似飞天女童发髻，美轮美奂，宛如天界。

位于大殿东西山墙两壁，是两铺高3.2米、长22米，面积达70.4平方米的壁画佛会图，描绘佛祖讲经说法、佛众菩萨赴会参禅的宏大画面，可惜原来的十八罗汉塑像已毁。佛会图绘有飞天、四菩萨、五方佛、六观音等共三十二位佛众诸神。图中祥云之上为天界，祥云之下为人间。天界有佛众菩萨诸神趺跏于祥云之上，人间有山泉花卉，曲径竹篱。天界与人间、佛众与罗汉、壁画与塑像相互映衬，形成一幅完美的天上人间的艺术长卷。讲解员用手电筒照着引导我们从图画的上部看，那里各有一凌空舞来的飞天神女。佛教中天龙八部众神有香神、乐神，她们常常在佛的面前演唱赞歌。图中的飞天身披飘带，手持宝盘鲜花，攀云乘风，载歌载舞，一派欢乐佛会场景。再观佛会图上部，观音菩萨六尊为组，红衣坐佛五尊为伴，另外四尊菩萨彼此相靠。佛众菩萨趺跏于祥云之上，若即若离，似语未语，似静似动，带你进入虚空宁静的仙境。

大殿扇面墙后有水月观音、文殊菩萨、普贤菩萨三铺，每铺高 4.5 米、宽 4.5 米。讲解员着重介绍了水月观音佛像，这是在法海寺壁画中最为出色的。水月观音是三十三观音之一，面目端庄典雅，大慈大悲。人物刻画既有传统的形制，又采用写实的手法，绘制精细，一丝不苟，突破了僵硬的呈现方式。水月观音曲右腿，盘左膝，右肘膝托，左掌下抵，半跏坐于礁岩之上，面如满月，似佛又似神。是佛却微露慈母之温情，是神又足显处子般的恬静，超然脱俗，清新明净。观音莹莹酥胸袒露，纤纤玉手自然下垂，丰腴温婉。轻纱蔽体，腰束饰裙，一双赤脚富有弹性，脚镯碎铃环绕，慈悯可亲。水月观音的背景由浩渺的云水烘托，间有斑竹、牡丹、清泉等，勾画出“诸天无实体，水月皆虚空”的佛理意境。水月观音身披薄纱占了很大的空间，其线条精细流畅，工整均匀，薄如蝉翼，堪称一绝。水月观音左下部是胁侍善财童子，其头略微抬起，凝眸欲语，双手合十，虔诚而带几分稚气，天真烂漫。观音右下角绘有其坐骑金毛犼，形象威猛而刚毅。有趣的是，在威猛面部上的一对圆圆的眼睛居然是一对小鸟，这样的以仁爱为怀的表现方式，也是法海寺壁画的一绝。

接着再看北墙东西侧的帝释梵天图，可谓云水变幻，天神脱壁，奇异莫测。观之，将佛会图说是明代佛教壁画之最一点都不为过。笔者认为，法海寺壁画的特点是古典山水、花鸟人物等传统绘画技法的完美结合，它融合了传统壁画的多种手法，借用了宋代绘画卷轴重彩手笔。长达 22 米的佛会图，大胆取舍剪裁的章法，大开大合，恢宏大气，又极其精妙雅致，对一石一树、一花一草的皴染都极其细微严谨，惟妙惟肖。我对讲解员说，壁画所画的观音菩萨像连手势的掌纹都一目了然，其精细程度令人叹为观止！法海寺壁画不仅为明代壁画之最，而且其艺术成就也完全可与敦煌壁画媲美。历经六百多年仍然金碧辉煌，保存完好，实属罕见。它是中国传统壁画的集大成者，也是传统山水、人物、花鸟画的集大成之作，更是多种绘画元素和材质的集大成，也可算得上是中国壁画的一部恢宏巨制般的百科全书。难能可贵的是，如此宏大场面的佛会图所描绘的菩萨罗汉、人物鸟兽、众神鬼怪，无一不反映出人性本善的力量，也可谓是一部人道主义的壁画经典。

看完壁画后，法海寺博物馆资深专家陶先生邀请我们在他的书房小坐，还特地为我们泡上一杯法海寺独有的一片白皮松皮的热茶（据说具有消炎、镇静、祛风之疗效）。边喝边聊有关法海寺前世今生的故事，漫谈他在法海寺工作几十年里接待过的达官贵人和东西南北客的感受，聊着聊着似乎也是一部人间“佛会图”！印象最深的是两个人的故事。一位是法海寺创建者，明代正统年间御用太监李童。他自以为适逢盛世，际遇圣明之主，蒙受隆恩，为报圣上而建法海寺梵刹。另外一位是园丁吴大爷。上世纪五十年代寺院为第九中学所在地，有一名工友叫吴效鲁，人们称他吴大爷。他主要工作是管理男生宿舍，其次是掌管藏有壁画的大殿钥匙。“文革”期间，红卫兵手持刀斧棍棒要吴大爷打开殿门，要“破除四旧”砸坏塑像铲除壁画。吴大爷拿起柴斧站在墙前保护壁画，声明谁若破坏壁画则以死相拼。由此，佛像虽无奈被砸，但壁画保住了。

我们参观结束走出法海寺，已是太阳落山时分，夕阳的余晖洒在寺院红墙黄瓦之上，熠熠生辉，那两棵古老的白皮松一如往常，静静地守护着大殿。我的脑海里还浮现着法海寺壁画中天上人间的祥和景象，虽然大雄宝殿内的佛像被毁了，但佛会图还在。我们今天能看到如此恢宏绝美的佛会图壁画，真是要感谢那些创造和保护寺院壁画的虔诚者。

告别法海寺，回头望去，西边的太阳正慢慢落下，晚霞由金红色变成了玫瑰红，天边飘拂的残云也一点一点地变薄，丝丝缕缕的。在残霞回光返照之下，法海寺的黄昏显得格外清幽寂静。

2021 年 1 月

印度之惑

2005 年 11 月 28 日，大型电视纪录片《徐悲鸿》在北京人民大会堂举行首发仪式，次日在央视正式开播。今年 8 月我随纪录片摄制组去了一趟印度，来去匆匆只有数日，但印度留给我的印象正如马克·吐温所言:“对印度的任何评价都是正确的,但是相反的观点可能也是正确的,因为它太复杂了。”是的,这个记忆与现实交错的国度,实在是太复杂了,复杂到令人不可思议。

德里印象

印度，离我们既近且远。虽然山水相连，在人类文明的历史上携手走过几千年，但在大多数中国人心目中，印度仍然是一片神秘而迷离的所在，那里是玄奘曾经到过的“西天”。

从浦东国际机场搭乘印度航空公司的班机在泰国曼谷机场稍停之后，就到达了印度首都新德里国际机场。一下飞机步入德里空港大厅，一股闷热的气息扑面而来，没有空调，墙上挂着的几只电扇摇来晃去地转着，这种电扇我几十年前在工厂车间劳动时见过。机场非常简陋，整个风格像是国内上世纪八十年代初的长途汽车站。我好奇地问来接我们的驻印度大使馆的同志德里机场怎么会这样，他说德里机场比过去好多了，刚装饰过。

从机场到德里市区要经过城郊接合部，道路等级很低，路两旁是积着厚厚灰尘的稀稀落落的树木和斑驳陆离、新旧交错的楼房。汽车、马车、自行车、人力三轮同行一条道；汽车在牛、行人、马车、自行车间混杂而行，人和牛在车流缝隙中穿插并时时塞成一团，每走一步都非常艰难，有不少人懒散地蹲在路的两边，好像在等待什么，可能是脚夫吧。一股股骚味扑鼻而来，据说印度男人的特权是可以随处方便，加上满街的牛羊，味道可想而知。不过，在以后的几天里我们慢慢习惯了，只要不是星级宾馆，这种味道是驱赶不走的。

在德里的几天，我们采访了徐悲鸿先生生前的几个老朋友。坐着车在新老德里之间往来穿梭，城郊接合部的道路两边是绵延几十里的贫民窟，成排成片的棚户，污水遍地，牛羊混杂，异味让人窒息。人们衣衫褴褛，有的面无表情地看着过往车辆，有的光着膀子在路边冲洗或烧煮东西。如果车停下来，就会一下子有人围上来乞讨，陪同说不能给，要不然上来的人更多，走不了。

在印度的日子里，两个孩子的眼神给我留下了很深的印象。一天，我们经过一个棚户区，突然，一个头发漆黑乌亮、皮肤古铜色的小女孩，扑闪着两只大大的眼睛朝我们微笑，手里还拿着几条小鱼。我情不自禁地叫司机停车，拿起相机“咔嚓、咔嚓”连续照了几张相片。回国后，我把在印度拍摄的照片冲洗出来一看，那个拿小鱼冲我微笑的女孩的照片是最棒的，那天真的眼神像久未见到的纯洁的清泉，令人难忘。还有一次，我们的车在加尔各答的十字路口遇到红灯停了下来，一个小男孩站在马路中间的隔离栅栏边伸出小手乞讨，男孩那充满期盼的眼神让我的心一阵震颤。

在印度，你几乎处处可见这样的穷孩子，散落在马路上，穿梭在人群中，汽车一停下来，他们就隔着玻璃伸出脏脏的小手向你乞讨。但是有时也能见到穿统一制服的学生，脸上充满着勃勃的生机，有三五成群一起走的，有家长领着或雇人接送的。贫富悬殊，让属于不同阶层的孩童有着全然不同的眼神。

其实，在德里几家星级以上的饭店与我们国内没有什么区别，管理也不错。门口裹着头巾的门卫彬彬有礼地替客人拉车门，殷勤而熟练地迎送着每一位客人，成为印度星级宾馆特有的景观。饭店内所见到的印度人与马路边上的穷人完全不一样，他们衣着豪华，男人昂首挺胸、趾高气扬；女人裹着漂亮的纱丽，闪动着明亮的大眼睛，从你身边飘然而过，与我小时候在印度歌舞片中见到的差不多。

在德里，可以反映其泱泱大国风貌的地方是总统府和印度凯旋门。总统府建于 1929 年，原名维多利亚宫，为英殖民时代的总督府。印度独立后改为总统府，内有经典的莫卧儿式花园。在总统府的两侧，并排而立的是财政部、外交部的政府大楼，气势不凡，不少挎着卡宾枪、穿着制服的宪兵神气活现。广场上的车，绝大部分是有五十多年历史的印度自产的“印度斯坦”乌龟壳轿车，有的顶部涂成黄色用来当出租车，但大部分出租车是类似于我们二三十年前县城公共汽车站用来接送客人的用帆布改装过的“碰碰车”。我们去的那天正好下着蒙蒙细雨，广场周围游人寥寥。想拍几张照片但是遭到宪兵阻拦，接送我们的车因在广场边稍停了一下就被警察扣起来，我们几个只能打着伞在广场上散步，欣赏着广场中央戴着白色头盔、佩着武装带的大肚子警察不断地做着各种手势指挥交通。

总统府南面是高高耸立着的印度门。印度门是 1921 年为纪念第一次世界大战中阵亡的七万名将士而建的，又称“印度战士纪念碑”。它的外形与法国巴黎的凯旋门相似，全部用红砂石砌成。拱门高 42 米，门上端刻着“印度”的英文字母及修建年代，门洞两壁镌刻着一万三千多名阵亡将士的名字。拱门顶端有一个直径 3.5 米的大油灯，每逢重大节日，夜间燃起一米多高的火焰，远远就能看到。我们来到印度门时雨停了，游人渐渐多了起来，陪同者告诉我们，这里各类阶层的印度人都有，加上外国游人，特别热闹。

在印度门的北面驻守着一部分海军陆战队，看上去很精神，着装也挺拔整洁，每个军人脸上都洋溢着一种自信的神采。在第三世界，虽然大多数国民生活水平比较低，但政府公务员和军人的待遇都是不错的，印度也不例外，不少青年把当兵作为改变自己生活和地位的途径。

离开新德里的那天上午，我们去了德里最大的古印度神庙，进印度神庙必须接受安全检查并脱掉鞋袜。印度庙的建筑非常有特色，红色墙体，蛋糕形状的顶，高低错落，寺庙后面是一座花园，中间有一个长方形的水池，红色的寺庙倒映在绿色的水面上，显得格外宁静、圣洁。寺庙中空空荡荡，不像我们国内的佛教寺庙，大多数会罗列大小菩萨和形态各异的罗汉，非常热闹。据说这里是德里最大的印度教寺庙，旁边有一座佛教的庙宇，规模比较小，比邻而处，相安无事。

我问陪同者，怎么这么大的地方没有几个人，陪同者告诉我，昨天印度北方邦著名宗教圣地阿约提亚神庙遭到五名不明身份的武装人员的袭击，他们用汽车炸弹炸开安全防护墙并与警方及准军事人员激烈交火，五名武装人员被打死。从当地报纸和电视报道的画面中可以看到的血肉横飞的场景，真是惨不忍睹。据说印度教徒和穆斯林的“阿约提亚神庙之争”由来已久，历史上最大的一次冲突曾造成两千多人丧生。当我们离开寺庙的时候，荷枪实弹全副武装的士兵已经把寺庙看护起来了。多亏我们来得早，要不然就只能远眺了。

燕京学子

上世纪三十年代，印度大学者、诗人泰戈尔特邀徐悲鸿先生到印度，在泰戈尔等人创办的国际学校授课。由此，徐悲鸿在印度开展了一系列学术交流活动，受到印度同人的欢迎。

大半个世纪过去了，现在印度还有人记得此事吗？经中国驻印度使馆新闻处的同志介绍，我们在新德里找到了三位受访者。一位是原印度中央美术家协会主席周德里，他当年在国际学校见到徐悲鸿时还是个学生。半个世纪后，由他主持在印度举办过徐悲鸿画展。另两位就是北京燕京大学的学子，原印度驻中国大使馆高级翻译白春晖和泰戈尔的侄子泰无量。“白春晖”和“周德里”一样，都是他们给自己起的中国名字。在他们看来，徐悲鸿当年在印度的一系列活动是中印两国友好交往史上的重要事件。他们对徐悲鸿的敬仰，对中国文化的尊重，对中印两国人民友谊的珍惜，以及对时代变迁的独到认识，都给我留下了深刻的印象。纪录片《徐悲鸿》摄制组印度之行的主要目的之一就是采访他们。与这几位老人交流的时间并不长，但他们渊博的知识、非凡的风度、高贵的气质及他们对中国人民的友好感情，却使人难以忘怀。

在德里的一家中餐厅共进午餐时，驻印度使馆的同志介绍我认识了白春晖，老人目光深邃而有神，穿着非常朴素，光脚穿着一双普通凉鞋。他精通多国语言，出任过几个国家的大使。据说他的夫人是一位英国贵族，子女都在英国，只剩下他独自留在印度。白春晖的身上一点也找不到外交家、学者和贵族女婿的影子，他更像一位退休的乡村老教师。

老人对中国文化非常精通，他高度肯定徐悲鸿在东方美术史上的地位，赞扬徐悲鸿对中印文化交流的贡献，我们边吃边聊，谈得很投机。午餐结束时，他在留言簿上用印度文和中文书写了孔子的“有朋自远方来，不亦乐乎”。印度文我看不懂，但那几个汉字确实刚劲有力，不同凡响，可见当年在燕京大学是下了一番苦功的。随后，我们同车去印度国家美术馆的路上，他又与我聊起中印之间的关系。他对中国非常了解，赞叹中国最近几十年的变化，非常敬佩邓小平，感叹说如果印度有个邓小平就好了。

在加尔各答，我们又去拜访了泰戈尔的侄子泰无量。在到处可见贫民窟的印度，泰无量先生住的小区显得格外宁静、干净。那是一个周末的下午，我们在小区的一座红色别墅前停下来。按响门铃，铁门打开，走出一位穿着白色无领长衫的老者，身材高大，脸色古铜，一头银发。

夕阳的余晖映照在他身上，一轮神秘的光环在他周围散发出一圈圈光晕。我被这位长者的风度惊呆了，他就是泰戈尔的侄子、大学者泰无量。

一进屋，老人马上给我们介绍一面墙上挂着的上世纪五十年代访华时周恩来总理接见他的照片，另一面墙上则挂着一幅中国大画家叶浅予给他画的水墨线条勾勒的肖像画，可见老人与中国的关系非常深厚。老人回忆起徐悲鸿和泰戈尔交往的一些事，还谈及他在燕京大学读书时的情况，把他的燕京大学毕业证书拿给我们看，并反复说明燕京是北大的前身，生怕我们这些后生小看了燕京大学。

这位熟悉中国文化、热衷于中印文化交流的老者告诉我们，泰戈尔1924年访问中国，梁启超给他起了一个中国名字叫“竺震旦”，“竺”是中国人对古印度的称呼，而“震旦”是印度人对中国人的称呼。据说泰戈尔非常喜欢这个蕴含中印友谊之情的中国名字，老人特地从书柜找出一本书给我们看，这是一本泰戈尔以“竺震旦”为名发表的著作。我走上前去，与老人一起手捧“竺震旦”的著作照了一张相片。

在采访泰无量时，有一个细节让我不得其解，就是他非常反感我们在他家前门口拍照。后来陪同的印度朋友告诉我，老人这是怕引起恐怖分子注意而带来不必要的麻烦。可见，虽然老人住在这安宁的上流社区，其内心还是忐忑不安的，印度的治安状况可见一斑。

艺术同道

谈及徐悲鸿在印度的日子，不能不提起中国人谭云山。泰戈尔曾于1937年邀请谭云山到圣地尼克印度国际学院帮助建立中国学院，后来徐悲鸿应谭云山之邀来印度中国学院教书，他们在那里结下了很深的友谊。

谭云山的小女儿谭元现在还生活在印度，60多岁了，当年也在中国学院读过书。在德里，我们特地去谭元家采访。虽然她身披印度纱丽，但举手投足间流露出的仍是出身大户人家的中国知识女性特有的气质，给人印象非常深刻。她操着并不娴熟的普通话，与我们聊起她的父亲谭云山与徐悲鸿、泰戈尔的关系，拿出她珍藏的许多老照片，讲述他们相互之间的友谊。她还拿出一块老玉器给我们看，说这是徐悲鸿离开印度前送给谭家的礼物。

徐悲鸿来圣地尼克时，每天都是在谭云山家吃饭，成了谭家的常客。在圣地尼克，徐悲鸿还幸运地见到了来国际学校视察的圣雄甘地，并为他画了肖像，甘地还特地在肖像画上签了名。说来也巧，最近有媒体报道徐悲鸿的夫人廖静文将两套徐悲鸿 1940 年在印度创作的册页交到中贸圣佳拍卖公司拍卖，总估价两千多万元。其中《加城写生四十四开册》是徐悲鸿在印度期间所积攒的全部写生稿，其中包括徐悲鸿自画像、泰戈尔画像，还有为甘地画的像。这么说来，谭元知道的情况还真不少。

在中国学院学过绘画的谭元，在印度艺术界有一定影响，而她的丈夫就是一位印度著名画家，得过印度政府最高美术成就奖，前几年曾到中国办过画展。谭元的先生是一位典型的印度人，身材高大魁梧，风貌气质颇佳，与徐悲鸿巨幅画《愚公移山》中的主人翁似有几分相像。徐悲鸿先生原本就是以印度人作为模特儿而创作此画的，所以有此感觉也并不意外。

大概是由于爱画的情趣相同，我和他通过翻译聊了起来，并参观了他的画室，欣赏了他的油画收藏，他还特地打开箱子介绍他创作的大量写生。他主要是以印度南部女性为模特进行创作，人物特征十分鲜明，油画技法基本是东方式的线条勾勒加上西画中的油画色块的有机结合，既能体现印度人和印度风俗的特征，又将东西方绘画的长处巧妙融合。不知是受徐悲鸿的影响还是因为谭元的推动，或是东方人对东西方绘画技巧的理解本身所具有的悟性，他与徐悲鸿当年的油画创作走的路子差不多。

我与谭元的先生相谈甚欢，一见如故。他打开库房中存放的巨幅油画一张一张向我介绍，或许因为大家同是东方人，或许因为中国与印度都具有东方传统文化的深厚根基，看了他的画，我不由自主地有了一种不可言状的认同感和亲近感，我举起大拇指夸奖他，并谈了我对他画作的理解和体会。越说越投机，看来他没有想到在这一批中国客人中还有他的艺术同道。他送我几本他的精装画集和画册，并告诉我他的画在印度得到过国家总统大奖，市场上的卖价相当高。我接过他的画册并请他在画册上签上名字，也算是一份珍贵的纪念。

艺海掇英

在新德里、加尔各答的采访，虽然日程排得很紧，但还是抽出时间在印度现代美术馆、印度博物馆、印度北方邦博物馆、维多利亚纪念馆、泰戈尔纪念馆参观了一回，真正属于走马观花了，不过印度文化艺术特色特别是其民族文化精髓依然给我留下了深刻的印象。印度是一个非常富有想象力的民族，四千多年来，他们把世界想象成到处都有神灵的地方，把自然中具有威力的各类事物看成是神在起作用。因此，我所见到的艺术品每每将诸如太阳、月亮、星辰、闪电、狮、虎、大象等作为神灵的代表，将死去的列祖列宗、英雄人物也化作神灵。最具有代表性的是雕刻艺术，从公元3世纪开始绵延不断，其中孔雀王朝第三代国王阿育王前期是个暴君，后期他借用波斯艺人的技法推广佛教，并到处以石柱为自己树碑立传，这些石柱也成为早期佛教的象征物。石柱中最具代表性、最完美的一个柱头，是四头连体的狮子造型，既高度写实又相当有装饰性，充分体现了当时艺术水准所达到的境界。

在德里的国家博物馆和加城的北方邦博物馆，不少如真人一般大小的人物雕塑栩栩如生。这些反映印度宗教中某种超自然体的“精灵”雕塑作品，他们分男女，没有生死，是扬善除恶的“妖精”。在印度民间神话传说中，男精灵称为“男药叉”，女精灵称为“女药叉”，成为公共庙宇及家庭财富的保护神。这些印度的药叉尤其是药叉女，人们按照印度人的审美观把她们塑造得极富魅力。雕塑中的药叉女的性特征部位不加任何掩饰，反倒大加夸张，所有的药叉女都有圆润的肌肤、饱胀的乳房、纤细的腰肢、宽肥的臀部、粗壮的大腿，而且身佩多层头饰、胸饰、手饰，或描眉画眼，或拈花微笑，或手舞足蹈，极具诱惑力。这些线条优美、款款动人的美丽女子表情丰富，呼之欲出。这些雕塑基本上与真人一般大小，刀法细腻，比例匀称，栩栩如生，堪称世界雕塑艺术中的瑰宝。与中国的人体雕塑作品中对男女性特征委婉、羞涩的处理方式不同，与希腊的人体作品所追求的理想、永恒之美不同，印度的人体雕塑充分、大胆地表现了一种热烈奔放、富于激情、性感的动态美。这种审美传统在现代印度民族舞蹈的服饰和肢体表演中同样清晰地反映出来，而德里国家现代美术馆一尊变形的彩色女人体雕塑作品，也流露出其中蕴含的印度传统审美情趣。

在印度参观博物馆，给人留下强烈印象的还有印度细密画。在东方，波斯细密画享誉世界，印度细密画也颇负盛名。印度细密画大体可分为印度本土宗教细密画、莫卧儿细密画和拉杰普特细密画三类。像西藏寺庙中的壁画和唐卡一样，细密画所用的是矿植物颜料，鲜艳夺目，不易褪色。古老的细密画那些充盈着田园气息及浪漫诗情的画面极富感染力，站在那些古画前，我为它所散发出的神秘魅力而心驰神往。印度历史上最强大的伊斯兰帝国莫卧儿王朝时代（1526—1858）是印度细密画最繁荣的时期。莫卧儿王朝的第三代君主阿克巴爱好艺术，由于他的提倡和扶植，画家们在印度传统绘画的基础上大量吸收波斯艺术的养分，形成了独特气质的莫卧儿细密画。画中建筑物更趋于立体化，追求逼真传神的写实风格。第四代君主贾汉吉尔时期，莫卧儿细密画达到最高峰。其绘画技法臻于化境，线条简洁洗练，设色细腻工致，画面洋溢着自然主义的抒情基调。在学者看来，印度细密画的艺术成就仅次于泰姬陵。我去西藏，在桑耶寺再次看到具有印度风格的壁画，由此而联想起敦煌壁画，中印绘画艺术交流的脉络清晰可见。

在印度的艺术之林中，印度舞不能不提。到德里的当天晚上，驻印度大使馆新闻处的同志陪我们去一家民间舞蹈艺术演出场所看演出，那是民间印度舞爱好者轮流展示才艺的场所，虽然环境非常简朴，但据说舞蹈是来自民间团队的表演，生动活泼，很地道。几支队伍轮流上场演出，一招一式极为传神。印度舞蹈历史悠久、舞姿优美、风格独特、艺术表现力强，公元前四世纪印度著名文学家波你尼的书中就有“舞蹈者”和“舞蹈经”的记载。印度舞源自对神虔诚、洁净、无私的爱，所以一些印度舞只在庙里表演给神看，印度舞也因此多了一层神秘色彩。古印度舞蹈表情丰富，动作细腻，复杂多变，但又相当规范，全身各个部位都有许多动作。舞者用手指、手臂、眼睛、五官、身体表达和诠释宇宙间的万事万物。以手为例，单手势就有一百多种。每一个手势都有一种象征语言，表现出不同的意思，有的代表美丽，有的代表和平，有的代表生机，有的甚至表示丑陋。印度人相信手势是人和神交流的符号，而不同的神喜欢不同的手势。演员用各种手势结合身体其他部位的舞动，表现出极为优美的舞蹈姿态和十分丰富的艺术内涵。看完这些有着悠久古印度舞传统风格的民族舞蹈，不得不佩服印度在保留本民族艺术上所下的功夫。

梦想成真

关于印度我年轻时有两个梦想，一是想了解《西游记》里的“西天”到底是怎样的国度，二是去看看泰姬陵到底美在哪里。

关于泰姬陵的传说和溢美之词实在太多，最让我觉得有趣的是印度总统接待美国总统克林顿时的一段话：“世界上的人口共分为两类，一类是看过泰姬陵的，一类是没有看过的”，言下之意凡是见过泰姬陵的是世界上最幸运的人，对泰姬陵的褒奖和因此而产生的民族自豪感溢于言表。

泰姬陵建于莫卧儿帝国巅峰时期，是莫卧儿王朝第五代王沙贾汗为王后泰姬·玛哈尔建造的。沙贾汗与泰姬一见钟情，婚后十分恩爱。后泰姬因难产而死，沙贾汗王悲痛欲绝，发誓不再婚娶，并斥巨资为其建造了这座震惊世人的陵园，以示对爱情的忠贞。1631年，土耳其建筑师乌斯塔德·拉荷里绘制了陵墓设计草图。施工期间，每天动用两万名工匠和一千多头大象，共用了二十八种石料，耗费四千多万卢比，历时二十二年才完工。但却因此耗尽国力，引发宫廷政变。沙贾汗王被囚禁，终日以泪洗面，遥眺远处爱妃的陵园，以致丧失视力，衰竭而亡。死后，他得以与爱妃合葬于陵园内。这曲爱情的悲歌听来令人唏嘘，正如印度诗人泰戈尔所说，泰姬陵是一滴爱情的眼泪。

我怀着朝圣的心情冒着酷暑参观了泰姬陵。莫卧儿王朝的创立者巴布尔，按父系属帖木儿一宗，按母系则属于成吉思汗的后代。蒙古人在中东统治期间接受了伊斯兰教的信仰，因此，在这期间的建筑既以波斯风格为主体，同时又糅合了印度教建筑的风格。波斯风格的建筑宏大雄伟，外形结构富有曲线，刚柔并济，但缺乏变化。印度教建筑则反其道而行之，谈不上结构章法，细部却处处精致细腻、趣味无穷。泰姬陵建筑采两者之长，得穆斯林建筑架构之宏伟，又尽显印度教建筑之精细，两种风格完美交融。泰姬陵内外墙均以白色大理石砌成，是世界建筑艺术之瑰宝。陵墓坐落在恒河上游的朱木拿河南岸、亚格拉城郊外。墓区建筑形成一个长方形陵园，被一道红砂石墙围着。陵园绿树成荫、繁花似锦、幽雅清静。陵墓主体建筑在园区正中，前面是一个十字形的水池。整座陵墓肃穆庄严之中含有流动的雅韵，安详静卧之下藏着无限的深情。

进入泰姬陵主建筑内一间八角中央大厅，这里用白色大理石砌成地面与墙面，又用各种彩色硬质高级石料镶嵌成几何花纹图案，美轮美奂。一位老人打着手电筒领着我一一察看，那些精美的图案在手电光的照射下发出透明而美丽无比的光彩，我被深深地吸引住了。

最后，当我依依不舍地告别泰姬陵时，仍情不自禁地再次回头遥望。远处，那一尘不染的白色大理石陵墓犹如一位睡卧于蓝天绿地间的白衣仙女，在静静的水池映照下，高雅婉约，幽然沉静。在泰姬陵所在镇的一家印度政府部门办的工艺商店，我买了一只白色大理石镶嵌着彩色石料草花图案的挂盘，完全是制作泰姬陵墙体图案的工艺，极为细密精美。

现在放在我书房的书架上，每当看书时间长了，抬起头来，抿上一口茶，看着这个精美的印度盘子，就想起泰姬陵高雅华美的身影，想起其高超的建筑雕刻工艺，在古老的东方民族文化艺术精华中沉醉良久。

天竺“奇遇”

在印度的日子，以往对于佛国的印象越来越模糊，现实的一切与想象中的佛国大相径庭。

在加尔各答的一天，我们一大早赶往火车站拍摄，据说当年徐悲鸿先生就是在这里搭火车去国际学校的。一到火车站，我们就被眼前的景象惊呆了。月台上蹲着、躺着一群群的人，火车车厢破烂不堪，车门敞开着，没有检票员，可以随意进出，不少人头顶包裹急急忙忙地一会儿进一会儿出。一列火车进站，不少印度人若无其事地吊在行进中的列车门边上，像这类玩杂技似的乘火车方式在印度实在是一大奇景。我拿起相机拍照，吊在车门上的人一只手抓着门框，一只手频频向我招手。

当我收起相机回到车站广场时，收到同行无锡老兄的短信，说是出事了，我们一行五人中有三个南京老兄被车站警察逮起来了。我下意识地感到与拍摄有关，第一反应是把相机中的胶片藏起来。同行的印度司机在边上一看，向我做个手势并把我的胶卷放在他座椅的垫子下面。虽说语言不通，但大概他已从我的脸色和收拾胶卷的动作中发现了异样，他的机敏让我惊讶。我急急忙忙赶到车站警察所。一进警察所，看到同行四人都坐在板凳上，四周站着几个全副武装的士兵，一个警长模样的人手拿着同行们的几本护照翻来翻去，并反复询问我们为什么要拍车站。我们反复解释是为了拍《徐悲鸿》的纪录片而来，并无敌意。但是他们还认为是违规，车站不能拍，违禁者要拘留起来。中国有句老话，“秀才遇到兵，有理说不清”，现在因为语言不通，更说不清了。

天气非常闷热，四十多度的高温下，警察所里不光没有空调，连电扇都没有一台，和我一起去的无锡老兄脸色苍白，轻轻对我讲胸闷头晕吃不消了，我觉得他有中暑的征兆，马上拿起身边南京兄弟从上海带来的水给他喝。刚喝没几口，一个印度兵问水是否从中国带来的，我回答是的，他表示要喝，无锡老兄只好老老实实地给他了。这个印度兵喝了几口，就把身上的枪拿下来放在桌子上，枪口对着我，只见他拿出几颗子弹一颗一颗往弹仓里压。这可不妙，万一走火不是要我们的小命嘛，我把他的枪管往外挪了挪，并随手抓起南京兄弟手上的毛巾，不管三七二十一冲进警察所里面去，拧了一把凉水毛巾给无锡老兄敷上，喝不成水总得给他解解暑吧。

一晃几个小时过去了，其间我请当地华人从中斡旋也无济于事。他们收掉了南京兄弟三个人的护照，一会儿请示，一会儿询问，好像意见不统一，听说还要把他们拘留起来。这时，我们在警察所里已待了五个小时了，中饭没有吃，连水都没有喝一口。中国使馆同志打来电话解释也无结果，我看事情再拖下去也不是个办法，便对同行老兄说：“让我去处理。”我走进警察所头头的办公室，一看他们几个躺在藤椅里慢条斯理地聊天，一下子火气就冲上头来。我拖着陪同者让他翻译：“我们是为中印友谊而来，是你们国家请来的客人，你们这样无礼扣人是违反国际公约的，你们有责任。如果再无理扣人，我们不走了，看你们怎么处理，这样造成的后果由你们负责！”说着我拿起自己的公务护照给他们看，并说：“我到美国、巴西都得到礼遇，没见过这样无礼的！”他们几个被我一席话“轰”晕了，一个头头似的连忙给我赔不是，还马上拿出几瓶矿泉水和几杯奶茶请我们喝。我说：“不喝！赶快放人！半小时之内你们不放人，我们五人就在这里不走了！”不知是警察欺软怕硬还是自觉理亏，只见他们几个耳语一番，然后拿出一张纸让我们每个人签上名字，放我们走了。这就是我们在加尔各答的五个小时“班房”奇遇生涯，难忘啊！

印度之行，留给我的印象着实难以描述，当结束这趟短短五天的行程时，我实在想不出用什么恰当的话来表达，还是用圣雄甘地说过的一句名言吧："唔，印度是一个乱七八糟的国家！"

大型纪录片《徐悲鸿》首发式非常成功，廖静文女士和文化部部长都出席了首发式并予以充分肯定。我对廖静文女士谈到徐悲鸿先生在印度的一段经历，廖静文说拍摄悲鸿先生在印度这段经历很重要。但是老人家没有想到，我们摄制组在印度还有不少意想不到的遭遇。

离开印度的前一天，我们去了加尔各答的唐玄奘寺庙，那是印度华人募捐集资建造的，规模不大，坐南朝北，三层楼高，里面空空荡荡，仅有鎏金的玄奘身着袈裟徒步去西天取经的全身塑像。我深深地向这位先行者鞠躬致敬。正是有了玄奘、徐悲鸿、泰戈尔这些友好使者的辛苦努力，才使两种古老文明融合在一起，也正是这些前辈的指点，才唤起我心中久久难以平复的朝圣之情。

2005 年 12 月

圣地之谜

7 月 21 日晚 11 点，我们一行人在首都国际机场 3 号航站楼登机，飞赴以色列特拉维夫。对于即将踏上的这片充满神秘与未知的土地，我们充满了好奇并深怀着敬畏之心。

加利利湖的霞光

访问的第一站是我们在以色列的友好城市太巴列。太巴列与耶路撒冷、希伯伦、查法特并称为犹太教四大圣城，分别代表水、火、土和空气四种元素。传说耶稣当年就是从这里上岸向众信徒传播他的八福之音的。接待我们的市政厅负责外事的女士介绍，《新约》上关于耶稣的故事基本上发生在太巴列市地区。这里有不少关于耶稣的传教典故和罗马、拜占庭及奥斯曼时期的建筑教堂遗址，拥有丰富的人文资源，是个古老而有文化底蕴的城市。据说有许多犹太拉比（智者）奔波一生后，到了暮年往往会来到太巴列，在这里潜心钻研，乐善好施，度过他们生命中最后的时光，长眠于此。这是一座什么样的城市呢？

太巴列位于戈兰高地南岸，拥有整个巴勒斯坦地区最大的淡水湖加利利湖。加利利湖低于海平面220米，大概是世界上海拔最低的湖。“加利利湖”是它的英语名字，犹太人则称之为“肯纳瑞特湖”，意思是竖琴，因为其形状酷似竖琴。加利利湖的旖旎风光一向让人流连忘返，这里的美景可谓晨昏晴雨各不同，那两句赞美西子湖的“水光潋滟晴方好，山色空蒙雨亦奇”，用在这遥远的加利利湖身上竟是出奇的贴切。

我们入住的酒店就坐落在美丽而神奇的加利利湖畔。由于时差的原因，一大早我就醒了，推开阳台门往外一看，加利利湖美景尽收眼底，远处的戈兰高地也清晰可见。太阳还没有露脸，湖面平静如镜，从远处吹来的晨风格外凉爽。由于湖水很深，湖面呈现出美丽无比的湛蓝色，静静地迎接着太阳的问候。不一会儿，太阳从彩云间露了出来，瞬间天空和湖面洒满万道霞光，戈兰高地也顿时融化在霞光里，蓝天与湖水在霞光的映照下呈现金灿灿的一片。突然，两只鸽子从眼前飞过，迎着阳光飞去，鸽子振翅飞翔的身影四周仿佛嵌上了一道金边，像是神话中的金鸟，之后慢慢变小，一点一点消失在阳光里，天空和湖面更加静谧了。恍惚间，仿佛《新约》里描绘的耶稣踏着加利利湖湖水上岸向他的信徒传播八福音谛的场景即将重现。沐浴在那一片圣洁的霞光中，那一刻我愿相信，刚刚飞过的鸽子正是神的信使，加利利湖两岸戈兰高地的子民太需要和平了！

说来也巧，昨天刚刚到达太巴列，就收到无锡市宗教局朋友的电话，说市基督教会要请电视台专题部拍摄15分钟的电视片介绍教会的活动。我到电视台工作多年，还从来没有拍过反映基督教情况的电视片，而刚一踏上圣城的土地就接到这样一个电话，是圣城拉近了我与宗教的距离吗？我二话没说，一口答应。电话那头，宗教局朋友得知我此时此刻身处圣城，也觉得太神奇了！

在太巴列市，还存有耶稣向他的信徒传播八福音谛的遗址。根据《圣经》记载，耶稣曾在这里向跟随而来的信徒布道，其主要内容是讲有八种福气的人启发众信徒，后来人们在这里的山坡上建起教堂供后人顶礼膜拜。现在的教堂是在原来的教堂遗址上新建而成。教堂的特色在于大厅有八面窗，耶稣布道的八福音谛的主要内容写在八面窗上：虚心的人有福了，因为天国是他们的；哀痛的人有福了，因为他们必得到安慰；温柔的人有福了，因为他们必承受土地；饥饿慕义的人有福了，因为他们必得温饱；怜恤的人有福了，因为他们必蒙怜恤；清心的人有福了，因为他们必得见上帝；使人和睦的人有福了，因为他们必称为上帝的儿子；为义受逼迫的人有福了，因为他们属于天国。教堂面对加利利湖，八面窗朝向八个方面，仿佛耶稣仍在不断地向他的信徒传递八福之音的真谛。山坡上绿树成荫，鲜花盛开，在阳光的照耀下格外灿烂。

在拜会了太巴列市府、交换了电视专题片后，我们考察了该市的水处理中心。以色列是典型的缺水国家，虽然太巴列市比邻湖泊，但他们对水资源保护和开发的重视让我们印象深刻。中午，市长在湖边的餐厅与我们共进午餐。午宴吃的是以色列特色菜肴，最后上的一道大菜是油煎圣·彼得鱼。大家觉得没有味道，远不如家里的红烧鲫鱼。可当市长先生介绍说明为什么叫圣·彼得鱼时，大家又肃然起敬了。如果不是耶稣帮忙，彼得的那两条鱼和五个饼是解决不了五千信徒的餐饮问题的。我问市长先生，难道当年圣餐就是这样的吗？当年耶稣也吃这鱼？市长闻之，耸耸肩膀，笑而未答。

伯利恒的圣诞

离开太巴列市，我们去往伯利恒。

一路在神秘而悠远的氛围中前行，恍惚间不知身在何处，一砖一瓦、一石一木，都裹挟着历史的气息出现在面前，随时随地都会把我们带回到曾经耳熟能详的宗教故事中。

伯利恒位于耶路撒冷南侧约六公里处，属巴勒斯坦自治区。《圣经·创世记》里提到的伯利恒，当时称之为“以法他”。耶稣降生于伯利恒，拜占庭时期在这里修建了教堂。圣诞教堂在历史上先后被罗马人、波斯人、阿拉伯人、欧洲十字军和突厥人占领，久经磨难，多次遭到毁坏，继而修葺、改建。好在总的风格和结构大体上得到保持，基本未发生根本性的改观，这里也就成为基督教最神圣的地方。我们一行经过哨卡，两方面的士兵荷枪实弹对来往的车辆与人员进行盘查，原来在电视上看到的高高的水泥板隔离墙无情地耸立在那里，当地陪同告诉我们，自从有了隔离墙以后，耶路撒冷的治安好多了。不管以色列人和巴勒斯坦人之间矛盾多大，但能感受到他们对中国人是友善的，我们经过哨卡时士兵上车照个面就让通过了。

当我们穿过巴勒斯坦已故领袖阿拉法特原居所时，就来到基督教信徒日思夜想的圣地——耶稣诞生地。一路看到的教堂基本都是在旧址上重建的，唯有这所教堂基本没有动过，十字军来到这里时因金碧辉煌的壁画上有耶稣的形象所以没有毁掉。苍凉高耸的古老教堂外是一大片广场，强烈的阳光晃得人眼睛无法睁开。进口处是在教堂的高墙下开了个洞门，仅能容一个人弯腰通过。有人说这样做是为了让人们在耶稣诞生地感到主的伟大和自己的渺小。实际情况并非如此，入口处原来是一扇高大的拱门，十字军占领伯利恒后，为阻止阿拉伯骑兵长驱直入，于是把圣诞教堂的大门用石块封了起来。后来，为了便于教徒出入，才又开了这个小洞门。进去后再穿越一个洞门就是教堂大堂了，里面豁然开朗，两边墙上依稀保留着古老的壁画，地板下面也保留着伊斯兰文化的纹饰。虽然这里时有兵戎相见，但文物保护的措施一点也没有因此而减弱。接着，还是穿越洞门，就来到了耶稣诞生处，仅十多平方米大、一人多高的巴掌之地，信徒们争先恐后地伏下身体去抚摸磕头。其心之诚、其景之壮观，令人惊诧不已。此情此景，让我想起当年西安法门寺刚刚发现释迦牟尼指骨舍利时，也是个地窖，要伏下身子去领略，也有一种神秘的感觉。据说现在法门寺已今非昔比，地方政府投入巨资改造成旅游景点了，变得宽宏而亮丽却少了一分宗教的神秘色彩，多了一分招揽游客的嫌疑。我想，世人皆知犹太人经商的脑筋发达，他们怎么会没考虑到这一层呢？

耶路撒冷之谜

世界若有十分美，九分在耶路撒冷；世界若有十分哀愁，九分也在耶路撒冷。长久以来，人们常常会用这样的话语形容这座名为“和平之城”的悲情城市。

耶路撒冷位于巴勒斯坦中部犹地亚山的四座山丘上，是一座举世闻名的历史古城，距今已有五千多年历史。耶路撒冷旧城是一座宗教圣城，是犹太教、伊斯兰教和基督教三大宗教发源地，一座城把三大宗教联系在一起，三大教、全世界十八亿教徒都把耶路撒冷视为自己的圣地。这里，是无数条朝圣之旅的终点；这里，上演过无数或残酷或崇高的人间悲剧。

每一天，都会有世界各地的信徒怀着无比虔诚之心来到神圣的耶路撒冷，去往各自的圣地，朝拜各自的神明。比如，在耶路撒冷的西南角，有一些基督教和犹太教都认为很重要的地方，如锡安山，基督教传统上相信，黑色屋顶的安眠堂是圣母马利亚的诞生地，其旁边的楼宇就是耶稣最后晚餐的地方。走出最后晚餐的楼宇，顺着旁边的楼梯走下去，可以到达犹太教圣地大卫王之墓。在约旦占领耶路撒冷旧城期间，禁止犹太人到哭墙祷告，这里便成为犹太教的圣地，许多犹太人到这里来祷告，并由屋顶遥望圣殿山。

踏进耶路撒冷旧城，那狭窄拥挤的街道和脚下光亮的石板路，让人仿佛一下子回到了中世纪。旧城由四个城区组成，基督徒区在西北，穆斯林区在东北，亚美尼亚基督徒区在西南，犹太人区在东南。现在所看到的城墙建于十六世纪，为奥斯曼帝国苏莱曼大帝以巨大的石灰石所建筑。眺望圣殿山麓，卫城在阳光下静静地躺着，无论是卫城还是躺在它周围的无数棺木，千百年来就这么静静地安卧，无论是哪个教派，无论是罗马人还是突厥人，都没有改变它的存在。

名闻遐迩的哭墙，一墙之隔就是两大教派的圣地。我们先经过锡安门，门口停留着一队换防的以色列年轻士兵，锡安门上遗留的累累弹痕依稀可见。1948 年独立战争，以色列义勇军为救出被约旦军队围困的犹太人，曾从此门进入，1967年犹太人再度夺回旧城。这两次战斗都被这些弹痕所印证。从锡安门进入旧城，沿着石阶一直走，穿过一大片广场就是哭墙。抬头仰望，哭墙之上，耶路撒冷的标志性建筑——金色的圣石拱顶在蓝天辉映下闪耀着神圣的光辉。这场景实在是太震撼了。圣石拱顶建在圣殿山上，是犹太教的圣殿。公元70年被罗马的提图斯将军所破毁，此后，犹太人在废墟上用原来圣殿的石头垒起一堵大墙，称为“哭墙”，从此，犹太人每年都要来此祈祷，这里成为当今犹太教最重要的崇拜物。特别是每逢宗教节日，更有大批的犹太人相聚在哭墙下，举行缅怀先人、追忆民族苦难的祈祷仪式。哭墙之下，各色犹太人男女分开，虔诚祈祷，全然沉浸在与无形且永恒的上帝的对话之中。同行的云飞兄有感而发写下一首七绝:“遐迩哭墙问道来，喃喃面壁述心怀。经书一卷有天地，抚慰感伤至灵台。”

圣石拱顶中有一块长方形的岩石，长17.7米，宽13.5米，高出地面1.2米。据犹太教传说，当年犹太人的始祖亚伯拉罕就是把儿子放在这块石头上准备献祭给上帝的，因此这块岩石在犹太教中一直被视为“圣石”。在基督教传说中，这里是耶稣布道的地方。而据伊斯兰教传说，这块石头是先知穆罕默德升天的踏脚石。一块岩石，就这样见证了三大宗教纠缠共生又彼此不愿包容的历史与现状。在金顶清真寺南侧，是银顶的阿克萨清真寺。两座金银清真寺，在整个卫城所呈现的一片灰色中格外耀眼，只有蓝天和光阴可以区分它们的差异。

圣墓教堂，是耶路撒冷基督教大教堂之一，相传是耶稣基督遇难、安葬和复活的地方。踏进圣墓教堂，立刻被庄严幽邃的气氛所感染，在那块据说是清洗耶稣遗体的大理石上有不少信徒争先恐后地膜拜祈祷。传说中安葬耶稣的地方在圣墓教堂中央，当我举起相机拍照时，抬头看到教堂的穹顶有一束天光照射在上面，与下面被烛火燃得通红的墓墙相映衬，神奇至极，我按下快门留下了这珍奇的瞬间。短短的一天时间，我们先后拜谒了耶稣诞生地和遇难、复活地，耶稣这个伟大的宗教人物在我心灵中留下了强烈的震撼。

不知不觉已近黄昏，很多来过这里的人都会觉得，黄昏时分是耶路撒冷最美的时候，夕阳之下，整个城市弥漫着金黄色的光辉，在那一刻你会全然忘却这座古老圣城悲情的一切，完全沉浸在这种明亮而温暖的感觉之中。或许这就是上苍给予沧桑苦难的耶路撒冷的一种额外恩赐？

当我们走出卫城再看对面的锡安山，已近掌灯时分，耶路撒冷也不分东西地慢慢消失在夜幕之中，只有星星不分彼此地照看着。明天我就要离开这座城市了，这座城市却给我留下许多的困惑。

数千年来，耶路撒冷见证了人类历史的沧桑，阅尽了信仰与背叛、战争与和平、爱与恨、幸福与痛苦、毁灭与重生的轮回。数千年来，这片土地在遭受了无数次宗教与政治的纷争与战乱之后，伤痕累累，满目疮痍，及至今日仍难平复。我们在途中，到处都可以看到荷枪实弹的士兵在执勤盘查。戈兰高地上，沿着山坡可以看到冷冰冰的水泥高墙将巴勒斯坦人自治区与犹太人居住点隔离开来。满眼除了水泥房子就是荒芜的山丘，很少有草木覆盖。孕育了世界著名三大宗教的圣城啊，上苍却给他的子民如此恶劣的生存环境，相互间还常常冲突厮杀。上苍如此严苛，谁能知道这是为什么？

这是一块神圣的土地，三大宗教从这里诞生，从这里布教，始终不渝地寻求各自的“真理”。信徒们世世代代都没有动摇过，比如犹太人，当年耶稣第一个来到他们面前为他们布道，可他们并不接受，几千年来还在追求他们心中自己的“上帝”。不管他们被哪个教派所驱赶，不管他们的土地被哪个族群所占领，他们从来都未曾动摇过，流离颠沛，前赴后继。产生于这座城市的三大宗教互不相融，如同有一座哭墙永远横亘在它们之间，难道真理之间也是水火不容的吗？上苍对他虔诚的信徒如此吝惜，这又是为什么？

晚上，走在耶路撒冷新城的街头，享受着地中海吹来的凉风，格外凉爽，与白天近四十度的高温炙烤相比，仿佛是两个世界。现代化的街景，时尚化的都市人，熙熙攘攘，人们的脸上呈现的是健康和平和。白天所经历的一切真的存在吗？耳边莫名地又响起白天时在“最后的晚餐”所在地，一群来自巴西的年轻人对着空空如也的教堂欢唱的歌声，那一刻，耶稣最后晚餐的悲悯气氛在年轻人纵情的欢歌中荡然无存。

耶路撒冷啊，一座小小的耶路撒冷城，先后十八次被毁灭，但它又一次次奇迹般地重建，重新汇聚世界上最狂热的爱与恨。耶路撒冷是幸运的还是不幸的？不堪重负的耶路撒冷啊！

2011 年 10 月

古今同乐

希腊，西方古代文明的发源地，也是人类文明的发源地之一，古希腊神话慰藉了人类的灵魂，构建了精神的家园。曾经，那些神话故事充实了我知识饥渴的少年时光，成为我少年记忆中一抹不可多得的瑰丽色彩。这些年，虽然曾在大英博物馆、纽约大都会博物馆、法国卢浮宫等处看到过那里陈列的精美绝伦的希腊艺术品，但总不过瘾，希望有朝一日能去希腊看看。这次应希腊第三大城市帕特雷市的邀请进行文化交流和考察，实在是一个难得的机会。

漂亮到这种地步的海

从以色列特拉维夫飞抵希腊雅典仅两个多小时，一下飞机，我们直奔雅典以西八十公里处，以科林斯运河为界线的伯罗奔尼撒半岛。公元前十三世纪，这里产生了迈锡尼文明，著名神话中特洛伊战争的英雄阿伽门农长眠于此，奥林匹克的诞生地奥林匹亚也在这个半岛上。我们的车沿着海岸线奔驰，令世人心向往之的希腊的海就这样一下子跃入眼帘。关于希腊的海，村上春树在《雨天炎天》里这样说：“感觉上那已经不能称之为海。甚至倏然间觉得那仿佛是某种仪式，让我想起经过久远得令人晕眩的时间和牺牲后被彻底格式化，并因急于向美的核心突飞猛进而失却本来意义的一种仪式。海就是漂亮到这种地步。”只有与村上一样亲眼见到希腊的海，才懂得他那如同呓语一般的描述到底说了什么。

到达希腊的当天晚上，帕特雷市的朋友安排我们在靠近地中海边上的一家酒店下榻。酒店仅五层，我的房间居然被安排在最高层，推开阳台的门是一个一百多平方米的大露台。面朝大海，春暖花开，能够终日面对着这样的海，每天的光景无疑是浪漫的。

夏日的爱奥尼亚海波澜不惊，在灿烂的地中海艳阳照耀下如蓝丝绒般静谧柔软。面对爱奥尼亚海，能看到横跨在海峡上的斜拉大桥的雄姿，如果不是因为中国大连渤海湾大桥的建成，它还一直稳坐世界大桥的头把交椅。我完全被这海景吸引住了，下决心一定要下海畅游。

第二天，天刚刚露出一点鱼肚白，我便换上泳裤走向海滩。远处海峡大桥的身影在晨曦中隐约可见，西边的天际上还挂着昨夜的月亮。寂静无人的海滩上，海浪轻轻拍打岸线的声音如同大海的絮语。那海水，还是村上所言：“单纯澄澈单纯蔚蓝的海任凭多少都有，这里的海则是全然与此不同的另一种美。怎么说好呢，那是性质迥然有别的一种澄澈、一种蓝。水简直像真空的空间一样纯净，而又被染上深葡萄酒色。对了，就好像大地酿造的葡萄酒从地底的缝隙咕嘟嘟涌出，给海面着了色——便是那么一种令人头晕目眩的蓝。”我深一脚浅一脚地向海边走去，俯身扑向海水，瞬间划破那抹“令人头晕目眩的蓝”，迎着海浪游去，又瞬间融入那如真空般透明而纯净的海水里。

风流总被、雨打风吹去

在希腊的短短行程中，我徜徉在这个美丽国度众多的历史文化遗存中，如气势恢宏的雅典娜神庙、精美绝伦的人体雕塑、无与伦比的古代金银饰品……但最令我感动的还是那些古剧场或古剧场遗址。

伯罗奔尼撒半岛之行，在半岛看到的埃皮达鲁斯遗迹让我心动不已。这是医神阿斯克勒庇俄斯的圣域，在一个山谷之间生长着高大的参天古松，姿态各异，沿着山道，穿过树林，豁然开朗，一座依山而筑的大扇形古剧场蓦然展现在眼前。据说，在公元前六世纪左右，阿斯克勒庇俄斯信仰在希腊传播开来，从四面八方赶来治病的人络绎不绝。在埃皮达鲁斯的鼎盛期公元前四世纪，修建了不少以医疗设施为中心的神庙，在当时的祭司指导下对患者的治疗，不仅仅是药物，还包括通过运动和按摩舒展筋骨，甚至通过观看戏剧和音乐会舒展心情，可以说这是古希腊最大的心理医疗中心。这个剧场是公元前四世纪时由阿尔沃利斯的建筑家博卢克莱陀思修建的，至今保存完好，1954 年对这里进行了改建，除戏剧外，还可以上演歌剧和音乐会。我们到达这里时，正好看到一拨人在搭建舞台灯架准备音乐会。观众席利用山坡的斜面而建，台阶用类似于青石的大石料堆砌而成，从顶端往下看，四面青山环抱，蓝天白云覆盖，像是一把置放在山谷里的太师椅。据说可以容纳近一万四千人的这个剧场，从最上面的任何一个座位都可以清晰地看到舞台上的表演，也可以清楚地听到舞台上的声音，音响效果出奇的好。

在雅典的卫城之巅也有两个剧场，是位于卫城山巅南麓的狄俄尼索斯剧院和希罗德・阿提库斯音乐场。狄俄尼索斯剧院原是一座可以容纳一万五千人的古代雅典大型剧院，建于公元前六世纪，在罗马时代进行了改建，保留下来的只有罗马时期的大理石座椅。如今，这里只存有剧院的石阶遗迹了，而另外一座希罗德・阿提库斯音乐场则基本保留了下来。公元 161 年，音乐场由阿提卡地区的富翁希罗德・阿提库斯修建并捐赠给雅典市，可以容纳六千名观众，每年夏天雅典都会在这里举办各种演出，包括音乐会、歌剧以及希腊古典戏剧。我站在雅典卫城的山上，一片静谧之中，细细端详阳光在剧场石阶上跳跃着留下的串串光影，远眺脚下苍凉古朴的古剧场，思古之幽情油然而生，“舞榭歌台，风流总被、雨打风吹去”（辛弃疾《永遇乐・京口北固亭怀古》），曾经在这古剧场上演过的一幕幕悲欢离合，是早已与为之喝彩的观众一起退回历史的深处，还是分毫不差地刻在了这古剧场的记忆中，谁会知道！

心想事成　古今同乐

从古剧场回来，我的心里一直纠缠着一个念头：要是能在这古剧场里看一场演出该多么惬意啊！

晚上，帕特雷市的市长夫妇举行招待晚宴，晚宴是在古城街心公园的树丛中进行，绚丽多彩的晚霞洒在别致的酒席间，一切都显得那么雅致。记得二十多年前，我也随团去友好城市美国田纳西州的查特努加市考察，好客的主人在我们来访前一个月就在查市郊外的乡村别墅预订了晚宴，是一位法国裔美国公民承办的，具有法兰西乡村风味，葡萄美酒夜光杯，别具一格。东西方文化的差异从待客之道上可见一斑！晚宴后，市长夫妇竟提议陪同我们一行在罗马时期的古剧场观看希腊音乐晚会。心想事成，真是天助！

我们所去的那个古罗马时期的剧场保存得相当完整，红砖和石块砌成的墙体，看上去古老而厚实，斜体扇形的大理石堆砌的座位可以容纳两千多位观众，举目望去早已座无虚席，只有头排中间的席位是空着留给我们这些来自东方的客人的。我没有和主人坐在一起，而是悄悄地跑到第一排八点钟的方位上找了个位子坐下——这样的位子摄影和录像都很方便。

演出开始前，我留意了一下台上的乐队组合，舞台左右有两架钢琴，其中一架大约是电声的，一个手风琴手位居中央，两把电吉他，其他就是几件管乐、弦乐和打击乐器相配了。乐队虽然不大，但由传统乐器和电声乐器相组合，又是在罗马古剧场里演奏，效果值得期待！

音乐会开始了，场上一阵骚动，随着雷鸣般的掌声响起，两位男女歌唱演员上场了，掌声再次掀起高潮。走向舞台中央的是一位个子不高、相貌奇特的乐队指挥，一身黑衣，两手奇长，站在那儿双手下垂已近膝盖，挥起拍子时手掌大如蒲扇，举手投足之间神情之专注、激情之澎湃，形似小泽征尔，又似乎比小泽征尔更有力度。整个乐队和演唱在他的指挥下配合密切，天衣无缝。或金戈铁马，或风卷残云，或空山鸟语，或流水潺潺。忽而一马平川，忽而峰回路转，忽而万马奔腾，忽而雷霆万钧，将全场两千多位观众胃口吊足。据介绍，担任晚会指挥的是斯塔弗洛斯·里特拉斯，他出生于1939年，是希腊作曲家、指挥家，曾担任过希腊国家音乐乐团的团长，他的主要作曲风格以希腊民间音乐为主，今天的晚会就是一场希腊民歌演唱会。

两位歌唱家的演唱也值得称道。男歌手是伊亚尼斯·查洛里斯，面容始终带着微笑，眼神明亮透彻，声带宽厚，音质清晰，演唱起来像高山流水，自然而轻松。女歌手名叫娜塔沙·坡弗里奥，身穿黛黄色的宽松无袖连衣裙，腰间系着一根金色带子，满头金发往后绾起，浅蓝色的大眼睛不断闪烁出妩媚的光亮，修长而骄人的身段在宽松飘逸的裙子下依然展示出迷人的风采。她在演唱时倾情投入，特有的女中音演唱起来声情并茂，歌喉比关牧村宽厚，又比蔡琴明亮。每当一个段落唱完，她的头高傲地向右一转，与指挥手指间的指挥棒和最后一个音符一起收住，一招一式，精彩绝伦，那一种非凡的贵族气质可谓是风情万种，使人难以忘怀。

整场演唱会历时两个多小时，其间无一人走动，更没有手机的声音。观众席上井然有序，每当歌手唱到观众熟悉的歌曲时，往往会有众多的观众和唱，台上台下连成一片，其情其景令人感动不已。两位歌手基本上演唱的是现场观众耳熟能详的希腊民歌，唤起了大家的情感共鸣，我周围的观众大多情不自禁地跟着歌手一起哼唱。看到古老的罗马剧场里坐着的男女老少尽情歌唱，乐手们居然用爵士、摇滚的变奏演绎起希腊民间音乐，清晰的鼓点打着节奏，手风琴手和吉他手的伴奏使歌手的演唱更为洒脱。在有着两千多年历史的罗马古剧场上演的这一幕，仿佛跨越了时空，让人目眩神迷。岁月流转，人类的物质文化生活早已发生了巨变，然而音乐却跨越时空、地域、民族、宗教的阻隔，依然生机勃勃。抬头遥望剧场上方的天空，皓月当空，“今人不见古时月，今月曾经照古人”，一样的月光，一样的剧场，虽说人事已非，但音乐却顺着两千多年的光阴淙淙而来。据说在希腊，像这样至今仍在使用的古剧场有好几座，每年来自世界各地的音乐戏剧家们都会欢聚一堂，举办各种音乐会、演唱会、歌剧和戏剧演出等，还有各种音乐节和狂欢节。

此情此景，让我联想起不久前在北京鸟巢举办的滚石音乐人“滚石三十年”大型演唱会，整个鸟巢八万个座位挤得满满的，当歌手唱起那一首首大家耳熟能详的旋律时，全场观众兴奋不已，台上台下共同唱响，震撼了整个鸟巢。无论是在今夜的帕特雷古罗马剧场，还是在那晚的鸟巢，无论是古希腊，还是今天的中国，音乐赋予我们的感悟是无二的，音乐是人类灵魂的精灵，在人们的心里流淌，在生命的长河中不逝。有前贤说过，音乐是上帝的语言，透过音乐，我们如同与上帝对话，让我们的心灵获得安顿，有所依归。而有一天，当人离开这个世界的时候，他能带走的又有什么呢？只有那脱离了躯壳的灵魂，包括属于灵魂的思想和音乐。

此时此刻，古剧场的上空一定飘荡着许许多多的古今音符，于无形中流淌着、飘荡着，穿越古今，上天入地。它会不断地滋润着人们的心田，给人以平和，给人以快乐，为人们疗伤，带着人们超脱尘世。

曲终人散，我再度仰望天空，那轮明月依旧静静地高挂在古剧场的上空，也静静地挂在了我的记忆中。

2011 年 10 月

巴黎，为艺术而来

巴黎于我并不陌生，曾多次出差到访或途经，喧嚣嘈杂、交通拥堵，是巴黎带给人的第一印象。然而这座城市又有她无与伦比的另一面：沉淀深厚的历史文化，与生俱来的艺术氛围，不胜枚举的名胜古迹，不可言说的浪漫气质……巴黎是闻名世界的艺术之都，各类美术馆、博物馆云集于此，林林总总，数不胜数。每年，各种类型的美术展会让世界各地的艺术家纷至沓来。有一天，可以纯粹地为了艺术走近巴黎，来一番酣畅的艺术之旅，是我难舍的心愿。

为迎接中法建交五十周年，2013 年 10 月，“美丽中国——中国城市文化展”在巴黎卢浮宫举行。这次展会由中国文化部对外文化集团公司与法中文化艺术交流中心、法国戴高乐基金会等联合主办，国内多个城市派团参加。受市有关部门指派，我有幸参加这一城市文化交流活动，并在卢浮宫卡鲁塞尔厅举办“太湖风情——严克勤中国画特展”。巴黎艺术之旅就这样与我不期而遇。

一、展画

金秋十月是每年工作量最大最忙的时节，为了准备巴黎画展，我利用中秋、国庆两大节日的余暇时间，潜心构思，倾情创作，挑选作品。工作和绘事两者都是劳心劳力，太多的忙碌让我在飞巴黎前晚到达浦东机场的空港宾馆时，进了房间便倒头就睡，太太发来的问候微信直到早上醒来才看到。

巴黎时间10月29日下午6点45分，我抵达戴高乐机场。出了机场往城里赶，巴黎还是老样子，又挤又脏。车在巴黎的百年老街上开开停停了好一阵子，终于到达酒店。酒店在市中心，离卢浮宫很近，步行也就十几分钟的样子。这是一家门面不大的老字号旅馆，电梯小得只能容纳两三个人，再跟进一只大箱子就有点狼狈了。其实，在欧洲旅行，如果在老城区入住，很少有国内常见的宽敞明亮、富丽堂皇的星级酒店，意大利、法国更是如此。对我而言，酒店大小无所谓，干净、安静即可。

因时差关系没有睡好，一大早就起床投入布展和筹备活动。当晚，中国城市文化展和画展的开幕式在卢浮宫正式举行。我作为参展中国城市唯一的代表受邀发言，并与在场的法国各界嘉宾一起为展会开幕剪彩。此次展会，无锡代表团带去了五十多件精品，包括紫砂、泥人、瓷画等。我带去了最近创作的二十余幅山水画和几个绘画瓷瓶，专门举办了“太湖风情——严克勤中国画特展”，既是为“美丽中国——中国城市文化展”助威，也是为无锡文化“走出去”添一把柴，蹚一条路。

展出相当成功，现场人头攒动，高朋满座。极具江南文化底蕴的水墨大写意、文人瓷画以及宜兴紫砂等艺术精品力作在当地引起极大关注。四百平方米的无锡展厅向法国人民演绎了一场中国江南文化的交流盛宴，吸引了络绎不绝的当地参观者，其中既有法国国家美术协会主席、欧洲科学院院士、法国米勒博物馆馆长、香奈尔集团高级艺术总监等各界名流，也有法国国家文化部、外交部等政界高官，还有演艺界、影视界明星，以及爱好中国艺术的巴黎普通市民。他们徜徉其间，纷纷与无锡的艺术家亲切交流切磋，对艺术的共同爱好让双方之间语言的障碍在不知不觉中消弭于无形。中国驻法国大使馆文化参赞吕军先生专程来到无锡展厅，我陪着他一起参观，向他介绍了无锡的情况，并对画作一一加以介绍。

在展会现场，我还向本次展会的法国主办方戴高乐基金会主席雅克·高德弗兰赠送了以荷花为主题的近作《亭亭玉立》。高德弗兰先生有很高的艺术鉴赏力，他饶有兴趣地观看了每幅作品，不时提出问题与我交流，我感觉他对中国画的表现手法和艺术特点颇有了解，这一点殊为不易。

说来也巧，就在我举办画展期间，巧遇国内花鸟画大家霍春阳。我们饶有兴趣地攀谈起来，相互观摩，对中国画能引起法国观众如此共鸣表示惊讶，真是印证了那句老话，“越是民族的，越是世界的”，艺术是没有国界的。

画展闭幕前，活动主办方在卢浮宫举行仪式，为参展单位颁发纪念证书。仪式开始前，我看到仍然有不少观众在我的绘画作品前流连驻足，有的观众还在喜欢的作品前仔细揣摩，并用手机拍摄下来，令人感动不已！画展吸引了当地许多媒体的关注，新华社欧洲记者站、《欧洲时报》、《华人街》、凤凰网等近百家媒体现场报道了盛况。我接受了法国当地媒体的现场专访，介绍了自己对中国传统绘画艺术的理解以及个人的从艺经历。

二、观画

来到巴黎，不可不观画。到达巴黎第二天的早晨，我们一行人就直奔奥赛博物馆。被誉为“欧洲最美的博物馆”的奥赛博物馆位于塞纳河左岸，与卢浮宫隔河相望，由废弃的奥赛火车站改建而成，与卢浮宫、蓬皮杜中心一道被称为巴黎三大艺术博物馆。

博物馆 9 点开放，到达时门口已有好几圈排队的游客。陪同者说，如果来晚了排队时间长，看展时间就不够了！巴黎这几天突然寒潮袭来，加上早晚温差大，我离开饭店时忘了带风衣，排队时阵阵凉风吹来，真有点刺骨的感觉。

奥赛博物馆聚集了法国近代文化艺术的精华，是联结古代艺术殿堂卢浮宫和现代艺术殿堂蓬皮杜中心的一座精美桥梁。奥赛博物馆专门收藏法国十九世纪以后的艺术作品，涵盖建筑、雕塑、绘画、素描、摄影、电影、装饰等艺术门类，尤其以收藏十九、二十世纪印象派画作著称。一进门，就是栩栩如生的纽约自由女神雕像蓝本，除此之外，罗丹的雕塑《思想者》《加莱义民》等也陈列其中。其中，亚历山大的雕塑《基督殉道者》运用了新古典主义的技巧，给我印象极深。印象派画家梵高的《自画像》也是观众常常为之驻足的作品，画家坚毅的面容、眼中闪烁的光芒，与背景的波纹线条图案产生强烈对比。在艺术家灿若星河的西方美术史上，梵高是其中一颗璀璨而孤独的巨星。神经质的他在短暂的一生中，留下了大量震撼人心的杰作。他那忧郁、冷峻、无助的眼神，如同一把犀利的剑，直刺观者的内心深处，无声地诉说着笼罩在画家身边的无尽孤独，天空、麦田、星空、向日葵，也许只有面对他笔下这些生机盎然的自然景观时，他方能陶醉于其中，物我两忘。

在卢浮宫参展，自然不会错过重温卢浮宫的机会。卢浮宫坐落于塞纳河边，原是法国的王宫，收藏有各类艺术精品，包括雕塑、绘画、美术工艺及古代东方、埃及和古希腊罗马等七个门类，是世界上最大、最高端同时又具有现代意义的博物馆。

我曾多次来卢浮宫参观，有人戏称，到卢浮宫就是看“三个女人”——胜利女神、爱神维纳斯和蒙娜丽莎。记得二十多年前第一次到巴黎卢浮宫参观，观众比现在少很多，华贵而宁静的展厅里弥散着浓郁的艺术气息，让人一下就融入其中。达·芬奇的《蒙娜丽莎》和其他画作一样悬挂在展厅的墙上，没有任何阻隔，观众可以接近，仔细端详、认真揣摩。第二次来时，就有玻璃镜框罩住了。这次来更极端了，博物馆为她专门砌了垛大墙，并用一个大木框架起来，然后再是玻璃镜框，外面还设计安装了一个半圆形的平台把观众挡住，之间只留一个可以走残疾人轮椅的过道让行动不便的观众观看。画像前永远是人头攒动，远远望去，蒙娜丽莎孤零零地待在那垛巨大的墙壁上，沦为芸芸看客眼中的西洋镜，来到她面前的观众也只能象征性地满足一下“看到了”的心理需求，完全失去了欣赏艺术家杰作的那份神圣和敬慕。这“三个女人”中，蒙娜丽莎的地位最高，如今也最为可怜，日复一日，如织人潮之中，谁是她的知音？

与在卢浮宫赶集似的看热闹不同，在巴黎看画有时你也会邂逅出人意料的惊喜，此次巴黎之行我就与莫奈有了一次奇妙的“神交”。一天午后，我独自去橘园美术馆看莫奈的杰作《睡莲》，在寒风里整整排队站了两个小时，真可谓“衣带渐宽终不悔，为伊消得人憔悴”，诚哉斯言。进得展厅，静谧一片，喧嚣的巴黎被全然留在了外面，观众三三两两，与门外排成的长队形成强烈反差。流连驻足其间，大家都凝神屏息，不愿发出哪怕一点点声响。虚实相间，远近相宜，明暗相交，变幻无穷，其画面空间任由色彩和光的精灵所支配，美妙无比，赏心悦目，具有纯粹性以及诗意激荡的空间感，是主观与客观融通际会的解读，更是时空转化的一种有超越意义的觉悟。莫奈的作品，就这样静静地永恒绽放。坐下来慢慢地从几个角度欣赏莫奈的这幅艺术长卷，“接天莲叶无穷碧，映日荷花别样红”，一瞬间我的脑海里不由自主地冒出这样的句子，恍惚间竟不知自己身在何处，为什么会在绝对西化的艺术作品中如此强烈地读到了中国古诗的意境，品到了中国传统水墨画的神韵？中西方艺术间为何会有如此奇妙的契合？

走出展厅，那种妙不可言的观感让我久久为之兴奋，不能平静，我庆幸此次的巴黎之行有这样一个奇妙的午后，可以独自与莫奈相遇、相识、相知。从《睡莲》中看到了抽象艺术的抒情和梦幻。如今细细忆来，如果没有这么完美的观展环境，这一切恐怕都难以实现。想起北京故宫、上海博物馆甚至如今的台北故宫，那般人头攒动、热闹喧腾的场景中，那些作“壁上观”的传世珍宝们是否也会如同“蒙娜丽莎”般寂寥无助？

三、赠画

离开巴黎飞尼斯。尼斯是法国南部临近地中海的旅游城市，人口五六十万，历史上曾属于意大利，拿破仑时期划归法国，是法国第五大城市，也是世界著名的度假胜地。一到尼斯，我们随即前往当地的马蒂斯博物馆参观。博物馆原来是画家的住宅和画室，画家辞世后其家人捐赠给政府开办博物馆，并对公众开放，其中展览的作品大部分也是画家的亲属们历年所赠。

下午，我们赶到尼斯市政府，尼斯市长专门会见了代表团一行，并给我颁发了尼斯荣誉市民奖章。据市长介绍，他们授予荣誉市民相当慎重，按程序履行了审批程序。市长秘书后来透露，在尼斯市政府批准我为荣誉市民之前，他研究了我的有关资料和情况，写了厚厚一叠的专门报告，分别递交六位市政府高级官员审阅，并经市政委员会投票表决通过。呵呵，这个荣誉市民称号真是来之不易啊！尼斯是这次卢浮宫活动的主办方之一，给我颁发奖章的尼斯市长先生是中法文化交流的积极分子，为答谢，我专门选了一幅水墨花鸟条幅送给他。

第二天，我们按原定计划驱车前往戛纳考察电影宫。临近冬季，戛纳的海边冷清了许多，夏天蜂拥而至的度假人群已如候鸟般离去，一年一度的电影节的喧嚣也归于沉寂。中午，我们就在海边的一家餐馆用餐，品味着咖啡的浓香，享受地中海午后的暖阳。

下午回到尼斯，考察尼斯美术学院，院长热情接待并一一介绍了学院的情况。法国有五十九所美术学院，尼斯美术学院是尼斯大学的一所美术专科学校，全称叫尼斯·阿尔松别墅国家高等艺术学院。学校非常有特色，每年报考者五六百人，实际录取仅四十人。学院也有中国学生在这里读书，参观过程中就遇到一位来自厦门大学的研究生。我问他毕业后还回国吗，他说回。我给了他一张名片，希望他学成回国时来无锡工作，我们即将成立的中法文化交流中心需要这方面的人才。

在尼斯期间，我们还有一项重要活动，就是参观尼斯电视台，与尼斯电视台台长见面并签署了两台合作交流协议。台长非常热情，说我是尼斯市荣誉市民，尼斯市长都知道，彼此已是朋友，双方电视台合作交流一定会更融洽顺畅。我们就在台长的办公室完成了合作协议的签字仪式。

临行前，我们一行还专程到尼斯亚洲艺术博物馆参观考察，并与法国资深议员、年逾八旬的阿尔卑斯滨海省议会副主席阿兰·弗莱尔会面。主席先生爱好中国文化，曾五次访华。他在尼斯市议会投票表决授予我荣誉市民的时候，了解到我的个人情况，因而主动要求约见。他不顾年迈，赶到尼斯亚洲艺术博物馆，当时我正在馆内参观。见面后，他兴奋地谈起访华的趣事，谈起博物馆内收藏的东方艺术品，谈起我的画展，并对我成为尼斯荣誉市民表示祝贺。会见结束时，他还执意要寻找馆内最具标志性的地方与我合影留念，并代表亚洲艺术博物馆接受我的画作《蠡湖春晓》作为馆藏作品。

据馆长杜蒙女士介绍，亚洲艺术博物馆是法国最大的以收藏东方艺术品为主题的机构之一，其艺术品收藏均有一套严格的审批程序，馆内所藏均为来自中国、印度、日本等亚洲国家的古代及近现代艺术精品，具有很高的代表性和收藏价值，而我的《蠡湖春晓》是近年来博物馆收藏的唯一一件现代中国画作品。

四、寻“画”

在巴黎，主办方安排我们考察著名的巴黎美术学院。作为全世界顶尖殿堂级的美术学院，她不仅在全世界的高等美术院校中地位崇高，在中国美术界的影响也最为深远，徐悲鸿、林风眠、潘玉良、刘海粟、刘开渠、吴冠中、赵无极、吕斯百等名家均毕业于这所学院。

经历了三百年的风雨洗礼，巴黎美院依然静静地屹立于塞纳河岸，宠辱不惊地见证着欧洲美术史的发展。美院的建筑古朴典雅，古老院落中不少建筑的历史可以追溯到十七至十九世纪初，已历经数百年风雨沧桑。美院附近的几条街区，青石砖铺地，街道并不宽阔，街边是一间连一间风格古典的画廊。绘画、摄影、雕塑、陶瓷、工艺品、传统家具、古玩等等，应有尽有。有一家店内陈列的非洲木雕做得很精致，形象栩栩如生，富有艺术张力，充满了非洲艺术的野性、粗犷之美。美院内那些被法国“红卫兵”打断胳膊打掉头的古典雕塑，残缺如昔，让人触目惊心；阶梯教室内那些古朴的木板凳子，默默记录着这里曾经的风云际会、风云人物。

从某种意义上来讲，巴黎美院已不仅仅单纯作为一个教育、展览和沟通交流的国家机构而存在，它更是作为法国乃至整个欧洲的艺术文化遗产而存在。美院的一位女士陪同我们参观一个个画室和教学大楼，以及陈列的各类雕塑。她介绍说，许多雕塑都是当年巴黎美术学院的师生从罗马翻版而来的，学院学生来自世界各地，也有中国学生。走在美院的古旧回廊间，想象着徐悲鸿、吴冠中、吕斯百这些无锡同乡来到这里学画的情景，心中不禁涌起一种别样的感觉，徐悲鸿、吴冠中等作为中国二十世纪最有影响力的画家，从太湖之滨走到塞纳河畔，又从这里走向世界，值得我们这些同乡人自豪。

巴黎美术学院跨越了三百年的兴衰历程，它的每一次变革对法国乃至世界的美术教育都有着不同寻常的影响。作为法国现存唯一一所以培养纯艺术家为目标的美术学院，其个案价值显而易见。巴黎美院从辉煌的传统中走来，研究它的形成、发展、危机和衰落的整个过程，以及美院面对各个历史时期的艺术现实所做出的种种回应，对我们研究西方美术、为我国的高等美术教育改革提供积极的借鉴有着十分重要的意义。

伫立在巴黎美院斑驳的院墙边，不禁感叹国内的中央美术学院旧址的命运。中央美院建于1953年，从那里毕业的艺术家都觉得，“能在那儿念书特别幸运，那里各色人群聚集，学习环境特别好。旧校区虽然很小，但很精致，里面还有一个小花园，小小的操场，就像珍珠一样”。然而，就是这样一颗“小珍珠”，“文革”时差点毁于红卫兵之手。2002年，美院迁址后，一座众多中国当代美术工作者心目中最神圣的艺术殿堂从此更替。且不论将美院全部搬迁到郊外新建是否必要，对一座有着深厚文化底蕴的学院原址为何不能像巴黎美术学院那样予以保留呢？需要保留的岂止是美院人的梦想和追忆，更是留存一份对艺术传承和文化积淀的尊重啊。

参观完美院，我们继续前往枫丹白露。“枫丹白露”，法文原意为“美丽的泉水”，那里风景绮丽，森林茂盛，古迹众多，是著名的旅游胜地。枫丹白露宫是巴黎东南远郊著名的帝王行宫，一座哥特式建筑，宏伟精美的王宫是凡尔赛宫、卢瓦河城堡群、子爵堡这些著名建筑在形式和风格上的先驱。宫内藏有丰富的绘画和雕塑，还有数量可观的中国珍宝。在市政府官员的协调下，我们还参观了平时不对外开放的部分，其中有一件原藏中国圆明园的硕大黄花梨木橱柜，精美绝伦，让人瞠目。我既为祖国悠久的历史文化和精深的传统工艺自豪，又为当年英法联军抢劫文物的行为而愤慨。陪同的法国朋友对我说，明年是中法建交五十周年，法国政府可能会考虑将当年从北京掠夺的一部分文物归还给中国，但愿吧。

傍晚时分，我们赶到著名的巴比松画家村和米勒故居博物馆参观访问，馆长雅玛女士为我们讲解。巴比松画家村环境清幽，一座座各具特色的小别墅散落在绿树丛中，在落日的余晖下显得格外沧桑。怪不得当年的一批画家要远离喧嚣的巴黎大都市，来到这个世外桃源搞创作研究，从而形成欧洲画史上著名的巴比松流派。

米勒故居坐落在一条宁静的小路旁，房子已经非常陈旧，从房子东边的院落小门就可以进故居参观。故居一共三小间，第一间是画室，第二间是餐厅，第三间是厨房，这对有九个孩子的米勒一家来说就显得非常拥挤寒酸了。据馆长介绍，米勒在这里居住长达二三十年。生活清贫的他，其画作始终不渝地关注和反映法国的农民生活。故居同时还陈列出售一些有关米勒的文物及绘画复制品。有一张十九世纪中叶出版的米勒名画《拾麦穗的妇女》的丝网印刷品，纸张虽然有些泛黄，但印刷精美，仅存一件。馆长说这是一件孤品，非常难得，是一位米勒画的藏家放过来寄售的，如果我感兴趣可以以优惠价出售。我昨天上午刚刚在奥赛博物馆看到米勒这幅油画的原作，可谓精彩绝伦。既然价格优惠，我便将其买下。馆长还特地敲上钢印，用铅笔在画的背面签名，并写上出版时间，然后开具出售证明，又精心包装好！这完全是一个意外收获，难得难得。

是夜风雨大作，第二天早晨起来天空却格外晴朗，蓝天白云，但气温下降不少。我们一行人赶往奥维尔小镇，梵高故居就在这个小镇的一条不显眼的小街旁。奥维尔小镇位于巴黎近郊三十公里外的瓦兹河右岸，风景如画，人口不足七千人。这个古色古香、极具十九世纪风格的幽静小镇是印象派的摇篮，留下了印象派的鼻祖多比尼、塞尚、毕沙罗以及梵高的足迹。而更值得一提的是，梵高生命的最后七十天就是在这里度过的。1890 年 7 月的一天，梵高背着画架走向麦田，在田野中开枪自杀。但子弹没有打中心脏，他踉踉跄跄地走回住所。第二天白天，他还与前来看他的弟弟提奥谈论他的艺术见解，半夜便离开了人世。在他生命的最后日子里，在这个风景如画的幽静小镇上，梵高创作了七十余幅作品，其中包括现藏于巴黎奥赛博物馆的《奥维尔教堂》《加歇医生》和藏于荷兰阿姆斯特丹国立梵高美术馆的《群鸦飞过的麦田》。

时间回溯到 1890 年 5 月，梵高拿着弟弟提奥的介绍信，来到奥维尔小镇找加歇医生——画家毕沙罗和塞尚的朋友，一位热衷绘画的业余艺术家。医生给他找了个每天 6 法郎的避暑旅馆，而梵高却住进了镇政府对面的拉尤客栈。客栈的顶层，一个天窗旁的小屋便是梵高的房间。这个只有七平方米的小屋光线昏暗，墙面上是一道道裂痕，除了一张单人床和一把椅子外，房间里再没有别的物品。房间还留有一个很小的窗口，可以看见天主教堂的尖塔、一小段公墓的围墙。而正因为梵高在这里死去，这间客房便一直未能租出去。在梵高房间的隔壁，一个梵高的追随者布置了一间投影室，专门放映一部自拍的影片，这部影片根据梵高在奥维尔创作的画、画家写给母亲和弟弟的信，配上音乐制作而成。据说这位追随者平生最大的愿望，就是把梵高的名画都借来在拉尤客栈展出，以此实现梵高生前一个小小的心愿：会有那么一天，我的画能在一间咖啡馆里展出。如今看来，这位追随者的愿望过于奢侈，而梵高本人的愿望又是那样的卑微。

我们一行沿着当年梵高走过的小路散步，小镇优美宁静的风景再加上清新的空气，使人感到心旷神怡，非常惬意。一路上，凡是梵高作品中所描绘的景观，当地政府都会把原作照片挂在那里提醒游客。我们边走边看，沿着梵高的足迹，回望大师的生平，物是人非的感觉油然而生。特别是看到梵高名作《奥维尔教堂》中的教堂还在，心情格外激动。我脱帽进去，里面正在做弥撒，便站在最后一排，凝神静气间，圣洁的音乐声中，仿佛大师的身影就在近旁。出了教堂，再往北走一段乡间小道，无边的旷野中有一座墓园，梵高与他弟弟提奥的墓地就静静地坐落在那里。大师生前困顿潦倒，死后声名显赫，而他的墓地却有些破旧，与临近的墓地相比有些寒酸。墓地爬满了常春藤，郁郁葱葱，显露出无穷的生机。大师的灵魂以天地为伴，与草木为伍，返璞归真，艺术的最高境界不正是如此吗？

与大师作别之时，也是将与法国告别之日。回国的前晚，在海边漫步，听着海浪拍岸，遥望着蓝色的大海，想起明天就要回国了，心中无限感慨。赴法考察日程匆匆，却收获颇丰。先前屡次出差巴黎，艺术活动仅仅只是点缀，而这一次是纯为艺术而来。海明威说过："如果天赐幸运让你在巴黎度过青春时光，那么在以后的岁月里不管你到哪儿，巴黎将永远和你相伴，因为巴黎是一席浮动的盛宴。"我没有在巴黎"度过青春时光"的幸运，但这并不妨碍作为艺术"盛宴"的巴黎此后会陪伴我一路前行，在我的艺术心旅中留下点点屐痕。

2014 年 5 月

前度刘郎今又来

2017年秋，正值巴黎“枫丹白露”之时，法国文化与通讯部、国际文化中心协会（ACCR）特邀我赴法国进行驻地研究，并在巴黎新凯旋门大厦顶层展示中心举办“写意丹青——严克勤水墨画展”，使我有机会为加强中法两国的文化交流尽一点绵薄之力，对此我深感荣幸。在法国文化与通讯部的支持下，法国国际文化中心协会每年邀请世界各地艺术家到法国各地进行驻地研究和创作。这一年，该协会邀请了美国、中国等国家的十多位艺术家，他们将在巴黎等地进行为期半个月的驻地研创活动，据说我是本次邀请的艺术家中唯一一位来自中国的嘉宾。为此，法国上海总领事馆的一位女士还专门来锡商量落实我访法的具体事宜。法国朋友的盛情相邀，他们对中国传统绘画的浓厚兴趣和独到的理解力，并不遗余力推介中国传统艺术，增进两国友谊，着实令人感佩。

巴黎是闻名世界的艺术之都，沉淀了深厚的历史文化，各类美术馆、博物馆云集于此；各种类型的美术展会也让世界各地的艺术家纷至沓来。此次赴法，我以画为媒，通过笔墨语言传播中华文化，开展艺术交流，机会难得。如何准备巴黎画展是一次新的挑战，我将近年来的作品整理挑选一部分，同时又新创作了一些，终于完成了赴法展览作品，其尺幅皆在二尺斗方左右，作品均为山水、花鸟画，纯以自然物象入画，寄托心志。书画是心灵的写照，我创作的这组水墨写意系列，寄情自然，抒发情怀，自始至终贯穿着一条清晰的脉络，这便是：对中国文人画的心向往之，对诗画一体的寻觅与承接，表明了我对中国画矢志不渝追求的心迹。我的这些画作，也可以说是“瓣香集”，荟萃了人文诗画的“瓣香”。创作之余，想与更多的朋友分享，让大家都能濡染到诗画艺术那馥郁的芬芳，希望法国朋友也能从中感受到传统中国水墨写意画独特的韵味和意趣。

我前后两度到法国巴黎举办个人画展，有机会在世界艺术之都进行艺术活动，弘扬推广中国传统的书画艺术，观摩学习法国同行的创作成就，应该是人生一大快事。“前度刘郎今又来”，此次再赴巴黎办展（上一次是 2013 年 10 月），并开始半个月的法国文化艺术考察交流之旅，确实是非常有意义的。

一、巴黎凯旋门画展

9 月 28 日，巴黎天气格外爽朗，晴空万里。法国文化与通讯部、法国国际文化中心协会主办的“写意丹青——严克勤水墨画展”在法国巴黎新凯旋门大厦展示中心揭幕，法国前参议员、法国国际文化中心协会主席伊夫・杜智等文化艺术界知名人士参加开幕式并致辞。这次展览的主题是写意丹青，主要展示我的二十幅水墨写意画作品。伊夫・杜智先生在开幕式上发表了热情洋溢的致辞，他向来宾们介绍了我近年来的书画创作成就和相关著作，并表示：“写意丹青”展出的作品，饱含着中国传统文化的气质，体现了人与自然的相遇、沟通、对话，从中可以感受到生命的况味和情感的温度，我们可以从中看到一位有追求的艺术家的探索；严克勤先生本次展览挑选的大多是他的小幅和册页作品，笔墨清丽超逸，散发出淋漓的生命元气，东方情韵盎然。开幕式上，我也作了简短答辞，感谢主办方的诚挚邀请和精心筹划，感谢各位来宾莅临画展开幕式。随即向主办方赠送了一轴书画合璧条幅，上端书写纳兰性德词一首，“江南好，真个到梁溪。一幅云林高士画，数行泉石故人题，还似梦游非”，下方则是我画的山水写意画。杜智先生回赠了一部世界文化名城巴黎的大型精美画册。开幕式上杜智主席还特地邀请新凯旋门大楼的建设者——“新凯旋门”公私合营公司前总裁罗伯特·利翁先生莅临现场作热情洋溢的讲话，并介绍了凯旋门大厦设计风格和建筑特点。罗伯特先生讲话中让人印象深刻的有这样几句：“严克勤先生所展示的作品尺幅虽然不大，但气场很大，在如此恢宏的环境中展示足以支撑起整个大厦的建筑空间。”真是知音哇，着实令人感动不已。专程赶到开幕式现场来的我的朋友、法中文化交流中心主任佟女士也发表了讲话，她介绍说，严先生曾经在巴黎卢浮宫举办过个人画展，受到观众和业界的关注，尼斯亚洲博物馆、戴高乐基金会收藏了严先生的作品，相信他再次来巴黎举办个人画展一定会得到更多观众的青睐，期待画展取得圆满成功！

画展的成功举办确实是杜智先生与他的团队成员辛勤付出的结果，也体现了法中两国文化交流的发展潜力和广阔前景。此次应邀赴法办展，不仅在展览地点选择上用心良苦，开幕式前备展工作场地也出乎预料，法国朋友居然将我的展览装框等筹备工作放在巴黎古城街区的马勒音乐图书馆里，让我印象深刻。这次画展之所以安排在巴黎拉德芳斯地标建筑新凯旋门大厦举行，主要是得到了法国文化中心协会主席杜智先生及他的团队成员精心策划，不遗余力地帮助和支持。杜智先生为这次画展煞费苦心，热情而周到，让我倍感亲切。

伊夫·杜智曾任密特朗总统的城市规划与重大工程顾问、法国参议员、法国希农市市长。从城市规划专业毕业后，他怀着土地治理、文化发展，以及保护法国乃至世界文化遗产的抱负和使命开始了仕途生涯。他曾担任城市与景观规划局的负责人，并主持过部级大型建筑及城市规划项目。他曾为时任法国总统的密特朗效力，担任重大工程顾问和项目主管等。在任众议员及参议员期间，伊夫·杜智也像在地方任职时一样，积极推进开放和前瞻性的工作视角，坚持发展和国际性合作。

伊夫·杜智现任联合国教科文组织世界遗产中心特别顾问，法国开发署下属城市国土合作协会主席，并兼任法国世界遗产协会主席。2007年，他开始担任Noirlac文化交流中心主席，法国国际文化中心协会主席。他多次来华访问，对促进法中文化交流不遗余力，在他的推动和双方共同努力下，无锡市湖滨路4号中法文化遗产交流中心建立。为此，我们携手合作，彼此结下了深厚友谊。他对湖滨路4号传媒中心大楼的建筑造型颇感兴趣，多次跟我说太像他在密特朗总统时期参与推动建设的巴黎新凯旋门大厦，希望我能去那里考察并举办画展。

新凯旋门位于巴黎拉德芳斯区（La Grande Arche de la Défense），是法国巴黎一个著名地标，位于巴黎西部拉德芳斯商业区著名的历史轴线末端，与埃菲尔铁塔成为法国最具有影响力的现代建筑之一。拉德芳斯区新凯旋门也常被称为大凯旋门（La Grande Arche）或新凯旋门。在卢浮宫经香榭丽舍大街通往戴高乐广场凯旋门的延长线上，建有一座巨大的纪念碑式的建筑物，这就是二十世纪的凯旋门。新凯旋门是一正方形建筑，长、宽各为105米。令人惊奇的是，它与卢浮宫正中的方形广场同大，是一幢很摩登的现代化大楼，乘观光电梯上去，远眺巴黎，其壮观景色尽收眼底。在拉德芳斯新凯旋门大厦参加画展开幕式是多么具有浪漫意义，除应主办方邀请的巴黎各界及法国犹太人基金会副会长奥利弗·德拉布朗沙地尔先生等对中国文化有很深感情的朋友外，还有专程从伦敦赶来的孩子的朋友们。展会开幕式结束后，主办方在大厦客厅举办了冷餐会，并邀请嘉宾们到凯旋门大厦顶层露天平台合影留念，宾主或举杯欢庆，或交流感受，或瞭望巴黎远景，心旷神怡，欢喜不已。大家庆祝画展成功举办，相信这次画展一定会对中法两国文化艺术交流起到积极的作用。

为期一周的巴黎画展上，我向法国观众展示了近年来创作的一部分山水花鸟画册页。这些作品纯以自然物象入画，聊以寄托心志。常言道，书画是心灵的写照。巴黎不愧为世界艺术之都，法国朋友对于艺术家的尊重和理解让你感觉到春天般的温暖，让你体验到“艺术是没有国界的”“越是民族的越是世界的”等艺术箴言的力量。

回想2013年10月，为迎接中法建交五十周年，“美丽中国——中国城市文化展”在巴黎卢浮宫举行。那次展会由中国文化部对外文化集团公司与法中文化艺术交流中心、法国戴高乐基金会等联合主办，国内多个城市派团参加。受市里委托，我应邀参加这一城市文化交流活动，并在卢浮宫卡鲁塞尔厅首次成功举办“太湖风情——严克勤中国画特展”。相隔四年，再度来到法国巴黎举办个展，所展作品有了新特点、新境界。展品以册页小品画为主，寄情自然，抒发情怀，枝枝叶叶均是从传统的森林里捡拾、采撷而来，不过沐浴了些时风时雨，在传承与创新之间探索前行。可以说自始至终贯穿着一条中国传统文化清晰的脉络，展现了中国文人画传承的新面貌，受到巴黎观众与美术界的关注与肯定。画展本身所具有的特色与展示作品的艺术内涵受到与会朋友的赞扬，画展开幕式取得圆满成功。

我在巴黎所展的绘画作品是中国传统写意画，应该说中国传统写意画与法国印象派绘画有着相通的艺术密码，虽然两者相隔时间较长，艺术表现形式也不尽相同，但都非常重视主观精神的独立与自由，都强调保持内在平衡和提升精神世界的心灵寄托。这种与自然、生命和心灵有关的艺术创作，是超越物质实体的，追求的是雅逸清疏、标格高古、自由洒脱、形随意附，也具有更大的开放度和自由度。中国传统文人写意画是一个神奇和精妙的天地，越深入其中，越能感受到那由笔墨和线条构筑的世界的魅力，找到将自身个体与清风明月、山川草木相融相通的方式。古人说“外师造化，中得心源”“腹有诗书气自华”“工夫在诗外”，艺术家真正的根基还在于其艺术修养和人品修为，在于其对于生活的态度及世间万物的感悟。

西方的现代主义绘画的产生有中西方文化交流的因素。从十九世纪末开始，欧洲绘画受东方绘画影响，特别是受日本版画影响很大，遗憾的是，那时西方人不清楚日本版画是从中国苏州桃花坞等民间木刻版画而来。从大文化的角度看，中西绘画的差异有着各自文化背景的深层原因。但根本上说来，还是来源于西方长达数百年的具象写实传统，是对真实物象光感和色彩的追求，也就是把色彩表现与形象塑造有机结合。当然，相对于古典学院派严整、肃穆，过于程式化、技术化的表达，现代派绘画更多地注入了画家的主观感受和个性特色，体现出画家主观与客观相融相通的创作新理念，具有更大的创作自由度和情感诉求，在视觉上体现出更加蓬勃丰沛的生命气息。宋元以降，中国的传统绘画开始从院体画向文人画转型，这与中国审美文化中固有的注重心灵体验的写意传统有关，也与朝代更替的政治文化环境有关。但传统文化的种子依然在政治高压的缝隙中顽强地生根发芽，只不过表现方式更加深沉、内省，充满了思辨和哲理的意蕴，中国士大夫通过这种方式曲折反映内心的情感诉求和精神取向，以形写神，以心照境，情境相融，虚实相生。担负传承和沿袭中国文化精神重任的文人借此寻求与生命、自然对话的渠道和方式，这一点就精神取向上与西方现代绘画不谋而合，殊途同归。

近些年看画展，无论山水还是人物花鸟画都是精工细作之大制作，其耗时费力之极到了无以复加的地步，似乎非要与数码高清摄像拼个你死我活。明人唐志契《绘事微言》云：

> 山水原是风流潇洒之事，与写草书行书相同，不是拘挛用工之物。如画山水者，与画工人物、花鸟一样，描勒界画粉色，那得有一毫趣致？是以虎头之满壁沧洲，北苑之若有若无，河阳之山蔚云起，南宫之点墨成烟云，子久、元镇之树枯山瘦，迥出人表，皆毫不著象，真足千古。若使写画尽如郭忠恕、赵松雪、赵千里，亦何乐而为之？昔人谓画人物是传神，画花鸟是写生，画山水是留影。然则影可工致描画乎？夫工山水始于画院俗子，故作细画，思以悦人之目而为之。及一幅工画虽成，而自己之兴已索然矣，是以有山林逸趣者，多取写意山水，不取工致山水也。

所言极是，山水写趣，人物花鸟画亦是如此。若“作细画”与“画院俗子”无异，若画作使人索然无趣，岂不是与复印机相同，还有什么灵动的人文艺术可言？我想无论是法国印象派画家自由创新的精神，还是中国文人写意画的传统，其主旨还是强调画家作品必须富有鲜活而有情趣的追求。

中法两国文化交流源远流长，两国艺术家之间的交流也有不少可圈可点之处。通过这次画展，特别是我前后两次到巴黎举办画展都能得到法国朋友与业界的欢迎和赞扬，应该说是一件很有意义的事，相信对促进中法两国的文化艺术交流能起到有益的作用。新华社巴黎分社第一时间进行报道，国内各大新闻机构及江苏、无锡广电等转载了新华社的报道。《无锡日报》记者孙昕晨在巴黎特地到展会现场采访报道。

附

新华社 2017 年 9 月 28 日发自巴黎的电讯稿报道

本次画展由法国国际文化中心协会主办，共展出严克勤近年来创作的二十幅山水、花鸟水墨写意画作。画家构图轻灵多变，笔触劲简朴茂，画作写照心神，意趣盎然，浑然天成，通过写意笔墨呈现了文人的洒脱与飘逸。画作得到嘉宾一致赞赏。法国政治家、曾担任新凯旋门项目负责人的罗伯特·利翁说，这些绘画作品让人感受到中国历史之悠久，笔墨间也显露出现代创意，画作整体富有诗意且和谐，让人耳目一新。

——巴黎分社记者

《无锡日报》巴黎 28 日电

“枫丹白露”——这个优雅汉译地名恰好描绘了眼下巴黎的秋色！应法国文化与通讯部、法国国际文化交流中心协会（ACCR）邀请，“写意丹青——严克勤水墨画展”今天在法国巴黎新凯旋门大厦展示中心揭幕，法国前参议员、法国国际文化中心协会主席伊夫·杜智等文化艺术界知名人士参加开幕式并致辞。

在法国文化与通讯部的支持下，法国国际文化交流中心每年邀请世界各地艺术家到法国各地进行驻地研究和创作，今年，该中心邀请了美国、中国等国的十多位艺术家，他们将在巴黎等地进行为期半个月的驻地研创活动，无锡籍著名书画家严克勤是本次邀请的艺术家中唯一一位来自中国的嘉宾。

记者现场看到，本次展览展示了严克勤先生近期创作的《守和》《清虚》《素秋》《澄观》等二十幅水墨画作品。伊夫 · 杜智先生在致辞中向来宾们介绍了严克勤先生近年来的书画创作成就和相关著作，他说，“写意丹青”展出的作品，饱含了中国传统文化的气质，体现了人与自然的相遇、沟通、对话，从中可以感受到生命的况味和情感的温度，我们可以看到一位有追求的艺术家的探索。记者注意到，严克勤先生本次展览挑选的大多是他的小幅和册页作品，笔墨清丽超逸，散发出淋漓的生命元气，东方情韵盎然。

本次展览被安排在巴黎的地标性建筑——新凯旋门大厦顶层的展示中心举行，主办方特地请来了这座建筑设计方案评委会主席罗伯特·里昂先生，这位法国著名的建筑设计师在开幕式上说，宏伟的建筑需要展示美好的作品，严先生的水墨画在这座著名的建筑里展示，可谓相得益彰。

开幕式上，严克勤先生向主办方赠送了一幅他创作的书画合璧条幅，上书纳兰性德词一首，下方则是山水写意图。

法国犹太人基金会副会长奥利弗·德拉布朗沙地尔先生看完展览，特地通过工作人员找到严克勤先生，请他在画册上签名。他说他已故的朋友莉莉安娜曾经在中国生活过，对中国文化有很深的感情，今天看了严先生的画，非常喜欢，他要带一本画册回去慢慢欣赏，也怀念一下这位朋友。

据活动主办方介绍，严克勤先生在法国期间，除了在巴黎举办“写意丹青”为主题的水墨画展，还将赴阿尔萨斯举行书画创作，前往丰特弗罗展示自己策划编导的水墨动画作品《鱼之乐》。

——本报记者孙昕晨

二、马勒图书馆备展

我在巴黎办画展时，有幸在巴黎马勒图书馆参观和备展，近距离接触和观看了马勒图书馆珍藏的马勒的曲谱手稿和指挥棒等物品。马勒是我心中仰慕已久的音乐大师，没有想到居然能在巴黎筹备画展的时刻近距离地接触了解，回想起来觉得非常不易。

曾记得到达巴黎的第二天，法国国际文化交流中心会长伊莎贝拉·巴蒂奥尼女士陪同我们来到巴黎街坊深处马勒音乐图书馆，介绍说画展作品装框就安排在这里，完全出乎我们的意料。此次应邀赴法驻留艺术创作和交流，第一站是巴黎画展。虽然已不是第一次，但开幕式前备展工作必须亲力亲为，马虎不得。

27日早餐过后，伊莎贝拉女士陪同我们来到了位于巴黎老街的马勒音乐图书馆，画展作品装框就安排在这里。马勒音乐图书馆的工作人员阿勒娜·帕尔托诺女士，为迎接远道而来的客人打扮得古典雅致。在伊莎贝拉的介绍下，她彬彬有礼地欢迎大家到来，询问客人是先看图书馆还是先装画框，回答当然是先装画框。于是我们便来到图书馆三楼，见备展的画框已经全部整整齐齐靠墙摆放着。负责布展和装框的是两位专门从事这项工作的青年人，埃里克·罗西，一个干练又专业的小伙子；贝拉·阿菲诺热诺瓦，一个金发碧眼略带古韵的小姑娘。他们按照我在国内发给法方的画框尺寸及颜色的要求配置好了画框，到底怎样我心中没有数。看到靠在墙边的画框排得整整齐齐，小伙子搬运安置工作协调专业，我顿然觉得这是一个好兆头。一个好的画展，画框的选择与色泽的搭配是成功的前提，在偌大的展厅面积和建筑空间里二十多幅二三平方尺的册页画装在一米见方的画框里是否能够支撑起来，空间效果及画芯、画框、展板和高大上的新凯旋门顶层复式空间之间的比例关系太重要了。此时此刻我的一颗忐忑不安的心安顿下来了。小伙子将画框搬上桌子，迅速和在场的法国朋友一起行动起来！教授牵头协调在场人员分工协作，翻译小唐配合教授将画平整干净地安放在画框底板中央，并用角尺反复矫正，小美女贝拉·阿菲诺热诺瓦负责将双面胶分小块粘在几个指头上，分别将画芯四个角妥妥帖帖分毫不差地安放在画框底板上，法国小伙子搬运装框，盖板，大伙儿齐心协力，有条不紊地将二十幅作品全部装框完毕。

备展装框结束后，我们如释重负。接着，阿勒娜·帕尔托诺女士领着我们来到图书馆地下库房，打开保险柜拿出图书馆镇馆之宝：马勒的《第九交响曲》手稿，马勒生前用过的最后一根指挥棒，一副银边水晶眼镜和马勒逝世的石膏面模。如此珍贵的遗物珍品，真是让人大开眼界，惊诧不已。特别是马勒《第九交响曲》手稿相当完整，尤为难得。在手稿的最后几页，可以清楚地看到马勒的手迹，反反复复写着他对生命、对人世间爱的呼唤的词语。面对这样一部神圣的手稿，似乎感到那颤抖的手迹凝结着作者的心血，其上布满的音符和音节似乎是心灵在跳动，令人感到无比惆怅。

《第九交响曲》这首作品第一乐章 D 大调，悠闲的行板，扩大的奏鸣曲式。第二乐章 C 大调，指示“以缓慢的兰德勒舞曲速度”，相当于谐谑乐章。第三乐章 A 小调，回旋曲，幽默的很快的快板。第四乐章降 D 大调，慢板，回旋曲式。按唐斯（美国音乐评论家）的说法，四个乐章好比“浩大的死亡之舞”，按每乐章顺序分别为：“死亡作为解放者，死亡作为死亡舞的伴奏者，死亡作为战场上的敌手，以及最后死亡作为一个起慰藉作用的友人。”

柏格认为，这是马勒“有生以来所写的最最神圣的东西，它表现了他对人世的异常热爱，表现他多么渴望在世间平静地生活，渴望享受大自然的深邃奥秘——在死亡到来之前。因为死神的降临是无可抗拒的，整个乐章渗透了死亡的征兆，它一次又一次地出现，尘世的一切理想都以它而告终”。

古斯塔夫·马勒（Gustav Mahler，1860—1911），奥地利作曲家、指挥家，他的祖先是波希米亚（现在的捷克）说德语的犹太人。马勒的家族出生卑微，他的祖母是街头小贩。马勒 15 岁进维也纳音乐学院学习，1879 年任奥地利哈尔剧院指挥，1888 年担任布达佩斯皇家歌剧院指挥，1897 年任维也纳宫廷歌剧院指挥，1907 年任美国纽约大都会歌剧院及纽约爱乐乐团指挥。1911 年因病回到欧洲巴黎静养，同年 5 月 18 日在维也纳逝世。

马勒以歌剧指挥见长，但他又是一位浪漫主义作曲家，也是西方现代流行音乐的先驱者。其作品充满激情和梦想，气势恢宏，配器多彩！其代表作品有《大地之歌》《复活》《千人交响曲》等十部交响曲。其作品旋律精美，配器出色。正如著名德裔美籍指挥家、钢琴家布鲁诺·瓦尔特所言：

> 马勒作品的最高价值不在于它通过引人注目、大胆、冒险或怪诞等显示出来的新奇，而在于这种新奇被融入优美的、充满灵感的、深刻的音乐之中，在于这种音乐高度的艺术创造性和深厚的人性内涵所具有的永久价值。这一切使之在今日仍充满生命力，并拥有美好的未来。

马勒的艺术生涯主要体现在两个领域，指挥与作曲。马勒的指挥生涯是他整个艺术人生中最重要的部分。像贝多芬跨越了“古典”与“浪漫”，马勒则跨越了“浪漫”与“现代”，他们都成功地做到了顺遂与畅达。总的说来，一般对马勒的评价有这么几点：一是马勒是唯一一位只写交响乐的作曲家，他的《大地之歌》也是属于交响性质的；二是马勒在交响乐中大量地运用了民间音乐，比较典型的是马勒《第一交响曲》中有段法国歌曲，也就是中国人熟悉的儿歌《两只老虎》的变奏曲；三是马勒的交响乐中所展现的命运、天国、死亡、生命等主题是恢宏浩大宇宙性的，是其他音乐家所未及的；四是马勒把交响乐的乐器和人声发挥到了极致，有时候整个舞台居然有千把人，这与他的曲子是相配的。

马勒音乐图书馆馆藏非常丰富，经常有藏品参加世界各地巡展活动。因为时间的关系，我们仅参观了极少的一部分，但阿勒娜·帕尔托诺女士周到细致的介绍使我们大开眼界。告别了阿勒娜，离开马勒音乐图书馆，我的心情仍然不能平静下来，耳边似乎响起马勒交响乐曲的旋律，他的配器是那么丰富多彩，枝繁叶茂，小提琴、中提琴、大提琴此起彼伏，丝丝入扣，交相辉映，浑然天成。马勒的音乐宽广、辽远，充满丰厚的动感，有时候甚至令人感到那是大面积的海水在天空中流动，忽而鸟儿飞越暴风骤雨，忽而又在平静如镜的海面盘旋，一波三折，上天入海，荡气回肠，似乎是天地之间鼓荡不息的风，翻涌着，持续不断，无穷无尽。这种绵延不绝的渴望来自生命本能，无法遏制。

马勒曾说："我的时代会到来的。"这一具有悲怆色彩的预言在他逝世半个世纪后奇迹般地应验了，马勒音乐的崛起成为二十世纪下半叶最重要的音乐现象之一。虽然直到六十年代还有人认为马勒的音乐中充满"无谓的喧哗与骚动"，而今天的听众中也有人更多地从马勒高度个性化的音乐语言中感受到新奇或怪异，但马勒音乐的伟大和艺术价值已得到举世公认。

马勒在音乐、戏剧等多个领域都有着丰富的知识和独到的建树，他的音乐作品"灿烂程度难以形容"。马勒要求与他合作的人都必须绝对地忠实于总谱及每一个符号，但他又认为"音乐的精髓并不在音符之中"。他的音乐作品演绎的真谛是：通过探寻乐谱符号及各种符号，融入演绎者自己对音乐总谱的理解和艺术热情，来揭示作品所蕴含的美妙。

跨入新世纪，我们对马勒这样一位跨越世纪的卓越音乐巨人越发深怀敬意，越发感知到其音乐作品所具有的"未来生活的一种先现音"，越发觉得他所具有的超越时代的艺术价值和人文价值。巴黎办展能在马勒音乐图书馆备展不能不说是一次巧遇，也可以说是画展成功的前奏曲！

画是无声的音乐，音乐是有声的画，"大方无偶，大器晚成，大音希声，大象无形"（《道德经》第四十一章），应该说，艺术都是相通的。此次能再赴巴黎举办个人画展，又能在马勒图书馆备展，幸哉！感谢法国朋友的精心安排！

三、展后寻访修道院

这次应法国国际文化中心协会邀请赴法考察，除在巴黎举办个人画展外，协会还安排我离开巴黎赴外地分别对三处古修道院驻留研究，实地进行文化交流与考察。

说实话，我曾经到过欧洲不少城市乡村，那里总有能让人流连忘返的地方，无论是巴黎、佛罗伦萨的历史古迹，还是中世纪的乡村城堡，都使我仿佛置身于过去时光的氛围之中。无论是维也纳市中心高大宏伟的建筑，还是瑞士小镇的别样风情，都有一种无与伦比的沧桑之美，这种沧桑之美往往是以修道院为文化载体而展现历史人文景观，从形式到内容都让我体验到了异国他乡的腔调和文化。

上阿尔萨斯修道院

上阿尔萨斯道明会修道院在法国上阿尔萨斯省科尔马市盖尔维乐镇。法国文化中心协会的伊莎贝拉女士陪同我们一行从巴黎火车站坐高铁去科尔马，再从科尔马火车站到盖尔维乐镇。抵达驻地已是傍晚时分，我们被安排下榻于当地一家由二战时期前企业主老宅改建的酒店，酒店依山而筑别具风味。房后是林地及葡萄园，深秋时节，红叶洒落在树林间，色彩斑斓映入窗帘。

晚上，上阿尔萨斯道明会修道院主席布里吉特·克兰凯尔，与上阿尔萨斯道明会修道院主任菲利普·多尔菲斯、副主任奥利维尔·德拉布朗沙尔迪艾尔等在科尔马风味餐厅和我们一起共进晚餐。布里吉特·克兰凯尔刚刚当选本省的省长，今晚她与丈夫一起设宴款待我们。新当选的省长神采奕奕，带着摄影师拍摄会见的场面，还特地送给我们当地产的葡萄酒。主人为我们选了一道酸菜鱼配奶油土豆。席间，省长为我们介绍了本地人文环境和气候物产，其乐融融，畅谈直至夜深人散。

据介绍，上阿尔萨斯道明会修道院被列入法国历史遗产名录，位于法国大东部大区，是上阿尔萨斯地区的圣地。修道院建于十四世纪，由教堂和回廊组成。它经历了多次战争的洗礼，后来在法国大革命期间被道明会传教士兄弟遗弃转卖，从此成为国家财产。1991 年起，省委员会成为修道院所有者，并出重资修复了修道院遗址。

修道院有两个中殿保存着十八世纪之前的古老而精美的壁画，这些壁画都经过精心修缮，主要表现宗教故事中的一些人物，古朴而典雅。

在这里播放音乐有一个特别的优势——中殿24米高的木质天花板能吸收回音。说到修道院的音乐使命，可以追溯到十九世纪。盖布维莱音乐公司吸引了多名声名显赫的音乐家，其中包括浪漫主义钢琴师Clara Schumann（克拉拉·舒曼），1862年起她在修道院举办了四场音乐会。十九世纪初，修道院便有了艺术家驻留活动，艺术家中包括奥地利作曲家Sigismund Neukomm（西吉斯蒙德·纽科姆），他是著名作曲家Joseph Haydn（约瑟夫·海顿）的学生，曾在修道院内谱写过多首作品。

音乐的开放性和多样性是上阿尔萨斯道明会修道院始终保持的一种主题文化演绎和传播风格。各类音乐会，如古典音乐、爵士摇滚音乐等都能轮番在古修道院内上演，以便让音乐获得更多听众的青睐。修道院尤其重视听觉形式和音乐会形式的变革，因此，听众们可以躺在折叠椅上甚至床垫上享受全立体的音响效果。音乐上的开放也体现在接待不同的听众上，无论他们是否习惯于音乐大厅的环境，都可以在这些音乐之夜欢聚一堂，共享同一个主题下的多种类型的不同音乐。

按照法方计划安排，我在这个小镇生活工作了一周的时间，每天早餐过后就从酒店步行穿过小街到修道院驻会工作。我的主要任务：一是通过考察了解修道院如何保护利用古建筑开展文化交流活动；二是为来年修道院举办国际古琴艺术交流活动创作水墨画；三是准备有关中国传统写意画与法国印象派绘画比较为主题的演讲；四是介绍水墨动画的创作体会及演绎，举行水墨书画创作公开课，全程将对修道院文化俱乐部成员开放。驻会活动受到修道院及当地民众的欢迎，特别是关于中国水墨动画和水墨写意画的现场交流，使法国朋友对中国水墨画艺术有了直观和真切的感受。对此，《上阿尔萨斯报》还专门进行了采访报道。

一周的驻会交流活动加深了宾主之间的友谊。告别时，修道院主任邀请我来年再来修道院参加国际古琴艺术交流活动。在古镇生活的一周，我对这个古镇及修道院遗产保护利用留下了深刻而难忘的印象。

丰泰罗修道院

丰泰罗修道院（L’abbaye Notre-Dame de Fontevraud）修建于十二世纪，占地面积约七公顷，是一座历史悠久的本笃会修道院，位于卢瓦尔河谷地区，是欧洲最大的修道院之一，也是安茹王朝最大的王室墓园所在地。墓冢内埋葬着英国金雀花王朝著名的亨利二世及其妻子阿基坦的埃莉诺、狮心王理查一世及其妻子伊莎贝尔。丰泰罗修道院及卢瓦尔河谷遗址于2000年被列为联合国教科文组织文化遗产。

据介绍，修道院在上世纪八十年代就移交给了地方政府作为文化交流中心，经过十多年的修复和功能再造，现在已经是法国动画电影电视创意制作的孵化基地。每年举办一届全法动画片年会，今年是第十届，有六场圆桌会议，并举行颁奖仪式，我也受邀将和杜智主席给获奖者颁奖。

修道院主任陪同参观的过程中，介绍了修道院分成三大部分。酒店及餐饮设施交给一家专做城堡酒店管理的私营企业打理。它坐落于修道院内，这一部分主要是作为修道院的出租收入。目前酒店共有54间客房，每间客房都有着不同的规格，与教堂环境相协调。修道院天花板的形制及裸露的石墙，使人恍若回到了八百年前的修道院。整体的色调采用的是明亮又中性的色彩，特别是棕色的使用不时会令人联想到僧侣的衣袍，与古建筑相互辉映，不失质感地散发着些许低调奢华。我们就入住在这里，时时处处都能感受到设计者的别具匠心和环境格调的独特品位。

第二部分是音乐厅、图书馆、博物馆、多功能会议厅，全部由自己管理。第三部分是文化中心驻留人员住宿和开展文化交流活动的场所。其余部分向游客开放，包括创意文化旅游用品商店等。我们参观了在修道院博物馆举办的“创意文化的广告”展览，修道院自身发展的文化衍生产品都做得很有特色。读历史专业出身的修道院主任真是一位文化创意和经营管理的高手，谈起来津津乐道，绘声绘色。院长花了一个半小时陪同我们参观，一路上对主要景点修缮工程作了详细介绍，不厌其烦，如数家珍。参观结束后我们一起参加了修道院驻留计划的新锐揭晓仪式。今年推荐出来的十位动画新锐，其中一位是来自中国北大软件学院和中国美术学院的博士生。

修道院举办的国际电影文化研讨会，其主题是：大数据与动画的个性特征、虚拟与现实等。其中有一部米西尔和尤立创作的《没有什么事情发生》VR 动画片给我的印象极深，主要表现人们从众心理的莫名其妙的状况，通过树丛中乌鸦和公园里雾中人们的聚集画面，低音贝斯、中提琴产生的音乐及环绕立体声现场音效混搭，产生一种空灵效果。

法国国际文化中心协会主席杜智先生与夫人约好在卢瓦尔河畔古城堡的阳台上与我们共进午餐，这是一家大仲马笔下的小说人物曾经到访过的餐厅。阳光明媚，风景如画，卢瓦尔河静悄悄地在脚下慢慢流淌，完全就是过去时光里的镜头在你眼前移动，让人浮想联翩……

一般来说领略法国风情，一是去巴黎，一是去卢瓦尔河谷。如果说巴黎是法国的名片，代表了法国浪漫而前卫的一面，那卢瓦尔河谷则是法国恬静古典的后花园。甜美纯粹的法兰西风情，带有王族烙印的宏伟城堡，以及美丽的花园。它不仅激励着国王和骑士们的野心和斗志，见证了数不清的阴谋与爱情；大概也是法兰西艺术的源泉，孕育了巴尔扎克、拉伯雷等一代文豪。

沿着卢瓦尔河，法国的历史被书写进河谷里星罗棋布的城堡群中。美食、阳光、秋色真是让人陶醉……饭后，我们在附近卢瓦尔河畔的古村落溜达。小村除了零星游客，基本上没有见到什么当地人。有一座老教堂，大门口高低不平的石阶上布满了各种鸟粪的痕迹。站在石阶上向河边望去，古渡口的渡船载着几个游人驶向彼岸，远处一条扬起三角形白帆的船在平静的河面上随风向下游飘去，我们顺阶而下，看到河边的野花野草在秋阳的照耀下显得格外鲜艳。太阳慢慢地落下，黄昏时分的卢瓦尔河两岸呈现出美丽迷人的景色，静谧而安详。

在丰泰罗修道院举行的第十届动画电影颁奖晚会上，法国政府文化部、大区代表、修道院所在城市市长以及著名电影导演、评论家纷纷发言，杜智主席与我也分别发表简短讲话，介绍文化中心与无锡的合作，介绍我在法国驻留的活动。会上播放了我们主创的动画短片《鱼之乐》。

杜智主席还与我一起给获得“最佳观众奖”的获奖者颁奖。会后法国国家代表卡罗先生谈到观看《鱼之乐》动画短片的看法，表示非常喜欢，非常感动。一位著名电影导演评论家说他知道庄子，动画短片演绎的庄子的寓言故事很灵动。

华幽梦修道院

我们离开丰泰罗修道院，驱车去瓦兹河谷省的华幽梦修道院，这是此次法国行的最后一站。早晨出发，全程驾车约四个多小时，途中休息便来到沙特尔大教堂参观。沙特尔教堂全称沙特尔圣母大教堂，法文La Cathédrale Notre-Dame de Chartres，坐落在法国厄尔-卢瓦尔省省会沙特尔市的山丘上，是法国著名的天主教堂，教堂的三重皇家大门、壮观宏伟的罗马尼斯凯像和早期五彩玻璃装饰的窗户，无一不是十二世纪法国建筑史上的经典杰作。

沙特尔大教堂与兰斯大教堂、亚眠大教堂和博韦大教堂并列为法国四大哥特式教堂。我们赶到教堂时正巧遇到教徒们做礼拜结束散场。一进教堂展现在眼前的一切都是那么恢宏，让人觉得自己好像置身于界外。教堂面积之大，建筑体量之巨，建筑艺术之静美，确实让人震撼。不难发现，教堂有一部分雕塑和建筑构建是后来置换的，陪同者说教堂历史上曾经遭遇三次火灾，建筑原本是罗马式的，1194 年毁于一场大火，后来重建，整体的风格转向了哥特式，但保留了旧有的罗马式钟楼，与改建后的哥特式塔楼左右相望，别具一格。因为还要赶路，没有时间细细观看了。

我们一行在教堂对面一家餐厅简单用餐后就继续上路，傍晚时分才抵达目的地华幽梦修道院，比原定计划的时间延迟了一个多小时。华幽梦，这是法国文化交流中心在巴黎远郊的一处文化活动场所。

古老修道院内大树参天，绿草如茵，教堂的建筑群在秋阳的映衬下显得格外静谧。这就是传说中的西多教派的华幽梦修道院，是路易九世在母后的支持下于 1228 年修建的。由于国王时常光临修道院，并赐予大量土地和财富，华幽梦在十三世纪盛极一时。中世纪，修道院受到英法百年战争和饥荒的双重打击。1790 年修道院归国家所有，1791 年被拍卖继而改造成棉纺厂。十九世纪末修道院恢复，1869 年它成为波尔多圣家宗教的初修院。1905 年，巴蒂尼奥勒建筑公司总裁于勒 · 古安收购了修道院，并对古老建筑进行了修复。修复后的华幽梦修道院遗址已经是一个传统与现代和谐交融的独特的文化空间。

我们在修道院登记入住后，接待我们的修道院文化中心的工作人员便陪同我们参观修道院旧建筑遗址。如今，主体建筑环绕着哥特式的内院，残存的院墙和高耸入云的钟楼奇特而神秘。修道院残垣断壁之间的废地被园丁们种植了各式花卉，在阳光下绽放斗艳。教堂、鲜花、蓝天，交相辉映。

我们在晚饭前观摩了一场管风琴与笙的音乐会，这是年轻的国际音乐家们即兴演绎的传统与现代音乐的对话，由法国和来自日本的艺术家合作表演。教堂主人特地安排我们在前排中央就座，在这样的古老的教堂里欣赏来自东西方音乐家们的演奏，你的情感思绪似乎都随着音符起伏在大堂里飘动，体会到一种别样的音乐风情。

二十世纪三十年代，在于勒 · 古安之孙亨利 · 古安的授意下，华幽梦修道院向艺术家和知识分子打开了大门，作为驻留和活动场地接待艺术家、研究人员、青年才俊等，并以最积极的姿态迎接各方游客。1936 年起，这里开始举办音乐季活动，1938 年设立了艺术家和知识分子之家。据说法国路易王朝曾经从这里向中国派遣了第一批传教士。

音乐会结束后我们在修道院餐厅用晚餐，虽然没有像丰泰罗修道院米其林餐厅那样豪华，但这里的晚餐丰富而不失优雅，特别是修道院自己加工的咖啡和面包，香味浓郁，让你感受到这家修道院的餐饮特色和文化魅力。

第二天，我们继续参观修道院部分建筑改建利用的图书馆、音乐厅、舞蹈排练厅、驻修人员工作休息所等，古老的修道院里可以利用的场地都能各尽其用。这些保留了木结构原有风貌的空间，修道院充分利用并作为来访艺术家们交流与创作的艺术空间。修道院的朋友还特别介绍说，这里也是法国著名翻译家铎尔孟（Andre d' Hormon， 1881—1964）隐居的地方，并称之为“华幽梦”。

铎尔孟在北京居住生活长达四十八年，于1954年回国。在北京西山，曹雪芹用人生最后的十年写出《红楼梦》；二百年后，铎尔孟亦用他生命最后的十年，在“华幽梦”里痴迷地校审他的弟子——中法大学培养出的学生李治华翻译的《红楼梦》法文稿。对于《红楼梦》中的大量诗词，铎尔孟都按照原意用法文古体诗重新创作，谱写出名闻遐迩的“双梦奇缘”。铎尔孟精通中文，翻译过大量中国经典著作和戏剧。他还是法国著名诗人圣·琼·佩斯的好友。圣·琼·佩斯以横越戈壁大沙漠的经验和京西妙峰山庙会为背景，写下印象派长诗《远征》（Anabase），并因此获得1960年诺贝尔文学奖。

对于当下的中国人来说，安德烈·铎尔孟也许是一个陌生的名字。他是历经中国三个时代的法国贵族和诗人。他曾担任载沣亲王府法语教师、北洋政府外交顾问、国民政府总统府顾问，还是中法大学创办人之一。他回到法国后又接受联合国教科文组织的委托，参与到中国古典名著《红楼梦》法译本的翻译、校译工作中，把生命中最后的十年献给了《红楼梦》。在铎尔孟的坚持下，法文版《红楼梦》成为一部全译本。中国的古典小说《红楼梦》就是这样从这里走进法国、走向世界的。这是我们造访华幽梦最大的收获了。

主人告诉我，华幽梦文化交流中心为各国作家、音乐家和舞蹈家开展交流提供帮助。1964年亨利·顾安和伊莎贝尔·顾安创立了基金会，基金会的任务是维护和发扬历史遗产。修道院拥有一所音乐图书馆以及音乐、舞蹈艺术创作所需的设备齐全的工作空间，在音乐和舞蹈领域的研究、实验、培训与创作活动等向全世界的艺术家开放。修道院在遗产保护与传承创新上做了有益的探索。

离开修道院前，修道院主任弗朗西斯·马雷夏尔与我们会面，彼此交流磋商双方合作项目的可行性。主任还赠给我一盘CD，是在修道院驻修的音乐家们创作的一部反映古丝绸之路东西方文化交流的宗教音乐，希望该乐团能到中国巡回演出。修道院主任两米高的个子，给人的印象是一位谦谦君子，温文尔雅。

参观考察后，真切感觉到法国朋友把华幽梦修道院作为这次法国之行的最后一站是煞费苦心的。这里不仅是法国古典文化与现代艺术的交流中心，也是法国对外文化交流的窗口，更是法中文化交流的重要节点。通过这次赴法文化交流活动，必将增进彼此之间的了解和友谊，促进法中文化交流活动的开展。

不言而喻，远离喧嚣大都市郊外乡村的上阿尔萨斯修道院、丰泰罗修道院和华幽梦修道院已成为法国对外文化交流的一个重要平台，我们来这里造访的时间虽然短暂，但获得的启迪还是蛮多的。如中国本土的乡村建设及小城镇建设与开发，乡村本土文化的研究与开发；中国传统民俗文化挖掘和文化创意等，还是可以借鉴法国三大修道院遗址的保护利用和开发，及他们对外文化交流的经典案例和实践经验，讲好中国故事，做好中国自己的本土文化的交流与推介。考察了解法国古村落及修道院文化遗产保护和利用，直观地了解它的历经沧桑；具体地感受同古迹遗址保护相得益彰的特色文化，让人们感到它不是没有生命的古代遗存，而是与形式共生共存的鲜活记忆。

法国对历史文化遗产的保护和利用确实不乏可圈可点之处，无论是古城堡、古村落还是修道院，都由相对独立的院落构成，修旧如旧的细心呵护，各具特色的文化保护，继承发展的文化创意，让人们看到或了解到其独特的历史记忆和人文景观。从形式到内容、从保护到利用到文化的再现活化等都展示了法国对古村落文化保护的创新实践。保护利用好已有古迹遗存的硬件设施，充分展示历史人文遗产的文化魅力，是东西方必须共同面对的。

其实，中国古建筑及古村落也是有着自己发展路径的具有独特风格的院落文化。这些传统村镇院落文化，从硬件到内容构成了中国农耕文化的环境体系，无论东西南北。这种“天人合一”的生态环境是中国民居村镇院落文化千百年来的生存密码。当我们提倡和从事乡村小镇保护与开发时，法国古村落与修道院遗址的保护和挖掘、兴盛与萧条、老年人的怀旧与青年人的创新，都是可以借鉴的话题。

梁思成先生曾经说过："对于中国人来说，有了一个自己的院落，精神才算真正有了着落。"中国传统院落就是"天地人"在家庭院子或村镇院落空间内的人文组合。我们从古诗词中，不难发现"曲径通幽处"的院落文化。"庭院深深深几许，杨柳堆烟，帘幕无重数……"，欧阳修的这首《蝶恋花》似一卷横幅画轴徐徐展开，或信步闲庭，或层层进深，或寂寞梧桐，或星落如雨，全词格调苍凉沉郁，充分表达了词人触景生情的心态和感受，而一座院子的意境特别令人回味。

"笙歌归院落，灯火下楼台。"（白居易《宴散》）"萧条竹林院，风雨丛兰折。"（韦应物《燕居即事诗》）。元人倪瓒晚年精品《容膝斋图》题款其二云："屋角春风多杏花，小斋容膝度年华。金梭跃水池鱼戏，彩凤栖林涧竹斜。"虽然居所极小，戏称"容膝斋"，但仍不失有一方心仪的院落空间。

一言以蔽之，法国古修道院的文创也好，中国古院落的传统文化也罢，不同的民族都生活在自己所在的环境中，形成了有鲜明个性特征的文化差异，这是历史发展与沿革所决定的，亘古至今。这种文化差异就是不同的历史人文，在当今网络交通特别便捷的时代显得更加宝贵。如果任意处置，把历史遗存当作泥人随意捏造，那才是滑天下之大稽！因此，不管是自然景观还是人文景观，人类对这些历史遗存包括文化的保护、继承与创新是一个永恒的主题。这大概就是此次巴黎画展后对法国三家古修道院寻访考察的最大的感受。

2020 年 12 月

附录

我的法国行

——访法驻留考察日志（2017）

9月26日

25日午饭后，我与教授一起到无锡火车站坐14时10分的高铁去上海，由于行李多，两个大行李箱和一个肩包，教授12点先驾车送我到火车站停车场，卸下行李由我看管，她再将车子放入车库，然后我们一起候车。拖着几件大行李从无锡坐火车到虹桥枢纽下车，再坐2号线地铁到广兰路站下车换乘去机场的地铁专线，然后才抵达浦东机场酒店，前后折腾了六个小时。我自9月18日至22日赴京参加第六届全国视协代表会议（在北京趁会议报道间隙到故宫博物院观看《千里江山图》和赵孟頫书画展），22日下午飞抵成都参加“百家媒体聚焦”评奖活动，24日上午由成都飞抵无锡，风尘仆仆，日程安排得满满的，25日下午坐高铁到达上海浦东国际机场酒店。其间，无锡与上海基本下了一周的阴雨，24日至25日连续两天暴雨，直至26日雨止转阴到多云。好在从无锡出发到上海雨渐停转为多云，不然就会狼狈不堪了。这次出国由教授作陪，是我俩结婚三十多年来的第一次，正所谓“风雨同舟”，当然希望风雨过后是彩虹，相信法国之行平安顺利！

翌日，简单吃点早餐后就去机场大厅办理登机手续，将两个大行李箱托运，上百本巴黎个展画册单独装箱须另外再收取费用。候机时我将巴黎画展即将开幕的微信H5在朋友圈发了出去，后来才知道当天转发和点击次数达到一个小高潮。上午10点30分飞机起飞法国巴黎，于当地时间26日下午4点35分降落在巴黎戴高乐机场。法方由国际文化交流中心会长伊莎贝拉·巴蒂奥尼和翻译唐天莹接机。入住巴黎Hôtel Delavigne酒店，位于巴黎1 Rue Casimir Delavigne, 75006 Paris。安顿下来后，与伊莎贝拉和小唐共进晚餐。

9 月 27 日

8:30　前往马勒图书馆，翻译唐天莹陪同。

9:00　在马勒图书馆准备展览作品装框，埃里克・罗西、伊莎贝拉・巴蒂奥尼、贝拉・阿菲诺热诺瓦在场。

巴黎街坊深处马勒音乐图书馆，画展作品装框就安排在这里。马勒音乐图书馆的阿勒娜・帕尔托诺女士，为迎接远道而来的客人盛装打扮，脖子上挂着一串项链可是不得了，四颗比大拇指还大一些的蜜蜡加上古色古香的祖母绿和锻打的银件串在一起，打扮得古典幽雅。她彬彬有礼地欢迎大家到来，问我们是先看图书馆还是先装画框，当然是先装画框再参观图书馆喽。接着，我们便来到图书馆三楼工作间，映入眼帘的是备展的画框已经全部整整齐齐靠墙摆放着。经介绍，负责布展和装框的是位专门从事这项工作的青年人埃里克・罗西和贝拉・阿菲诺热诺瓦。他们按照我在国内发给法方的画框尺寸及画框颜色的要求配置好了画框，靠在墙边的画框包装得严严实实。教授牵头协调在场人员分工协作，翻译小唐配合教授将画平整干净地安放在画框底板中央，并用角尺反复矫正，小美女贝拉・阿菲诺热诺瓦负责将画芯分毫不差地安放在画框底板上，小伙子搬运装框盖板，大伙儿齐心协力将我带来的二十幅作品全部装框完毕。

画框装好了，如释重负。阿勒娜・帕尔托诺女士引领大家参观，她如数家珍般地介绍图书馆的历史沿革与馆藏珍品，并带我们楼上楼下跑，一一介绍每一间收藏室，一排排高高大大的收藏架里图书及唱片琳琅满目，气势非凡。最后她领着我们来到地下室库房，拿出图书馆镇馆之宝：马勒的《第九交响曲》（整部）手稿，马勒生前用过的最后一根指挥棒，一副银边水晶眼镜，和马勒逝世时的石膏面模。阿勒娜・帕尔托诺女士说这些都是马勒的太太捐赠的，十分珍贵。马勒（Gustav Mahler，1860—1911），奥地利作曲家、指挥家，15 岁进维也纳音乐学院学习，1879 年任奥地利哈尔剧院指挥，1888 年担任布达佩斯皇家歌剧院正指挥，1897 年任维也纳宫廷歌剧院指挥，1907 年任美国纽约大都会歌剧院及纽约爱乐乐团指挥。1911 年因病回欧洲巴黎静养，同年 5 月 18 日在维也纳逝世。马勒以歌剧指挥见长，但他又是一位浪漫主义作曲家，也是西方现代流行音乐的先驱者。其作品充满激情和梦想，气势恢宏，配器多彩！

其代表作品有《大地之歌》《复活》《千人交响曲》等十部交响曲。

接着，阿勒娜·帕尔托诺女士拿出了另外一位著名作曲家罗西尼的手稿，其中有一份手稿是罗西尼给庇护九世教皇的信要求允许女性进入教堂唱诗班献唱，及教皇没有应诺的回信。据说最初教会的唱诗班是有女性参加的，后来才发生变化，唱诗班变成了男子的一统天下。罗西尼（Gioavhino Rossini，1792—1868），意大利歌剧作曲家，在博洛尼亚音乐学校学习音乐，1809 年创作第一部歌剧《德梅里奥与波利比奥》，随后相继推出二十多部歌剧，1823 年担任巴黎意大利歌剧院指挥，1868 年逝于巴黎。罗西尼 1816 年上演的《塞维利亚的理发店师》确立了自己的大师地位，其作品旋律精美，配器出色。马勒音乐图书馆馆藏非常丰富，经常有藏品参加世界各地巡展活动。因为时间的关系，我们仅参观了一小部分，但馆长周到细致的介绍使我们大开眼界。

告别阿勒娜离开马勒音乐图书馆，我的心情仍然不能平静下来，耳边似乎响起我所听过的那些马勒交响乐曲的旋律。法国朋友将我的画展作品装框工作安排在如此高大上的马勒音乐图书馆内进行，真是不同凡响。太浪漫了，太意外了，太富有诗意了！这岂不是画展成功的序曲吗？

12:30　与伊夫·杜智主席在参议院餐厅共进午餐，伊莎贝拉·巴蒂奥尼和穆萨作陪。

参议院餐厅位于著名的卢森堡公园内，曾经是意大利贵族豪华庄园大楼的底层，窗外风景秀丽，优美的景色映入眼帘，在这里用餐真是叫“秀色可餐”呀！杜智主席曾经是法国一个城市的市长，也当选过法国参议员、法国社会党成员，他常常说是法国前总统密特朗将他带到法国政界的。杜智主席是密特朗总统时期的部长级人物，负责法国城市的规划和建设，著名的巴黎新区规划和建设就是在杜智先生的领导下进行的，这也是杜智先生引以为豪的事！与杜智主席见面有老朋友一样的感觉，大家无话不说，其乐融融！席间有不少杜智主席曾经的老朋友过来打招呼，出人意料的是法国社会党参议院主席也过来与杜智主席交谈，杜智主席把我介绍给这位有可能成为下一届法国总统的社会党领袖，他非常客气地说欢迎访问法国，预祝我在巴黎新凯旋门大厦的画展圆满成功！午餐后穆萨回医院去照顾她病重的母亲，杜智主席陪同我们参观参议院大厅和图书馆，在参议院咖啡厅用下午茶。

午饭期间，埃里克·罗西和贝拉·阿菲诺热诺瓦将画框送往展览场地。

14:40　前往新凯旋门大厦。

整个下午都在新凯旋门大厦顶层展览大厅布展，待到布展结束时大厦保安人员招呼闭馆才离开。

明天下午五点画展正式开幕。

9月28日

今天是孔夫子的诞辰纪念日，也是我的巴黎画展开幕的日子，这个日子可是法国朋友定下来的，是巧合还是法国主办方的特意安排？不管怎么说，今天是个值得纪念的日子！

一大早起来，教授就忙活着，整理这个寻找那个，她要把参加画展开幕式必须带的东西全部有条不紊地准备就绪，然后我们才能吃早饭。上午法方安排我们参观巴黎美术学院，午饭后休息一下就直接去拉德芳斯。巴黎新凯旋门大厦位于巴黎拉德芳斯广场，气势雄伟壮观。景象场面宏大，可谓横空出世，气宇不凡，是法国巴黎具有国际影响力的地标性建筑。法国主办方安排我的个人画展在如此恢宏大气上档次的楼宇顶端的展示大厅举行，实属难得！

画展开幕时间定在下午5点，随后举行了一个鸡尾酒会。离画展开幕式还有一段时间就有不少朋友陆陆续续到场了，他们是法国主办方邀请的巴黎各界朋友：有法国政治家、曾担任新凯旋门项目负责人的罗伯特·利翁先生，法国犹太人基金会副会长奥利弗·德拉布朗沙地尔先生，有原法国歌剧院著名舞蹈艺术家及巴黎艺术界的朋友，有上阿尔萨斯、丰特弗罗修道院的负责人，还有新凯旋门大厦顶层展览中心的项目负责人，当然还有法国巴黎法中文化交流中心主任佟爱民女士，有新华社巴黎分社站和《无锡日报》等新闻界的人士，以及从伦敦特地赶来参加活动的孩子的朋友们。主办方、法国国际文化交流中心协会主席、前法国参议员杜智先生，伊莎贝拉和穆萨女士等早早地来到现场。开幕式前嘉宾围绕画展作品三五成群地彼此交流，气氛祥和温婉。

5点，画展开幕式由杜智主席亲自主持，他首先向大家介绍了参加开幕式的重要嘉宾，然后介绍画展举办的缘由。杜智先生说他是在中国寻找交流中心合作伙伴时与我认识的，他感佩于我们彼此之间成功的合作和中国合作方有一栋类似于巴黎新凯旋门的大厦，更感佩我在忙碌的行政工作之余仍然能取得良好的绘画成就。所以他一直想邀请我到法国考察交流，举办画展。接着他请我发言，然后再请他的老朋友，曾担任新凯旋门项目负责人的罗贝尔·利翁先生发言。在画展开幕式上双方交换礼品。我赠送主办单位一个书画长轴，杜智主席回赠我一部反映巴黎面貌的大型彩色精美画册。开幕式结束后举办了鸡尾酒会，大家其乐融融，其间，杜智主席还突发奇想带领和邀请全体嘉宾移步前往新凯旋门大厦顶层俯瞰巴黎胜景，举目望去，与拉德芳斯广场的新凯旋门排列在巴黎中轴线上另外一端香榭丽舍大道上的凯旋门尽收眼底，蔚为壮观！主办方招呼大家排列在一起，请摄影师拍摄一张别具特色的合影留念照片，令人感动不已的还有罗伯特·利翁先生在离别前，还拿一本画展画册请我在画册上题写话语，此时此刻写什么都觉得难以言表，我镇静了一下情绪，写下四个字“天人合一”！如此伟大的建筑，如此恢宏的气势，如此动容的场面，并不关联的艺术在此相映成趣，东西方文化在此交流共融，新老朋友彼此认识相知……在这里举办“写意丹青——严克勤水墨画展”，相信大家会各有所获的！

9 月 29 日

今天法方特地安排我与教授到莫奈小镇跑了一趟，满足了我们对享有盛誉的莫奈花园的向往。记得上一次来巴黎寻访梵高小镇时也有莫奈小镇的计划安排，因莫奈花园闭关休息而没有如愿，这次来巴黎前，法国朋友特地问我在巴黎的行程安排中有什么需要帮助考虑的，我把寻访法国著名画家、印象派大师莫奈的乡间别墅即莫奈花园的心愿告诉了他们。

早餐是与特地从伦敦赶来巴黎参加画展开幕式的小朋友一起用的。然后，翻译小唐陪同我们直奔莫奈小镇。美丽的莫奈花园百闻不如一见，其园林布局、花草树木、小桥流水、荷塘柳影绚丽多彩，徜徉其间，仿佛在大师的油画中漫步，其著名的红色小桥静卧在碧水池中，美轮美奂。莫奈故居的陈设一切如旧，仿佛大师仍在工作，一切是那么鲜活神奇，令人难以忘怀。中午从莫奈小镇回到巴黎用餐，并与伦敦小朋友们告别。

9月30日

今天，巴黎雨转晴，秋色正浓。早饭过后我们到巴黎集美博物馆参观，这里主要是收藏亚洲各国，特别是中国、印度、日本等国家和地区的文物。一进大厅展示给观众的却是柬埔寨的吴哥窟的雕塑，中央最高处的三面头像是吴哥的微笑。柬埔寨曾经是法属殖民地，如此多的文物，如此摆放也在情理之中。三楼是中国馆，陶瓷、雕塑和家具都有，但给我的印象是敦煌莫高窟的壁画和木雕尤为珍贵。在博物馆二楼有一个临时展，巧遇日本浮世绘艺术展在巴黎集美艺术博物馆开幕，参展的是日本十六至十七世纪名家木刻套色风景画，精彩绝伦，如铃木春信、鸟居清长等浮世绘宗师都有作品亮相。日本江户时代（1603—1867年间，也叫德川幕府时代）浮世绘的兴起，是日本风俗画、版画所表现出来的一种独特的民族艺术，也是典型的花街柳巷艺术，主要描绘人们日常生活、风景和演剧。浮世绘常被认为专指彩色印刷的木版画，但事实上也有手绘的作品。欧洲的古典主义和印象派画家作品都深受其影响。浮世绘的艺术价值极高，在亚洲和世界美术史上有着重要的意义。

江户时代是日本封建社会晚期，其社会经济状况和我国明清时期差不多，市民文化得到充分发展，各种各样不同的民间艺人纷纷亮相，产生了大量的民间艺术作品。不难看出浮世绘也深受苏州的桃花坞等中国木版年画的影响。当然浮世绘也影响着欧洲印象派画家们，像梵高、马蒂斯画笔下的日本风情，莫奈睡莲池上的红色木桥，都可以看到江户时代的影子。浮世绘作品是顺应市民经济文化高涨的时代背景而产生的，对社会生活有深刻的影响，具有很强的生命力。浮世绘的作者出身民间，基本没有御用画家，但到了十九世纪二十年代，由于资本主义的经营方式盛行，致使这种艺术失去了健康的内容，追求色情和低级趣味，渐渐地终于走向衰亡。浮世绘如今虽已被现代印刷术所代替，但它那丰富的艺术成果依然为各国人民所珍视。今天在巴黎相遇可谓一饱眼福！

下午去毕加索艺术博物馆，我们在博物馆附近找到了一家意大利餐厅，简单吃了点面就直奔博物馆。途经路边周末跳蚤市场，看到一只旧画瓷瓶，摊主开价1欧元，于是就买下了！特别喜欢瓷瓶上的诗句："闲步幽芳径，和风丽日春。关心无限事，儿女最情深。"一看就知道是上世纪八十年代景德镇艺术瓷厂的产品。但心中没底，回到酒店微信请教新华社驻瑞士日内瓦的记者聂晓阳，他最喜欢到周末跳蚤市场去淘宝，有时自己也要试一把。他说这个瓶绝对好货，是景德镇1978—1983年最后的厂瓷杰作。当时分特级、一级、二级和普品，这个是一级，有收藏价值！哈哈，看来这个瓷瓶与我们结婚是差不多时间，值得纪念，又是第一次与太太一起出国，捡个漏也蛮有感觉的，人生如梦儿女情长哦！从毕加索博物馆出来顺道参观法国贵族博物馆、雨果博物馆，里面收藏着过去时代法国贵族日常生活用品和艺术品，通过参观我们对法国上流社会的生活方式有了一定的了解。吃晚饭前还有点时间，翻译小唐陪同太太逛街居然也有斩获！看来周末确实是个好时光！

10月1日

按日程安排今天下午离开巴黎去外省。上午小唐陪同去罗丹博物馆参观，从酒店出发到博物馆的路程不到半个钟头，所以就不用再约车送，而是步行到目的地。穿过几条街区离博物馆差不多十分钟的距离就是又一个巴黎周末跳蚤市场，顺道再看看是否有运气可碰。在转角的一个摊铺上看到一只雕漆花瓶，问摊主多少钱，回答是10欧元。摊主主动说还有一个更好的，马上从铺子底下翻出来，是一个直径约20公分的雕漆盘子，盖上是栩栩如生的山水风光及人物图，刻工极其精湛，年代为清中期吧，品相完整。我问价格，摊主不说，一定要让我先开价。我说我只是喜欢但不懂出价，你开个价合适就买，几个来回，摊主就是不肯先出价，并说是古董，等他的朋友来再开价！说着把他的宝贝包好放到铺子底下。我看这个摊主是个钓鱼的老伙计，不出大价格是不肯出手的，想冷冷再说吧，看来这笔交易是做不成了！

罗丹博物馆建筑空间和面积都不小，但放置罗丹的雕塑作品还是有点局促，大大小小的雕塑作品与参观的游客混在一起，似乎是一波接一波人流在互动。罗丹的雕塑之所以不同于他之前的任何雕塑大师，比如米开朗琪罗、达·芬奇等，在于后者的作品都受传统古典主义风格影响，其主题围绕宗教故事和历史人物展开，属神庙中的人物造型；而罗丹雕塑作品围绕人的本性展开，体现人间七情六欲和喜怒哀乐，是活生生的具有生命的雕塑作品。观赏时可以不为雕塑作品的材质所系，感受到雕塑艺术所呈现的人物活脱脱的生命力和感染力。《加莱义民》群雕、《思想者》、《青铜时代》、《巴尔扎克》，等等，甚至可以从冷冰冰的青铜与汉白玉的人物形体上感受到雕塑作品肌肤的温度与血脉贲张。观看罗丹雕塑，看到大大小小的各种各样材质的雕塑，或一个主题的群雕，或单个人物的雕塑。罗丹为达到将作品所要体现的主题和效果淋漓尽致呈现出来的效果，一个作品往往反反复复地做几件，从巴尔扎克人物形象的成功塑造，我们可以看到展出的人物头像、人物酮体、披在身上的浴袍等都是先单独塑造，然后才诞生出一件成功的雕塑作品。总之，一个成功的大师背后往往是那些看不见的常人难以想象的艰辛付出。

午饭时间伊莎贝拉来了，我们事先预定了在巴黎吃了好几顿的中餐馆请她一起用餐，午饭后一起去巴黎火车站坐高铁去科尔马。14 时 55 分火车出发，17 时 11 分到达科尔马。

从科尔马火车站来到博普雷领地酒店住下。这家酒店原来是一战前瑞士的一位企业家的豪宅，后来被当地的乡贤买下做了一家有品位上档次的酒店。据介绍，世界各地来上阿尔萨斯道明会修道院进行艺术交流活动的艺术家都会被安排在这里居住。这家酒店真是别具风味，屋后是山坡草地和葡萄园，因为已是深秋时节，红叶洒落在树林间，色彩斑斓，映入窗帘。

晚上 7 点 20 分前往餐厅，8 点与上莱茵省委员会主席、上阿尔萨斯道明会修道院主席布里吉特 · 克兰凯尔、上阿尔萨斯道明会修道院主任菲利普 · 多尔菲斯、副主任奥利维尔 · 德拉布朗沙尔迪艾尔等在科尔马风味餐厅共进晚餐。席间，介绍本地人文环境和气候物产，其乐融融，畅谈友谊直至夜深人散，我们才一一道别！

忙忙碌碌的一天有点累但挺欢喜，今天是祖国的国庆佳节，也是我与教授结婚三十三周年纪念日，在异国他乡和法国朋友一起借酒欢愉把杯分享是很有意义的！

10 月 2 日

城堡酒店的早餐别有情调，店家有自己的葡萄园，昨天下午抵达酒店时朋友就这样告诉我，早餐可以享受到酒店自己做的果酱和面包。由于昨晚省长夫妇宴请喝了点葡萄酒，加上一天奔波劳碌，晚上睡得安稳多了。早上起来看到如此丰富的早餐胃口大开，装了一大盘餐点，再加一杯咖啡，慢慢享受起来。9 点 30 分与上阿尔萨斯道明会修道院负责人及技术人员会面，中午修道院的厨师们准备了一大桌丰富的午餐，光甜点就有三道。印象最深的是端上餐桌的一个硕大砂锅里装满了土豆煮牛肉，一只不锈钢材质的大冷盘，里面用色拉汁拌匀的各色生菜组成了一道色彩斑斓的彩带，漂亮极了。主任带领全体修道院工作人员和我们一起用餐，在主任简单而真诚的致辞后，大家频频举杯，欢声笑语，其乐融融。

下午，修道院为我安排了非常安静宽敞的工作室，有冷餐吧台，咖啡、果汁和牛奶饼干一应俱全，供画家休息时享用。画桌用绿色的布覆盖，在画桌的周围和上方架起了三组不同角度的照相机镜头和摄影灯具，显得格外引人注目。在画桌前方布置了几排座椅，准备晚上演讲前先到工作室看我写书法。摄影师是位年轻英俊的小伙子，负责我在修道院期间绘画创作全过程的现场拍摄。我把从国内带来的宣纸笔墨都摆放好后就开始工作。铺开一尺见方的宣纸，静静地考虑一番，联想起昨天下午抵达时见到的山色溪光，触景生情，并以贾岛的《寻隐者不遇》诗“松下问童子，言师采药去。只在此山中，云深不知处”的意境，画了一幅水墨山水画。

晚上 7 点正式开始我的演讲，主题是中国水墨写意画与法国印象派的异同。演讲前先播放了六分钟的原创水墨动画片《鱼之乐》，这部片子是我策划创意并编导的实验动画片，准备参加法国第六届动画片交流活动。在演讲前先播放一下有利于客人对演讲主题的理解。我讲了一个多小时，从客人专心致志的表情与结束时的热烈掌声可以感受到自己的演讲还是颇受欢迎的。主办方为我的主题演讲会准备了鸡尾酒会，席间不少听众纷纷围上来与我交流，有的表达自己的看法，有的说是代他的女儿参加的，有的说是曾经在上海工作过非常喜欢中国的水墨画，有的拿着我的画册要我签名，有的问我什么时候再来法国举办画展，等等。最后院长邀请大家一起来到修道院廊道围绕着的四方形的园子里，观看由修道院制作的电子映射灯光秀，五光十色，精彩无比！

10月3日

吃过早饭后我们来到修道院前，上阿尔萨斯修道院晨雾之景，一派古刹静谧之美，一道风景画出现在眼前。于是乎就展纸执笔将这个感觉记录了下来，直到下午画才完成。我在画上题写道："古刹晨雾，上阿尔萨斯修道院晨雾之景，一派古刹静谧之美也。2017年十月二日至五日，应邀参加法国奥德塞驻留计划在此驻修，特记之。"修道院的朋友观之皆给予赞扬，主任说看了使人产生一种静气，是修道院但又比实景更加静谧。哈哈，画面所传递的信息是无声的音乐，可见不管你是什么国度和文化背景，还是可以通过艺术进行沟通的。

中午，主任带我们到镇上一家老总统密特朗私人厨师开的店蹭了一顿饭，颇有特色。晚饭时分，修道院院长又驾车带我们去附近的福日山观日落景色。汽车穿过黑森林，经过一座水库，转过几个山冈便来到山顶，海拔高度在1500米左右，太阳余晖洒满山麓，色彩斑斓，美妙无比！傍晚时分的山风吹得冷飕飕的，不一会儿我们就回到车里去了。主任继续驾车在山弯里转圈圈，想寻找一家饭店坐下来好好享受一顿晚餐，但连续敲了三家饭馆的门都吃了闭门羹，院长说现在是旅游淡季，店家生意冷清估计就关门停业了！最后我们来到山脚下三岔路口的一家百年老店，餐厅陈设豪华静谧，干净明亮。店主人是一对中年夫妇，非常热情，菜也做得地道，主菜我要了一份鹿肉，五分熟，又嫩又香，略带一点甜味，在山里吃鹿肉别有一番风味！

10月4日

今天是中秋节，昨天中午本地报业传媒的记者约好今天上午10点半到修道院我的画室来实地采访。我把一张两平方尺的宣纸铺在画桌上，考虑应与节日气氛相协调，于是饱蘸浓墨写下"海上生明月，天涯共此时"十个大字！几天来一直伴随我书画创作全过程的负责实况录像和摄影的小伙子也早早来到画室，把相机与摄像机的镜头调到最佳视角等待记者采访我执笔书写的时候。10点半，记者准时来到画室，开门见山直奔主题，开笔前，我简单介绍了我将书写的内容和书体，然后就挥毫书写起来。对于法国朋友来说，是实地观看中国书法的书写；对于我来讲，书写这个内容就是以特别的方式在法国的修道院的画室度过中秋佳节！记者看到摆在画桌另外一端的昨天画的那幅《古刹晨雾》，很感兴趣，我向他介绍了这幅画的创作灵感形成和创作过程，他拿起手机启动摄录功能，边录边问，并请翻译小唐将画上题写的文字内容全部解释一遍。哈哈，看来这位法国记者朋友确确实实是感兴趣了！

午饭时间，我们如约来到了当地一家由纺织工厂厂房建筑改造成的餐馆，主任告诉我这家餐馆都是绿色食品，是失业人员在政府的支持下生产自救的一家颇有特色的餐馆，但是新总统马克龙的政策可能不支持这种做法，如果这样那些人就要下岗再次失业，餐馆也必然关门歇业。主任还告诉我马克龙的政策对修道院也不利，他们原来雇用的一些勤杂工也将面临失业，到时修道院也将面临人手不足的问题。呵呵，法国人对现政府政策的牢骚还不少！午饭吃得比较简单，但我们谈得很投机，也可能是几天来彼此之间熟悉了，也可能是午饭后我们要分手告别了，主任要离开小镇外出开会，我明天也将结束在修道院的工作转场去下一站。临走前，主任告诉我他有一个创意，希望我明年再来修道院，与他合作中国寓言故事的水墨动画与音乐故事会，修道院负责经费筹集和导演乐队及光影投射的制作，我负责故事的内容、解释和水墨画的制作与实地演绎。我说创意不错，具体操作双方再沟通联系吧！

下午回到画室，这是在修道院的最后半天工作了，我要为那位负责摄录的英俊帅气的法国小伙子写幅字。到了画室，我把这个想法告诉他并询问他想要我为他写什么，小伙子惊喜地说写一个“龙”字，喜欢中国龙！于是我就为这位小伙子书写了一尺斗方的“龙”字，并注明“海是龙世界，云是鹤家乡”，请翻译给他具体解释了一下，小伙子高兴极了，把“龙”字包装好小心翼翼放入包里。接着，他按我的要求将几天来他摄录的全部内容拷录到我的 U 盘里。看了一下他的部分摄录镜头，水平极高极为专业！小唐翻译几天来也辛苦了，我用红色餐巾纸题上的“福”字送给她，生活在法国能吃上地道法餐，她真是有福哇！

从修道院出来，沿着小镇古街，把小镇东西两端的两座教堂看了一下，小镇虽然小但两座教堂却是很大的，正如我们刚刚抵达修道院时院长说这里十四世纪宗教活动场所很多，教徒也不少是有道理的！晚上，奥利维尔带着我们在小镇南端的一家餐厅吃晚饭，也算是在这个镇上最后一顿晚餐了，明天上午我们将出发飞往法国南特，驾车两个小时车程到丰泰罗修道院参加第六届法国国际动画电影节。

10月5日

早餐后，与奥利维尔话别，他是专程来取省长送我的三瓶葡萄酒的，因为飞机上不方便携带，我说送给他喝吧，奥利维尔说省长赠送的葡萄酒很珍贵，我会帮你带到中国去的。奥利维尔说着把酒放好，并从包里摸出两小罐本地蘑菇干送我，真心不错！与奥利维尔辞别后要离开去火车站等从巴黎来的伊莎贝拉还有两个小时，就去酒店附近的公园看看吧。镇上这座小公园天天经过但一直没有时间逛，今天天气特别好，阳光灿烂，空气清新，古老的塔松、金色的柏果树在阳光下透明发亮，我拿着手机接连拍摄了许多张，发给远在苏州的朋友周晨，希望他能够将这些照片编辑到我即将出版的散文集中去。从公园回到酒店，约好的出租车司机来了，我忙着把两个大箱子从三楼搬到楼下装上车，即去车站等候伊莎贝拉到来，后再去附近的一个瑞士机场。坐飞机约一个半小时就到了法国靠近大西洋的城市南特，下了飞机伊莎贝拉从机场租了一辆面包车亲自驾车直奔修道院，抵达修道院时院长和助理及动画片评奖活动的负责人一起迎候我们一行，并简单介绍了修道院的情况及晚上的宴会和明天上午的活动安排。这几天所到之处法国朋友热情而有礼貌的接待给我留下深刻印象。晚宴安排在镇上的一家餐厅，见来了四位导演迎候，我看人不多又是参会代表就分别递上了名片。今晚宴会的主菜是文火烤牛排加蘑菇和土豆片，味道好极了，真是难得的一次晚餐。

10月6日

丰泰罗修道院主任上午9点半陪同我们参观修道院，这个修道院修建于十二世纪，是法国最大的修道院，二战时期占领者在此关押法国抵抗运动的人士。经过修复和功能再造，现在已经是法国具有动画电影电视创意制作的孵化基地，每年举办一届法国国际动画片年会，今年是第十届，有六场圆桌会议，并举行颁奖仪式，我将和杜智主席给获奖者颁奖！主任陪同参观的过程中，介绍了修道院管理的情况，他们将修道院分成三大功能区，第一部分是酒店及餐饮设施，交给一家专做城堡酒店管理的米其林打理；第二部分用来作音乐厅、图书馆、博物馆、多功能会议厅的地方，由修道院自己管理；第三部分场地给文化中心驻留人员住宿和开展文化交流活动使用，其余部分向游客开放，包括旅游用品商店等。哈哈，这位读历史专业出身的修道院主任真是经营管理的高手。主任花了一个半小时左右的时间陪同参观修道院的主要场馆，一路上对主要景点修缮工程做了详细介绍，不厌其烦，如数家珍。参观结束后我们一起出席了修道院驻留计划，今年推荐出来的十位动画新锐，其中有来自中国北大软件学院和中国美术学院的博士生。中午时分，丰泰罗市的文化官员陪同用餐，餐后她还特地驾车陪教授到五十公里以外卢瓦河边上的古城堡游览。晚上与会人员一起在修道院的餐厅用自助餐，同桌的法国国家电视台动画频道总监和法国新锐动画制片人还向我介绍了他们鼓励和支持全法青年学子为法国诗歌名作创作动画短片的成功经验，并送我一本诗歌动画短片获奖作品精装画册，我也回赠了两本画展画册。晚饭后，是英国著名动画片导演卡罗丽娜·莱芙的演讲，介绍了她的三部动画电影的创作灵感和体会，最后一部动画片创作时间非常长，几乎花了十多年时间。

10 月 7 日

早餐时伦敦来的著名导演卡罗丽娜·莱芙女士礼貌地与我打招呼，客气地说昨天晚餐时听伊莎贝拉说我这次在巴黎举行的画展很成功，非常礼貌地问我能否看看画作。我当然答应啦，并请用早餐的伊莎贝拉过来一起商量，大家约好下午 5 点见面看画，到时请修道院主任一起来看看，他曾经向伊莎贝拉提出过这个要求。

上午参加研讨会，主要由来自加拿大、希腊、法国等国家的著名制片人、导演等发言，主题是大数据与动画的个性特征、虚拟与现实等，其中有一部米西尔和尤立创作的《没有什么事情发生》动画 VR 片给我的印象极深，主要表现人们从众心理的莫名其妙的状况，通过树丛中乌鸦与公园里雾中人们的聚集画面和低音贝斯、中提琴产生的音乐及环绕立体声现场音效混搭，产生一种空灵的效果。

中午，杜智先生与夫人约好在卢瓦尔河畔古城堡阳台上一个据说曾经是大仲马作品中的人物用过的餐厅一起用餐。我们与杜智先生是老朋友了，他向伊莎贝拉询问了我在上阿尔萨斯修道院和丰泰罗修道院的情况，他知道一切都很棒时显得非常开心！我们边聊边吃着这家酒店提供的特色菜肴，喝着当地生产的一款非常不错的葡萄酒，享受着阳光，卢瓦河畔的秋色真是让人陶醉……饭后杜智夫妇去休息，伊莎贝拉陪我们在附近卢瓦尔河畔的古村落溜达，小村基本上没有什么人，有一座老教堂，站在教堂大门的石阶上向河边望去，平静的湖面上一艘扬起三角形白帆的船随风向下游飘去，我们沿着石阶顺级而下，河畔的野花野草在斜阳映照下显得格外静谧艳美。时间过得很快，临近 5 点了，我们回到酒店，与主任、导演会面看画。

我的二十幅画一张一张地在大家面前徐徐展开，导演仔细观看，询问纸的性能和笔墨变化的关系，颇感兴趣。最后她说：“你的画是事先在胸中充分酝酿构思后倾情的笔墨演绎，我的画却是在画面上逐步深入展开，异曲同工哇！”有人说西方人不理解中国传统绘画，这完全是误会，从巴黎画展观众的理解与体会，再到修道院演讲后与听众的交流，我觉得西方人对中国传统水墨写意画的理解直奔主题，甚至比一些中国人对传统画的理解感觉还要透彻。

晚上 6 点在法国丰泰罗修道院举行的第十届动画电影颁奖晚会上，法国政府文化部、大区代表、修道院所在城市市长，和著名电影导演、评论家及法国电影界人士等出席。杜智主席与我分别发表简短讲话，介绍文化中心与无锡的合作，介绍我在法国驻留的活动。会上播放了《鱼之乐》，受到与会专家和观众的欢迎与好评。杜智主席还与我一起给获得“最佳观众奖”的获奖者颁奖。会后法国国家代表卡罗先生谈到自己观看《鱼之乐》动画短片的看法，非常喜欢，非常感动。著名电影导演评论家说他知道庄子，动画短片演绎的庄子的寓言故事很灵动！

颁奖仪式结束后杜智主席夫妇再约到小镇上一家酒店用晚餐，原本以为老先生会很累了，没想到他精神状态好极了，谈兴正浓，直至午夜方才分手回去就寝。

又记：法国《L' Alsace》日报网站10月7日披露："中国书法家、画家严克勤先生在上阿尔萨斯修道院作为驻留艺术家进行创作，创作过程录像将于明年6月8日举行的中国古琴音乐会上放映。"

10月8日

9点，伊莎贝拉如约驾车和我们一起离开丰泰罗修道院出发去华幽梦修道院，约四个小时的车程，途中休息一下便来到沙特尔大教堂参观。沙特尔教堂全称沙特尔圣母大教堂，坐落在法国厄尔-卢瓦尔省省会沙特尔市的山丘上，是法国著名的天主教堂。教堂的三重皇家大门、壮观宏伟的罗马尼斯凯像，以及早期的珠光宝彩的玻璃装饰的窗户，无一不是十二世纪法国建筑史上的经典杰作。它与兰斯大教堂、亚眠大教堂和博韦大教堂并列为法国四大哥特式教堂。我们在教堂外面的一家餐厅简单用餐后继续上路，一个半小时后来到了华幽梦修道院，这是巴黎远郊的一处文化中心，主要从事音乐和舞蹈的创意与交流。原本是十二世纪的古修道院，法国大革命时期毁掉后作为当地的工厂和工人住宿地，随后被私人家族集团收购并转送法国政府作为文化交流中心的活动场地。修道院与中国有点联系，路易国王曾经从这里派遣传教士到中国，也是法国著名作家安德烈·铎尔孟先生翻译《红楼梦》的地方。晚上5点观摩一场管风琴与日本笙的音乐会，这是年轻的国际音乐家们即兴演绎的传统与现代音乐的对话，在古老的教堂内举办别有一番韵味。

10月9日

昨晚巴黎还是阴有小雨，今天早晨起来天气转晴，空气清新，阳光明媚。早餐后伊莎贝拉将教授在法国的行程安排中必须由自己承担的费用单列出一个清单，教授立马当面付清现款，伊莎贝拉随即开出了收据。哈哈，君子之交，有账当面结清。

早餐后，修道院安排参观了图书馆、音乐厅、舞蹈排练厅、驻修人员工作休息所等，可见他们将古老的修道院里可以利用的场地都充分发挥其应有的作用，而且注意保留其原有风貌的同时尽可能适合音乐创作和舞蹈排练。离开修道院去戴高乐机场前，与修道院主任在咖啡厅进行了会面与交流，修道院主任有两米高的个子。我们一起简单地喝着咖啡，谈了一些感兴趣的问题，主任先生给人的印象是一位温文尔雅的谦谦君子。告别修道院，伊莎贝拉和翻译小唐一起送我们到机场，办理登机手续时有件行李超重，折腾一番后总算通过。我们与伊莎贝拉、小唐拥抱告别，半个月的相处真有点依依不舍，大家彼此已比较熟悉，互致祝福后挥手再见！法国行程可谓圆满成功，收获颇多。这次赴法是我退休赋闲在家后的第一次出国旅行，也是和教授结婚三十三年来的第一次，颇有感触，意义不凡，值得纪念。再见了朋友们，明年夏六月法国上阿尔萨斯国际音乐节时再见！